10|18
12, avenue d'Italie — Paris XIIIe

Sur l'auteur

Un temps considéré comme le Simenon suisse, Friedrich Glauser, né à Vienne en 1896 et mort en Italie en 1938, a connu tout ce que la Suisse compte de prisons et d'hôpitaux psychiatriques. L'errance de Glauser commence après le remariage de son père : éther, chloroforme, premières poésies : « Les poisons colorés sont riches de consolations. » Son père veut le faire interner : il s'enfuit. Après divers petits boulots, il s'engage dans la Légion étrangère en 1921 jusqu'à ce qu'une affection cardiaque le fasse démobiliser. Après un passage à Charleroi comme mineur de fond, « on apprend beaucoup en une nuit », il est transféré à l'hôpital psychiatrique de Münsinger en Suisse en 1925. Et là, il commence à écrire. Il a décidé que l'écriture serait pour lui le moyen de rompre le cours fatal de sa vie et de conquérir son autonomie.

STUDER ET LE CAPORAL EXTRALUCIDE

PAR

FRIEDRICH GLAUSER

Traduit de l'allemand
par Philippe GIRAUDON

10|18

« Grands Détectives »
dirigé par Jean-Claude Zylberstein

GALLIMARD

Du même auteur
aux Éditions 10/18

L'INSPECTEUR STUDER, n° 2984
LES PREMIÈRES AFFAIRES DE L'INSPECTEUR STUDER, n° 3024

Titre original :
Die Fieberkurve

ISBN 2-264-03053-4

On voudrait bien finir par changer un peu de vie

par Frank Göhre

« À gauche de la grande autoroute reliant Münchenbuchsee et Schüpfen se dresse une modeste bâtisse en bois. Des murs marron, les châssis des fenêtres sont blancs. Au rez-de-chaussée, deux pièces spacieuses : la salle de travail, peinte en rouge, et la salle à manger, jaune clair. Un pastel est accroché au mur, le portrait d'une vieille femme... Cette femme est Anna Müller, l'ancienne infirmière en chef de la Waldau. Après sa mort, le bien qu'elle avait amassé devait revenir à l'institution à condition d'être employé "au bénéfice des pensionnaires, pour leur confort et l'adoucissement de leur sort".

« Grâce à cet argent, une colonie indépendante fut fondée en 1933. On procéda à l'achat de terrains marécageux, à l'affermage de champs, à l'installation d'un métier à tisser et d'une brosserie. Vingt-cinq colons, venus de la Waldau, travaillent en permanence sur le domaine... »

Parmi eux, Friedrich Glauser, auquel on doit le texte ci-dessus sur la colonie de Schönbrunn.

Il écrit : « Nos chambres sont petites, mais leurs fenêtres ouvrent sur la forêt. Aux beaux jours, on voit les nuages se former au-dessus des arbres, et poursuivre leur route, vaisseaux immaculés, immenses, des bienheureux. »

C'est ici qu'en deux mois, de mai à juin 1935, il a rédigé le premier roman de la série des Studer : *Schlumpf Erwin Mord*, publié un an plus tard sous le titre de *Wachtmeister Studer*[1].

C'est maintenant l'été de cette année 1935, et d'autres œuvres s'annoncent. Glauser esquisse de nouveaux romans et écrit des nouvelles.

Cependant « il arrive que la morosité s'installe, la panne d'inspiration, la fatigue physique aussi... bref, j'allais voir de temps à autre tel ou tel médecin, afin de me procurer de petites quantités d'opium ».

C'est de nouveau l'engrenage.

C'était pourtant pour en sortir qu'il se trouvait dans l'institution. Mais pour l'instant, ce n'est pas son problème.

Il lui faut la substance, la drogue.

« Lorsque le médecin de Schüpfen comprit que j'avais été demander du laudanum à plusieurs de ses collègues, lorsque cet homme alla jusqu'à alerter le gendarme du village, je ne doutai plus, malgré ses protestations, qu'il me signalerait à la Waldau. Tout allait recommencer : je me retrouverais interné *sine die*, dans l'impossibilité d'écrire, soumis à des mesures disciplinaires. Ce qui est peut-être exigé par la fameuse psychothérapie, mais est surtout inutile, et représente une oppression mentale que je ne suis plus de taille à supporter. J'ai maintenant quarante ans, un nom qui n'est plus tout à fait inconnu... et vraiment, je ne peux plus participer à toute cette comédie désespérée. Il m'est également impossible de me considérer comme un psychopathe asocial, dont la société doit être préservée à

1. *L'Inspecteur Studer.*

tout prix. C'est pourquoi j'ai préféré une solution indélicate à la solution qu'on me propose, et qui ne résout rien. »

En d'autres termes : il quitte Schönbrunn en cachette, le matin du 8 octobre 1935, et s'enfuit à Bâle, où il disparaît de la circulation.

Le 8 novembre 1935, vers sept heures du soir, il est de nouveau à la Waldau. À contrecœur, il s'est rendu aux objurgations de son tuteur. « Il empeste l'alcool, s'excuse d'avoir encore bu un coup... Excessivement poli, il exprime cependant sa déception d'être logé dans la salle de surveillance, au rez-de-chaussée » : c'est ainsi qu'il apparaît dans le procès-verbal de son arrivée.

Il n'est plus question de la colonie de Schönbrunn, où la vie était relativement douce. À la Waldau, les conditions sont plus dures. Trop dures pour un homme assoiffé d'espace, de liberté.

Au bout de dix jours, Friedrich Glauser demande officiellement à quitter l'institution : « Il m'est tout bonnement impossible d'écrire ici. Or, c'est bien là l'essentiel. J'ai maintenant quarante ans, ma vie n'est guère qu'un ratage, est-il si difficile de comprendre que je désire, pour ainsi dire in extremis, me faire encore une place au soleil ? »

Sa demande est rejetée « catégoriquement ».

C'est dans ce contexte que Glauser entreprend, en décembre 1935, la rédaction d'un nouveau roman policier : *Die Fieberkurve*[1]. Il l'écrit en un mois : « C'était presque un acte de désespoir, j'ai rarement gâché du caractère comme ce mois-là, d'où un certain manque de légèreté et de naturel. »

1. *Studer et le caporal extralucide.*

Il y déverse tout ce qui s'est accumulé en lui d'images et de désirs quant à sa propre vie. Il est comme ivre de travail, chaque jour il dactylographie une dizaine de pages. L'écriture est une drogue. Impossible d'y échapper.

Le roman est à peine achevé que l'écrivain s'attaque à une nouvelle enquête de Studer : *Matto regiert*[1]. Cette fois, il est sur la piste du maître de la folie.

Die Fieberkurve lui sera retourné par l'éditeur : le livre comporte des observations et des scènes de premier ordre, mais manque de suspens dramatique. Il faut le retravailler, le resserrer.

Pour le moment, Glauser n'y songe pas. Le roman en cours a la priorité. Ce n'est qu'à l'occasion qu'il revient à *Die Fieberkurve*, ajoutant de nouveaux passages, et aussi des allusions à *Matto regiert*.

Il demande aussi de plus belle l'autorisation de quitter l'institution. Sans résultat. Son tuteur souhaite que son pupille fasse « un effort ».

L'écrivain lui répond : « Il me semble qu'on pourrait aussi bien demander à un violoniste que deux solides gaillards tiendraient par les mains : "Allons, mon cher monsieur, jouez-nous donc les Trilles du Diable... Vous ne pouvez pas ? Faites un effort ! Vos mains emprisonnées ne sont qu'une illusion. Donnez-vous un peu de peine, vous finirez bien par y arriver, même sans violon..." Enfin, sérieusement, comment vous représentez-vous ce fameux effort ? Je ne puis qu'écrire, me tenir tranquille et m'efforcer de démonter par des arguments rationnels la révolte qui ne cesse de grandir en moi.

1. *Le Règne des toqués.*

C'est tout ce qui est en mon pouvoir, Dieu m'en est témoin. Et c'est déjà assez dur. Parce qu'on prend sur soi, parce qu'on répugne à montrer aux autres qu'on est parfois à bout, sans force pour continuer, vous estimez qu'on peut se tenir pour satisfait, et qu'en somme la situation n'est pas si terrible que ça. Certes, j'en conviens, la Waldau n'a rien à voir avec un camp de concentration, ou la prison de Witzwil, mais quand même... On voudrait bien finir par changer un peu de vie... »

Il faudra attendre le 18 mai 1936 pour que Friedrich Glauser puisse quitter l'institution de la Waldau. « Changer un peu de vie » — pour cela, il a tout juste deux ans et demi devant lui...

Après avoir quitté la Waldau, Friedrich Glauser remania *Die Fieberkurve*, qui fut achevé au printemps 1937, à La Bernerie, en Bretagne. Le roman parut sous forme de feuilleton dans les périodiques zurichois, à partir du 3 décembre 1937. À l'automne 1938, il fut édité par Morgarten (Zurich et Leipzig) sous le titre de *Wachtmeister Studers neuer Fall.*

L'histoire du caporal extralucide

« Lis-moi ça ! » dit Studer en brandissant un télégramme sous le nez de son ami Madelin.

Il faisait sombre devant le Palais de Justice, la Seine clapotait sourdement contre les quais, le prochain réverbère luisait à quelques mètres de là.

« Petit Jakob salue le vieux Jakob. Hedy », déchiffra le commissaire à la lueur tremblante du bec de gaz. Ayant travaillé un moment pour la Sûreté de Strasbourg, Madelin possédait des rudiments d'allemand. Mais le sens du télégramme lui échappait, et il demanda :

« Qu'est-ce que cela veut dire, Studère ?

— Je suis grand-père, répondit Studer d'une voix morose. Ma fille vient d'accoucher d'un fils.

— Il faut fêter ça ! décréta Madelin. Du reste, cela tombe bien. J'ai justement eu aujourd'hui la visite d'un homme qui part pour la Suisse par le train de dix heures et demie, et qui m'a prié de le recommander à un collègue de là-bas. Je lui ai donné rendez-vous à neuf heures, dans un petit bistrot des Halles... Il est maintenant... » De ses mains gantées de laine, Madelin déboutonna son pardessus, dont le col s'évasait autour de son cou maigre. Tirant de son gousset une vieille montre en argent, il constata qu'il était huit heures. « Nous avons le temps », assura-t-il, satisfait. Et tandis que le vent froid écorchait ses lèvres sans défense, il énonça une sentence mélancolique : « Quand on vieillit, on a toujours le temps. C'est bizarre ! Ce n'est pas ton impression, Studère ? »

Studer répondit par un grognement. Mais il se retourna brusquement, en entendant une voix haut perchée croasser :

« Puis-je moi aussi présenter tous mes vœux ? Oserai-je ? En l'honneur de monsieur l'inspecteur ? Tous mes vœux de bonheur ! »

Madelin, grand et décharné, accompagna le mouvement de Studer, non moins grand mais plus massif et large d'épaules. Ils découvrirent un être minuscule, qui sautillait devant eux. Au premier coup d'œil, on ne pouvait savoir si c'était un homme ou une femme : un long manteau lui descendait jusqu'aux chevilles, quant à son visage, il s'ornait d'un béret enfoncé jusqu'aux sourcils et d'un épais cache-nez. Seuls les yeux restaient à découvert — mais à l'abri, eux aussi, derrière les verres d'énormes lunettes en écaille.

« Prends garde, Godofrey ! s'exclama le commissaire Madelin. Ne va pas prendre froid ! J'ai besoin de toi demain. L'affaire de Koller n'est pas claire, mais je n'ai reçu les papiers que ce soir. Il faut que tu les examines demain ! Il y a quelque chose qui cloche dans ces papiers...

— Merci, Godofrey, dit Studer. Mais c'est moi qui invite. Au diable l'avarice, le jour où je suis grand-père... » Et il soupira.

Petit Jakob salue le vieux Jakob, pensa-t-il. On se retrouve grand-père, et on a perdu à jamais sa fille.

Grand-père — cette fois on est vieux, bon à jeter. Heureux encore d'avoir eu l'idée de fuir l'appartement vide, l'évier plein de vaisselle sale. Et surtout le poêle vert, au salon. Il n'y a que ma femme qui sache l'allumer : sans elle il crache la fumée comme une cigarette mal roulée. À Paris, au moins, pas de danger de ce genre. Madelin est un hôte attentionné et respectueux. Me voici non plus « Wachtmeister » mais « inspecteur ». À passer mes journées tranquillement assis chez Godofrey, en haut, au laboratoire blotti sous les combles du Palais de Justice, en regardant le petit homme analyser de la poussière, radiographier des documents. Le bec Bunsen siffle doucement, le calorifère un peu plus fort. Il règne une odeur agréable de produits chimiques, et non de pétrole comme au bureau, à Berne...

Les tables de marbre du bistrot étaient rectangulaires, et recouvertes de nappes en papier strié. Un poêle noir trônait au milieu de la salle, sa plaque rougeoyait, incandescente. Le grand percolateur bourdonnait sur le comptoir. Le patron — aux bras aussi gros que les cuisses d'un homme normal — servait lui-même les clients.

On commença par des huîtres, et le commissaire Madelin put s'adonner à son exercice favori. Il avait commandé, sans consulter Studer, un vouvray 1926, trois bouteilles d'un coup, dont il buvait verre sur verre. Entre deux verres il suçait trois huîtres, et les mâchait longuement avant de les avaler. Godofrey sirotait, comme une jeune fille timide ; ses mains étaient petites, blanches, sans un poil.

Studer pensait à sa femme, qui était partie pour Frauenfeld prêter assistance à leur fille. Silencieux, il laissait Godofrey babiller. Madelin aussi se taisait. On aurait dit deux molosses — un dogue efflanqué et un terre-neuve hirsute — supportant avec calme et indifférence les jappements d'un minuscule fox-terrier...

Le patron apporta une terrine brune, avec des tripes. Puis une salade piquante, trois nouvelles bouteilles, qui ne firent pas plus long feu que le camembert coulant — aussi savoureux qu'il sentait mauvais. Puis le commissaire Madelin ouvrit la bouche, comme pour entamer un discours. Mais il n'y eut pas de discours, car la porte s'ouvrit sur un homme à l'accoutrement si extraordinaire que Studer se demanda si Mardi gras, à Paris, ne se fêtait pas avant le Jour de l'An...

L'homme portait un froc de moine d'un blanc immaculé, et en guise de couvre-chef un bonnet qui ressemblait à un gigantesque pot de fleurs rouge, œuvre de quelque potier ignare massacrant la glaise... À ses pieds — qui étaient bel et bien nus — des sandales ouvertes, ne protégeant que le talon, laissaient voir ses orteils.

Studer n'en crut pas ses yeux : Madelin, ce pourfendeur de la calotte, se leva, se dirigea vers l'homme et le mena à leur table.

« Le père Matthias, de l'ordre des Pères Blancs », annonça-t-il. Il présenta Studer comme « l'inspecteur de la Sûreté suisse ».

Un père blanc ? Studer avait l'impression de faire l'un de ces rêves qui suivent une longue maladie. Rêves impalpables et allègres tout à la fois, qui nous ramènent à l'enfance, au temps où les contes semblent vrais...

Le père Matthias ressemblait trait pour trait au Petit Tailleur du conte, qui en avait tué « sept d'un coup ». Son menton s'ornait d'une barbe grise et clairsemée, et l'on pouvait faire le compte des poils de sa moustache. Et ce visage maigre ! Cependant la couleur des yeux, grands, d'un gris profond, évoquait la mer — quand des nuages la survolent et que soudain un rayon de soleil étincelle à sa surface, qui recouvre avec tant d'innocence l'insondable abîme...

Encore trois bouteilles...

Le père blanc avait faim. Il engloutit en silence une pleine assiettée de tripes, puis une autre... Il buvait d'abondance, trinquait avec ses compagnons. Il parlait français avec un léger accent, qui semblait familier à Studer. De fait, dès qu'il fut un peu restauré, le prêtre déguisé en moine frappa sur l'épaule l'inspecteur suisse, et déclara :

« Nous sommes compatriotes : je suis de Berne...

— Sans blague ? émit Studer, auquel le vin était un peu monté à la tête.

— Mais je réside depuis longtemps à l'étranger », poursuivit le tailleur.

Le tailleur... non, c'est un moine ! Que dis-je... un père ! C'est ça : un père blanc. Un père qui n'a pas d'enfants — ou plutôt, tous les hommes sont ses enfants. Mais quand on est soi-même grand-père... Fallait-il le raconter à ce compatriote, à ce Suisse de l'étranger ? Inutile ! Le commissaire Madelin s'en chargeait :

« L'inspecteur est le héros du soir. Un télégramme de sa femme vient de lui apprendre qu'il est grand-père. »

Le moine sembla sincèrement heureux. Levant son verre, il but à la santé de l'inspecteur, Studer trinqua... N'était-il pas temps de prendre le café ? Justement, il arrivait — flanqué d'une bouteille de rhum. Et Studer, qui se sentait tout drôle — ce vouvray ! quel vin sournois ! —, entendit le commissaire

Madelin enjoindre au patron de laisser la bouteille sur la table...

Godofrey était assis près de l'inspecteur. Comme beaucoup d'hommes petits, il était vêtu avec une élégance exagérée, mais cela ne dérangeait pas Studer. Au contraire, la présence de ce gnome, qui était une encyclopédie ambulante de la criminologie, avait quelque chose de consolant et d'apaisant. Le père blanc leur faisait face, à côté de Madelin.

Le père Matthias avait achevé son repas. Il joignit les mains devant son assiette, ses lèvres remuèrent sans émettre un son — il fermait les yeux. Rouvrant les yeux, il écarta un peu sa chaise de la table et croisa les jambes — deux mollets noueux et velus apparurent sous le froc. Il déclara : « Monsieur l'inspecteur, je dois absolument me rendre en Suisse. Mes deux belles-sœurs y résident, l'une à Bâle, l'autre à Berne. Il se pourrait bien que j'aille au-devant de graves problèmes, et doive appeler la police à mon aide. Me feriez-vous alors l'amitié de m'assister ? »

Studer trempa ses lèvres dans son café, et maudit intérieurement Madelin qui avait versé le rhum avec une générosité excessive dans le liquide brûlant. Puis il leva les yeux et répondit, lui aussi en français :

« La police suisse n'a guère coutume de se mêler d'affaires de famille. Pour pouvoir vous aider, il faudrait que je sache ce dont il s'agit.

— C'est une longue histoire, dit le père Matthias. Et j'hésite à la raconter, car tous — il esquissa un geste circulaire — vous allez vous moquer de moi. »

Godofrey protesta poliment de sa voix de perruche. Il appelait le moine « mon père », ce qui parut à Studer, pour des raisons mystérieuses, d'une drôlerie irrésistible. Il rit sous cape, pouffa de nouveau en approchant sa tasse de ses lèvres, et finit par souffler, afin de ne pas froisser ses compagnons, comme s'il voulait refroidir le café brûlant...

« Vous êtes-vous jamais intéressés à la voyance ? demanda le père Matthias.

— Vous voulez dire la cartomancie, les boules de cristal, la télépathie, la cryptométrie ?... énonça Godofrey comme une litanie.

— Je vois que vous vous tenez au courant. Est-ce un sujet qui vous passionne ? »

Godofrey fit un signe d'assentiment. Madelin secoua la tête, et Studer lança : « C'est de la blague. »

Le père Matthias fit comme s'il n'avait pas entendu. Son regard se perdait dans le lointain — mais il n'y avait d'autre lointain, dans ce petit bistrot, que le comptoir et son percolateur étincelant. Le patron trônait derrière, les mains croisées sur le ventre, et ronflait. Les quatre hommes étaient les seuls clients. Le bistrot ne reprenait vie qu'à deux heures, avec l'arrivée des premiers chariots chargés de légumes...

Le père blanc reprit : « Je voudrais vous raconter l'histoire d'un petit prophète, d'un voyant, si vous préférez. C'est en effet à cause de ce voyant que je me trouve ici, au lieu de visiter les garnisons perdues du sud du Maroc, et d'y célébrer la messe pour les brebis égarées de la Légion étrangère...

« Savez-vous où se trouve Géryville ? Au bout du monde, ou plus précisément en Algérie, sur un haut plateau à mille sept cents mètres d'altitude, comme l'atteste une borne au centre de la cour de la caserne. À cent quarante kilomètres de la gare la plus proche. L'air y est pur, et c'est pourquoi le prieur m'y a envoyé l'an dernier, en septembre. Je suis en effet fragile des poumons. Géryville : une toute petite ville, où l'on ne trouve guère de Français. La population se compose essentiellement d'Arabes et de Juifs espagnols. Il n'y a guère à faire avec les Arabes, ils ne se convertissent pas volontiers. Ils m'envoient leurs enfants — c'est-à-dire qu'ils leur permettent de venir me voir... Il y avait aussi un bataillon de la Légion étrangère. Je recevais quelquefois la visite d'un légionnaire — caporal, sergent, parfois aussi un simple soldat. Mon prédécesseur avait constitué une bibliothèque, et ils venaient prendre des livres, ou fumer mon tabac. Il arrivait qu'un de mes visiteurs ressente le besoin d'une confession... Des mouvements étranges agitent les âmes de ces hommes, des conversions surprenantes, que ne peuvent soupçonner ceux qui considèrent la Légion comme la lie de l'humanité.

« Enfin... Un beau soir, un caporal vient me voir. Il est plus petit que moi, avec un visage triste et vieux, un visage d'enfant infirme... Il dit s'appeler Collani, hésite, puis se met à parler fébrilement. Ce n'est pas une confession selon les règles de l'Église. Plutôt une sorte de monologue, un soliloque. L'homme avait besoin de se libérer de bien des choses, qui ne concernent pas mon histoire. Il parle assez longtemps, environ une demi-heure. Le soir tombe, un crépuscule verdâtre emplit la pièce. C'est une lumière d'automne, le ciel y prend là-bas des couleurs si étranges, parfois... »

Studer avait appuyé son visage sur sa main. Il écoutait avec tant d'attention qu'il ne se rendait pas compte qu'il plissait son œil gauche, qui lui donnait l'air, oblique et fendu, d'un Chinois...

Le haut plateau!... Les vastes plaines!... La lumière verte du soir... Le soldat venant se confesser...

Rien à voir avec le quotidien! La Légion étrangère! L'inspecteur se souvenait. Lui aussi avait voulu s'engager, à vingt ans, après une dispute avec son père... Mais finalement — pour ne pas chagriner sa mère — il était resté en Suisse, avait fait carrière, était devenu commissaire de la police municipale de Berne. Et puis il y avait eu cette histoire de banque, qui l'avait brisé. Alors aussi, il avait senti monter en lui le désir de tout laisser tomber. Mais il avait une femme, une fille — et il avait renoncé à son projet. Il était reparti à zéro, patiemment, discrètement... Avec pourtant une nostalgie au fond du cœur : l'appel des plaines, du désert, des combats. Et voilà que ce moine venait ranimer ces vieilles cendres...

« Le capitaine Collani a donc parlé un bon moment. Sa capote vert pâle lui donne l'air d'un caméléon surmené. Il se tait un instant, je vais me lever pour le congédier avec quelques paroles consolantes, quand soudain il reprend son discours. Sa voix a complètement changé, elle est rauque et profonde, comme si quelqu'un d'autre parlait à sa place, de cette voix qui me semble étrangement familière :

« "Pourquoi Mamadou prend-il le drap du lit et le cache sous sa capote? Ah! C'est qu'il veut le revendre en ville, ce chien! Et c'est moi qui suis responsable du linge. Le voilà qui descend l'escalier, traverse la cour jusqu'au grillage... Évidemment, il n'ose pas passer devant les hommes de faction! Et Bielle l'attend au grillage, emporte le drap. Où s'en va Bielle? Aha! Il court chez le Juif de la petite rue... vend le drap pour un douro..."

— Un douro, commenta Madelin, est une pièce de cinq francs en argent.

— Merci », dit le père Matthias, puis il se tut. Il fouilla sous la table, dans son froc qui manifestement devait avoir une grande poche dont il fit sortir un mouchoir, une loupe, un rosaire, un portefeuille tressé de lanières de cuir rouge, et enfin une tabatière. Il tira de cette dernière une bonne prise. Puis il se moucha bruyamment, réveillant en sursaut le patron derrière son comptoir. Le père, cependant, reprenait son récit :

« Je dis à Collani : “Réveillez-vous, caporal ! Vous rêvez !” Mais lui continua de pérorer : “Je vais vous apprendre à chaparder le bien de l'armée ! Dès demain, vous allez savoir qui est Collani !” J'attrape alors le caporal par l'épaule et le secoue sérieusement, car je commence à me sentir mal à l'aise. Il se réveille, regarde autour de lui d'un air étonné. “Savez-vous ce que vous m'avez raconté ? lui demandé-je. — Pour sûr”, répond-il. Et il me répète tout ce qu'il m'avait dit dans son état de... transe, c'est bien le mot ?

— Absolument, s'empressa de confirmer Godofrey.

— De transe, donc. Après quoi, il prend congé. Le lendemain à huit heures — c'était une de ces matinées de septembre si limpides, on voyait les chotts, comme on appelle les grands étangs salés, qui étincelaient dans le lointain — me voilà qui tombe en sortant de chez moi sur Collani, flanqué du fourrier et du capitaine. Le capitaine Pouette me raconte l'affaire. Collani lui a signalé que des draps disparaissaient depuis quelque temps, et affirme connaître les voleurs, aussi bien que leur receleur. Les voleurs sont déjà sous les verrous, on s'occupe maintenant du receleur. Collani avait l'air d'un sourcier, sauf qu'il n'avait pas de baguette. Son regard était fixe, mais il avait toute sa conscience. Il semblait cependant comme poussé en avant par une force...

« Je ne veux pas vous ennuyer plus longtemps. Nous trouvâmes les draps au fond d'une caisse d'oranges, chez un Juif qui vendait des oignons, des figues et des dattes dans un magasin minuscule... Mamadou était un nègre de la 4e compagnie du bataillon. Il avoua le larcin. Bielle, un roux d'origine belge, s'entêta d'abord à nier, puis finit lui aussi par avouer...

« De ce jour, on n'appela plus Collani que le caporal extralucide. Le médecin du bataillon, Anatole Cantacuzène, organisa des séances avec lui : de tables tournantes, d'écriture automatique... Bref, toutes les absurdités impies que nos spirites pratiquent sans même se douter du danger auquel ils s'exposent.

« Vous devez vous demander, messieurs, pourquoi je vous ai raconté cette longue histoire... Je voulais simplement vous démontrer que je ne pouvais rester indifférent lorsque Collani, une semaine plus tard, m'impliqua moi, *moi* personnellement, dans ses discours...

« C'était le 28 septembre. Un mardi. »

Le père Matthias se tut. Il enfouit son visage dans ses mains, reprit son récit :

« Collani vient me voir. Comme l'exige mon devoir de prêtre, je l'exhorte à renoncer à ces expériences diaboliques. Il reste intraitable. Et soudain, voilà que son regard se vide, il ferme à demi les yeux, un sourire déplaisant, railleur, découvre ses dents larges et jaunes, et il se met à me parler de cette voix qui me semble si familière : “Salut, Matthias, comment vas-tu ?” C’était la voix de mon frère, mon frère mort quinze ans auparavant ! »

Les trois hommes attablés dans ce petit bistrot des Halles, au cœur de Paris, accueillirent cette déclaration en silence. Le commissaire Madelin esquissa un de ces sourires qui suivent une mauvaise plaisanterie. La moustache de Studer frémit, sans qu’on sût bien pourquoi... Seul Godofrey s’empressa d’adoucir l’impression pénible produite par ce récit invraisemblable : « Tout au long de notre vie, nous ne cessons de rencontrer des fantômes... » dit-il.

C’était peut-être profond. Le père Matthias se contenta de murmurer : « Cette voix étrangère, que je connaissais pourtant si bien, par la bouche du caporal Collani s’adressait à moi... »

La moustache de Studer ne frémissait plus. Il se pencha au-dessus de la table... Le ton de cette dernière phrase ! Un ton contrefait, exagéré, un ton d’acteur ! L’inspecteur suisse jeta un coup d’œil à Madelin. Le visage osseux du Français était légèrement contracté. Lui aussi avait donc perçu la fausse note ! Il posa doucement la main sur la table : « Écoutons ! Sans l’interrompre ! »

Et Studer hocha la tête. Il avait compris...

« “Salut, Matthias ! Tu me reconnais ? Tu me croyais mort, pas vrai ? Eh bien, je suis tout ce qu’il y a de plus vivant...” C’est alors que je me suis aperçu que Collani parlait en allemand !... “Il faut te dépêcher, Matthias, si tu veux sauver les vieilles. Sans quoi, je vais venir les chercher. Elles vont...” À ce moment cette voix qui n’était plus celle de Collani se mit à chuchoter, de sorte que je n’ai pas compris les mots suivants. Elle a repris ensuite un ton normal, et a prononcé distinctement : "Tu entends ce sifflement ? C'est le sifflement de la mort. Ça fait quinze ans que j'attends ! D'abord celle de Bâle, ensuite celle de Berne ! L'une était maligne, elle m'a percé à jour. Celle-là, je me la réserve. L'autre a mal élevé ma fille. Elle doit payer aussi !" Un rire, et la voix se tut. Cette fois Collani dormait si profondément que j'ai eu du mal à le réveiller...

« Enfin il rouvre les yeux, me regarde avec étonnement. Je lui demande : "Sais-tu ce que tu viens de me raconter, mon fils ?" Il commence par secouer la tête. Puis il répond : "J'ai vu un homme que j'avais soigné à Fez, quinze ans auparavant. Il était mort d'une mauvaise fièvre... En 17, pendant la Grande Guerre... Puis j'ai vu deux femmes. L'une avait une verrue au coin du nez... Cet homme, à Fez... Quel était son nom déjà ?..." Collani se gratte le front, il ne retrouve pas le nom et je me garde bien de l'aider. "Cet homme m'a donné une lettre. Je devais l'expédier au bout de quinze ans. Je l'ai fait. Le jour anniversaire de sa mort : le 20 juillet. La lettre est partie ! Expédiée !" se met-il soudain à crier. "Je ne veux plus rien avoir à faire avec cette histoire ! C'est insoutenable ! Insoutenable !" crie-t-il encore plus fort, comme s'il répondait au reproche d'un interlocuteur invisible. "J'ai gardé une copie de la lettre. Que dois-je en faire ?" Il se tord les mains. Je le tranquillise : "Apporte-moi cette copie, mon fils. Cela soulagera ta conscience. Va la chercher ! Tout de suite ! — Oui, mon père", répond Collani. Il se lève, sort de la chambre. J'entends encore le crissement des clous de ses semelles sur la pierre devant ma porte...

« Je ne l'ai jamais revu ! Il disparut de Géryville.

On le considéra comme déserteur. Une enquête fut ordonnée par le commandant du bataillon. On découvrit que le soir de sa disparition un étranger était arrivé en voiture à Géryville, et était reparti dans la nuit. Peut-être avait-il emmené Collani avec lui... »

Le père Matthias se tut. Le silence de la petite salle n'était troublé que par les ronflements du patron, et dans les intervalles par le tic-tac assourdi d'une horloge...

Le père blanc releva la tête. Ses yeux étaient légèrement rougis. Leur couleur évoquait toujours la mer — mais une mer couverte d'une brume que le soleil ne parvenait pas à percer. Le vieil homme, si semblable au Petit Tailleur du conte, mesurait du regard son auditoire.

Rien n'était moins évident que de raconter une histoire de fantômes à trois vieux routiers de la criminologie. Ils laissèrent le silence se prolonger. Enfin Madelin tapa sur la table. Le patron sursauta.

« Quatre verres ! » commanda le commissaire. Il les remplit de rhum, et dit d'une voix froide : « Un remontant vous fera du bien, mon père. »

Le père Matthias vida docilement son verre. Studer, tirant de sa poche un long étui de cuir, constata avec ennui qu'il ne lui restait plus qu'un Brissago. Il alluma le cigare avec soin, et donna également du feu à Madelin qui avait bourré sa pipe. Pipe que le commissaire agita dans la direction de son collègue suisse, afin de l'inviter à commencer l'interrogatoire qui s'imposait.

Studer s'écarta à son tour de la table, s'accouda sur ses cuisses et joignit les mains. Il commença ses questions, d'une voix lente et posée, les yeux baissés.

« Deux femmes ? J'imagine que votre frère ne s'était pas rendu coupable de bigamie ?

— Bien sûr que non ! s'exclama le père Matthias. Il a divorcé de sa première femme, dont il a ensuite épousé la sœur, Josepha.

— Divorcé ? reprit Studer. Je croyais que la religion catholique interdisait le divorce. » Il leva les yeux, et vit que le père Matthias avait rougi. Descendant de son front dégarni, une vague de sang déferlait sur son visage bronzé. D'étranges taches grises subsistèrent ensuite sur sa peau.

« Je me suis converti au catholicisme à l'âge de dix-huit ans, dit doucement le petit moine. Et ma famille m'a rejeté.

— Que faisait votre frère ?

— Il était géologue. Il prospectait le sud du Maroc, à la recherche de minerais : plomb, cuivre, argent... Pour le compte du gouvernement français. Puis il est mort à Fez.

— Vous avez eu le certificat de décès sous les yeux ?

— Il a été envoyé à sa seconde femme, à Bâle. Ma nièce l'a vu.

— Vous êtes en rapport avec votre nièce ?

— Oui, elle habite Paris. L'ancien secrétaire de mon frère l'a engagée comme collaboratrice.

— Bien », déclara Studer en tirant son calepin de sa poche. Un nouveau carnet, à spirales, sentant bon le cuir de Russie. Un cadeau de Noël de sa femme, lassée de ses carnets à deux sous. Studer l'ouvrit.

« Pouvez-vous me donner l'adresse de vos deux belles-sœurs ? demanda-t-il poliment.

— Josepha Cleman-Hornuss, Spalenberg 12, Bâle. Sophie Hornuss, Gerechtigkeitsgasse 44, Berne. » La voix du moine était un peu essoufflée.

« Et vous croyez vraiment, mon père, que les deux vieilles dames sont en danger ?

— Oui... vraiment... j'en suis certain... sur mon âme ! »

Une nouvelle fois, Studer eut envie de dire à ce sosie barbu du Petit Tailleur : « N'en rajoutez pas ! » Mais cela ne se fait pas. Il se contenta de dire :

« Je reste encore un peu à Paris, pour fêter la Saint-Sylvestre. Je prendrai ensuite le train de nuit qui arrive à Bâle le matin du Nouvel An. Quand partez-vous pour la Suisse ?

— Aujourd'hui... Dès cette nuit !

— Dans ce cas, remarqua Godofrey de sa voix stridente, vous n'avez que le temps de prendre un taxi.

— Mon Dieu, vous avez raison... Mais où ?... »

Le commissaire Madelin trempa un morceau de sucre dans son rhum. Tout en suçotant ce *canard**[1], il interrompit d'un mot les ronflements du patron.

Ce dernier se leva d'un bond, courut à la porte, porta ses doigts à ses lèvres. Le sifflement fut si perçant que le père Matthias se boucha les oreilles.

Peu après, l'étrange conteur était parti.

Le commissaire Madelin grommela : « Je voudrais quand même savoir s'il nous croit nés de la dernière pluie ! Studère, excuse-moi. Je croyais son histoire moins insignifiante. En fait, on me l'avait recommandé. Il a des appuis, des appuis en haut lieu !... Mais il n'a même pas payé une tournée ! Vraiment, pas plus de jugeote qu'un enfant !

— Pardonnez-moi, chef, répliqua Godofrey. Je

1. Tous les mots ou expressions en italique et suivis d'un astérisque sont en français dans le texte. *(N.d.T.)*

ne suis pas d'accord. On dit que les enfants sont de petits anges. Et cet homme n'a rien d'un ange...

— Non ? » Madelin ouvrit de grands yeux, et Studer lui aussi fixa le gnome trop élégant d'un air étonné.

Godofrey ne se laissa pas démonter.

« Pour être un ange, continua-t-il, il faut avoir la conscience nette. Notre père blanc respire l'intrigue. Vous n'avez pas fini d'entendre parler de lui ! Mais pour l'heure — il fit signe au patron — buvons du champagne en l'honneur du petit-fils de notre inspecteur. » Et il répéta en allemand le télégramme, avec un accent qui fit rire Studer aux larmes. Après quoi l'inspecteur trinqua avec ses compagnons.

Il est heureux que le commissaire Madelin ne se séparât jamais de sa carte de police. Sans quoi les trois lascars auraient été arrêtés vers deux heures du matin, pour tapage nocturne. Studer s'était mis dans la tête d'apprendre à ses deux compagnons la chanson du *Brienzer Buurli*, et un agent estima qu'un boulevard parisien n'était pas l'endroit idéal pour une leçon de chant. En apprenant qui étaient les trois chanteurs, cependant, il s'apaisa... C'est ainsi que l'inspecteur Studer put continuer d'initier ses collègues parisiens à la culture suisse. Il leur enseigna une chanson, où la fréquence du mot « Emmenthal » lui donna l'occasion de commenter la différence entre la Gruyère et l'Emmenthal. Car la France est le foyer d'une hérésie qui prétend appeler gruyère tous les fromages suisses...

Gaz

Après avoir déposé sa valise en cuir fatigué dans un compartiment du train de nuit Paris-Bâle, l'inspecteur Studer ouvrit une fenêtre du couloir et prit congé de ses amis. Le commissaire Madelin sortit de sa poche de manteau, avec force gémissements et soupirs, une bouteille enveloppée dans un journal. Godofrey tendit à Studer, par la fenêtre, un paquet contenant manifestement une terrine de foie gras, et susurra : « *Pour madame !* * » Puis le train s'ébranla, le hall de la gare de l'Est s'éloigna, et l'inspecteur retourna dans son compartiment de troisième classe.

Une jeune fille avait pris place en face de lui. En veste de fourrure, chaussures de daim grises et bas de soie, également gris. La jeune fille alluma une cigarette — une gauloise, comme on imagine que seuls les hommes en fument. Elle tendit à Studer le paquet bleu, et il se servit. Elle lui raconta qu'elle était originaire de Bâle, et allait rendre visite à sa mère. Pour le Nouvel An.

« Où habite votre mère ? — Sur le Spalenberg. — Vraiment ? Sur le Spalenberg ? — Oui... »

Studer ne poursuivit pas ses investigations. La jeune fille avait tout au plus vingt-deux ou vingt-trois ans. Et il la trouvait extrêmement séduisante. Séduisante — en tout bien tout honneur. Car enfin, il ne convenait pas qu'un grand-père, un homme rangé... Mais quoi ! C'était bien agréable de lui faire la conversation.

Puis Studer se sentit fatigué, s'excusa de ses bâillements — il avait été très occupé à Paris. La jeune fille sourit, avec un brin d'impertinence, peut-être — qu'importait ? L'inspecteur se carra dans son coin, posa sa tête lourde sur son imperméable gris, et s'endormit. À son réveil, la jeune fille était toujours assise en face de lui, elle donnait l'impression de n'avoir pas bougé. Mais le paquet de cigarettes, qui était plein à Paris, gisait chiffonné dans un coin, vide. Et une fumée bleue, emplissant leur compartiment, donnait mal à la tête à Studer...

Il porta jusqu'à la douane sa valise et celle de sa compagne de voyage, puis il prit congé. À ce moment, il heurta un homme dont la tête s'ornait d'un bonnet qui ressemblait à un pot de fleurs mal tourné... Un froc blanc recouvrait son corps maigre, et des sandales laissaient apercevoir des pieds nus... L'inspecteur s'attendait à un salut chaleureux. Il ne vint pas. Le visage du père blanc, avec sa barbe de Petit Tailleur, reflétait l'angoisse et la tristesse. Sa bouche — aux lèvres si pâles ! — murmura : « Ah ! Inspecteur ! Comment allez-vous ? » Et sans attendre une réponse, le père Matthias se tourna vers la jeune fille qui avait voyagé en compagnie de Studer, et prit sa valise. Il sortit avec elle de la gare, ils montèrent dans un taxi et disparurent.

L'inspecteur haussa ses larges épaules. Les prophéties du caporal extralucide, dont le père blanc avait régalé trois criminologues dans un bistrot des Halles, semblaient n'appeler aucune confirmation. Si le moine y avait vraiment ajouté foi, il aurait été de son devoir de veiller sur... sur... comment s'appelait-elle, déjà ? qu'importe !... sur la vieille dame qui habitait sur le Spalenberg, afin de la sauver d'une mort liée au sifflement... D'une flèche ? D'un projectile de sarbacane ? Quoi d'autre ? D'un serpent ?... Ce n'était que des souvenirs des histoires de Sir Arthur Conan Doyle, ce familier des spirites. Dans une de ces histoires... Quel était donc le titre ?... Le ruban... Le ruban... Ah ! Oui : Le ruban moucheté ! Un serpent qui s'enroulait autour d'un cordon de sonnette... Mais si le romancier anglais ne manquait pas d'imagination, Studer, lui, était à court de cigares. Si aimables et hospitaliers qu'ils fussent, les Français ne connaissaient pas les Brissago... L'inspecteur s'empressa donc de renouveler sa provision au kiosque de la gare. Il se refusa cependant le plaisir de fumer tout de suite. Se rendant au buffet, il s'accorda d'abord un solide petit déjeuner. Puis il décida de rendre visite à un ami, qui habitait dans la Missionsstrasse.

Afin de ne pas déranger son ami, car il était encore fort tôt, Studer fit un détour. Tout en marchant, il hochait la tête et marmonnait. Il pouvait se le permettre, la rue était déserte et aucun passant ne viendrait s'étonner de son monologue. L'inspecteur hochait donc la tête en murmurant : « Ce n'est pas un ange. » Et même, ce père Matthias respirait l'intrigue...

Arrivé à la place du Marché, il secoua de nouveau la tête. Cette fois il murmura : « Petit Jakob salue le vieux Jakob. » Cette Hedy, quelle femme étonnante !... À près de cinquante ans maintenant, grand-mère de surcroît, elle aimait toujours trouver des formules originales. Jadis, ça agaçait Studer. Mais après vingt-sept ans de mariage, on s'adoucit... Hedy !... Tout n'avait pas été rose, pour elle. Mais elle était brave... Et maintenant : une brave grand-mère...

Grand-mère... Studer leva les yeux, s'arrêta, car la montée était raide. C'était bien ça : le Spalenberg ! Et sous ses yeux luisait un numéro de porte...

La porte s'ouvrit brutalement, une jeune fille se précipita dehors, sur le seul passant de la rue, c'est-à-dire Studer. Le saisissant par la manche, haletante, elle jeta :

« Venez !... Ma mère !... Ça sent le gaz !... »

Et l'inspecteur Studer, de la police de Berne, suivit son destin. Destin qui avait pris cette fois la forme d'une jeune fille qui aimait fumer des cigarettes françaises pour hommes, et portait une veste de fourrure, des chaussures de daim grises et des bas de soie, également gris...

« Reste sur le palier ! » cria Studer, parvenu en haletant au troisième étage. Pas de doute possible : ça sentait le gaz ! Pas de loquet, pas de clef... une porte en sapin — et une serrure fragile...

Studer recula de six pas, pas un de plus. Mais que peut une modeste porte en sapin contre le choc de cent kilos ? La porte donc céda — pas le bois, mais la serrure — et un nuage de gaz assaillit Studer. Par chance, son mouchoir était large. Il le noua à son cou, de façon à recouvrir sa bouche et son nez.

« Reste dehors ! » cria-t-il de nouveau à la jeune fille. En deux enjambées, il avait traversé la minuscule cuisine. Atteint une porte, qu'il enfonça. La salle de séjour était carrée, blanchie à la chaux. Ouvrant la fenêtre, l'inspecteur se pencha... Et le mouchoir tomba comme un masque de Mardi gras...

Une mer de toits... Des cheminées fumaient paisiblement dans l'air glacé. Du givre brillait sur les tuiles sombres. On apercevait au-dessus du toit le plus pointu un soleil d'hiver, pâle et rampant. Sous le violent courant d'air, le gaz toxique se dissipa.

Studer se retourna et vit un bureau bas, un divan, trois chaises. Un téléphone accroché au mur. Il traversa la pièce, entra dans la cuisine étroite comme un couloir. Les deux robinets du réchaud étaient ouverts. Le gaz sifflait. Machinalement, Studer referma les robinets. Cela n'allait pas sans peine, car il y avait un fauteuil dans le passage. Un fauteuil de velours vert, où une vieille femme était assise. Étrangement calme, détendue, elle semblait dormir.

Une de ses mains reposait sur l'accoudoir. L'inspecteur la saisit, chercha le pouls, secoua la tête. Avec douceur, il replaça sur le bois sculpté la main glacée.

C'était vraiment une cuisine minuscule. Un mètre et demi de large, deux de long. Un boyau. Au-dessus du réchaud à gaz, une étagère de bois était accrochée au mur. Des boîtes brunâtres, toute trace de leur émail blanc ayant disparu, s'y alignaient : « Café », « Farine », « Sel »... Tout respirait la pauvreté. À travers les relents du gaz, on distinguait nettement une autre odeur : du camphre...

Ça sentait la femme vieille, vieille et seule...

C'était une odeur spéciale, que Studer connaissait bien. Il avait appris à la reconnaître dans les appartements minuscules de la Metzgergasse. De temps à autre, une vieille femme ne supportait plus l'ennui, ou la solitude, et ouvrait le gaz. Parfois cependant, ce n'était ni l'ennui, ni la solitude, mais tout simplement : la détresse...

Studer sortit de l'appartement. Sur le montant de la porte, à gauche, sous le bouton blanc de la sonnette, une petite plaque :

JOSEPHA CLEMAN-HORNUSS
Veuve

Veuve ! Comme si le veuvage avait été une profession !...

Il appela la jeune fille, qui était penchée sur la rampe de l'escalier. La maison était curieusement bâtie. Un petit jardin s'ouvrait sur l'escalier, quoiqu'on fût au troisième étage. Une porte était encastrée dans le mur d'enceinte du jardin. Où menait-elle ?... Sans doute à une ruelle adjacente... L'inspecteur appela la jeune fille, qui s'approcha.

La suite fut naturelle, évidente. Avec douceur, Studer mena la jeune fille au fauteuil où une vieille femme sommeillait, paisible...

Mais tandis que la fille de celle qui reposait sortait un mouchoir minuscule, s'essuyait les yeux, Studer remarqua un détail étrange. La vieille femme dans le fauteuil portait une robe de chambre rouge, parsemée de taches de café. Mais elle était chaussée de bottines, de chaussures de ville — tout sauf des pantoufles !

Studer se mit en quête du compteur à gaz. Il était perché près de la porte d'entrée de l'appartement, sur une tablette accrochée au mur. Ses cadrans lui donnaient l'air d'un visage vert, replet et grimaçant.

Mais le robinet d'arrêt du gaz était tourné à moitié !...

Pour être précis, il formait un angle de quarante-cinq degrés...

Pourquoi n'était-il pas complètement ouvert ?

Au fond, toute cette affaire ne concernait pas Studer. Il était inspecteur de la police de Berne. Ceux de Bâle n'avaient qu'à se débrouiller eux-mêmes. Du reste tout indiquait qu'il s'agissait d'un suicide, un suicide au gaz. Ça pouvait arriver. Et ça arrivait souvent...

Studer retourna dans le séjour, qui servait également de chambre à coucher — c'était l'office du divan du coin ! — et chercha l'annuaire. Il le trouva sur le bureau, près d'un jeu de cartes étalé. Tout en recherchant le numéro de la police sanitaire, il songeait vaguement qu'il était rare qu'une candidate au suicide fasse une patience avant de se tuer...

Une feuille de papier s'échappa de l'annuaire. Studer la ramassa par terre, et la posa près du jeu de cartes. C'était étrange, en haut à gauche — les cartes étaient disposées en quatre rangées — grimaçait le valet de pique... Studer composa le numéro. La sonnerie n'en finissait plus. Manifestement, le policier de permanence avait fêté dignement la Saint-Sylvestre. Enfin une voix pâteuse répondit. Studer l'informa de la situation : Spalenberg 12, troisième étage, Josepha Cleman-Hornuss. Suicide... Puis il raccrocha.

Il avait encore sous la main la feuille échappée de l'annuaire. Une feuille jaunie, pliée de façon qu'on ne puisse la lire. Studer l'ouvrit : une courbe de température...

Hôpital militaire de Fez

Nom : Cleman, Victor Alois.
Profession : géologue.
Nationalité : suisse.
Entrée : 12/7/1917. — *Paludisme*.*

C'était le bulletin d'entrée à l'hôpital d'un malade du paludisme : la fièvre des marais...

La courbe de température montait en flèche, du 12 au 30 juillet. À la date du 30, on avait inscrit une croix. Le 30 juillet, donc, Victor Alois Cleman, Suisse, géologue, était décédé.

Cleman... Cleman-Hornuss ?... Spalenberg 12 ?...

Studer sortit son calepin. C'était bien l'adresse, à la première page de son cadeau de Noël !...

« Dis donc, petite ! » s'écria Studer.

La demoiselle en veste de fourrure ne sembla pas s'étonner outre mesure de l'apostrophe.

« Viens ici. »

Elle dut quitter son poste devant la fenêtre. Il avait posé son calepin sur le bureau, et se mit à prendre des notes tout en interrogeant la jeune fille.

Décidément, l'inspecteur Studer semblait bel et bien avoir pris en main une nouvelle affaire.

« C'était ton père ? » demanda-t-il en désignant le nom inscrit en haut de la courbe de température.

Elle fit oui de la tête.

« Comment t'appelles-tu ?

— Marie... Marie Cleman.

— Bon, je suis l'inspecteur Studer, de Berne. Et j'ai été chargé par l'homme qui a été te chercher à la gare ce matin d'intervenir, au cas où il se passerait quelque chose en Suisse. Il m'a raconté une histoire à dormir debout. Mais l'histoire ne mentait pas sur un point : ta mère est morte. »

Studer s'interrompit. Il pensa au sifflement. Ni flèche, ni sarbacane, ni ruban moucheté... Le gaz !... Lui aussi sifflait en s'échappant des brûleurs !... Continuons !... Et il se plongea dans l'étude de la courbe de température.

Le soir du 18 et le matin du 19 juillet, la température était montée à 37,25°. À cette place, on avait inscrit au-dessus de la courbe : « *Sulfate de quinine, 2 km**. »

Depuis quand prescrivait-on des kilomètres de quinine ? Une faute de plume ? Il devait s'agir d'une piqûre, et un nigaud devait avoir écrit « km » au lieu de « cm^3 ».

À voir...

« Ton père est mort au Maroc, dit Studer. À Fez. Il faisait de la prospection minière, à ce qu'on m'a dit. Pour le compte du gouvernement français... À propos, qui est l'homme qui est venu te chercher à la gare ce matin ?

— Mon oncle Matthias, répondit Marie, étonnée.

— C'est bien ça. J'ai fait sa connaissance à Paris. »

Silence. L'inspecteur était assis, penché en arrière, confortablement installé derrière le petit bureau. Marie Cleman lui faisait face, froissait son mouchoir. La sonnerie du téléphone déchira le silence. Marie voulut se lever, mais Studer lui fit signe de rester assise. Il décrocha, et répondit comme s'il avait été dans son bureau : « Oui ?

— Mme Cleman est-elle là ? »

Une voix désagréable, suraiguë.

« Pas pour le moment. Puis-je transmettre un message ? demanda Studer.

— Non ! Non ! D'ailleurs je sais que Mme Cleman est morte. Vous ne m'attraperez pas ! Vous êtes de la police, pas vrai ? Hahaha... »

Un vrai rire de théâtre ! L'homme « disait » son rire. Puis la ligne s'interrompit brusquement.

« Qui était-ce ? demanda Marie avec anxiété.

— Un toqué ! » répondit sèchement Studer, avant de lui demander — était-ce la voix qui l'y faisait penser ? — :

« Où est ton oncle Matthias ?

— Les prêtres catholiques, dit-elle d'une voix lasse, doivent dire leur messe tous les matins... À moins d'avoir une dispense, je crois... Du pape, ou de l'évêque, je ne sais pas... » Elle soupira, attira à elle la courbe de température et se mit à l'étudier avec attention.

« Qu'est-ce que ça veut dire ? demanda-t-elle soudain en indiquant la croix bleue.

— Ça ? » Studer se tenait derrière la jeune fille. « Cette croix correspond sans doute au jour de la mort de ton père.

— Non ! » Marie avait crié. Elle continua plus calmement : « Mon père est mort le 20 juillet. J'ai vu de mes yeux le certificat de décès et la lettre du général ! Mon père est mort le 20 juillet 1917. »

Elle se tut, et Studer respecta son silence.

Au bout d'un moment, elle reprit : Sa mère le lui avait assez souvent raconté ! Le 21 juillet, un télégramme était arrivé. Il devait encore se trouver parmi d'autres souvenirs, dans le deuxième tiroir du bureau. Quinze jours plus tard, à peu près, le facteur avait apporté une grande enveloppe jaune. Elle ne contenait pas grand-chose : le passeport de son père, quatre mille francs en billets de la Banque d'État algérienne, et la lettre de condoléances d'un général français, un certain Lyautey. Une lettre très flatteuse : monsieur Cleman avait représenté si dignement les intérêts de la France, le pays était si reconnaissant à monsieur Cleman d'avoir démasqué deux espions allemands...

« Deux espions ? » s'exclama Studer. Il s'était assis sur une chaise à l'angle de la pièce, près de la fenêtre ouverte. Accoudé sur ses cuisses, les mains jointes, il fixait le plancher. « Deux espions ? » répéta-t-il.

Marie ferma la fenêtre. Elle jeta un coup d'œil sur la cour, ses doigts tambourinaient sur la vitre une marche monotone, et son souffle embuait le verre. Des gouttelettes se formaient, descendaient jusqu'à ce que le châssis de la fenêtre les arrête...

« Oui, deux espions. » La voix de Marie était sans expression. « Les frères Mannesmann... Pour en revenir à la lettre, nous habitions alors dans le quartier de la Rheinschanze, un grand appartement. Puis la lettre arriva. J'étais en vacances... Le facteur apporta la grande enveloppe, elle était recommandée et ma mère dut signer. Elle pleurait, et l'encre fut à moitié effacée. Mon père ne laissait pas grand-chose, et après sa mort nos difficultés commencèrent. Ma mère s'étonna souvent qu'il restât si peu d'argent. Ma tante, à Berne, elle avait du bien... »

Studer feuilleta son calepin. La première femme ! Le moine, le père blanc, n'en avait-il pas parlé ? Voilà : « Sophie Hornuss, Gerechtigkeitsgasse 44, Berne. »

« Comment ton père s'entendait-il avec ces deux espions, les frères... comment dis-tu ?... ah oui !... les frères Mannesmann ?

— Bien, très bien même, au début. C'est ma mère qui m'a tout raconté. Je vous ai dit qu'ils avaient fait des prospections. Dans le sud du Maroc, principalement. C'est-à-dire que mon père avait découvert des gisements de minerais. Ces Mannesmann prétendaient être suisses. Et puis, pendant la guerre, ils ont aidé quelques Allemands de la Légion étrangère à regagner leur patrie. Mon père en a eu vent, et l'a signalé au général. Et on les a fusillés sans autre forme de procès. En récompense de sa tra... de ses révélations, le gouvernement français l'a pris à son service...

— Ainsi va le monde », commenta Studer. Il se leva, se pencha de nouveau sur le bureau, comme fasciné par les cartes étalées.

« Et qu'en est-il des cartes ? »

Marie Cleman appuya ses mains sur le rebord de la fenêtre et s'y assit. La pointe de ses pieds effleurait le bord du tapis râpé. Que ses attaches étaient fines !...

« Les cartes ! s'écria Marie. Elles furent notre malédiction ! C'est à cause d'elles que j'ai quitté ma mère... »

Elle soupira : « Hélas ! je ne pouvais plus supporter cette supercherie ! Les bonnes qui payaient dix francs pour savoir si leur ami leur était fidèle, les hommes d'affaires qui voulaient des conseils pour une spéculation, les politiciens à qui ma mère devait certifier qu'ils seraient réélus... Et pour finir, ce directeur de banque. Mais lui venait pour moi. Et savez-vous le plus beau, oncle Studer, je crois que ma mère était d'accord pour que lui et moi... Alors je suis partie... »

Studer avait sursauté. Il faisait face à Marie. Comment l'avait-elle appelé ? Oncle Studer ? Il en avait le souffle coupé... Mais quoi, où était le mal ? Il avait tutoyé la jeune fille, selon la vieille habitude bernoise. N'était-il pas normal que Marie à son tour se permette une certaine familiarité ? Oncle Studer ! Ça faisait chaud au cœur...

« Si tu veux bien, dit Studer d'une voix un peu enrouée, je préférerais que tu m'appelles : cousin Jakob. Oncle Studer ! Ce sont les Souabes qui parlent comme ça... »

Marie avait rougi. Elle regarda l'inspecteur dans les yeux. Elle avait une manière à elle de regarder les gens, d'un air moins scrutateur qu'étonné — c'était cela : une sorte d'étonnement paisible. Studer trouvait que ça allait bien à la jeune fille. Mais il imaginait que d'autres que lui devaient trouver ce regard exaspérant.

« C'est bien ! dit Marie. Cousin Jakob ! » Et elle tendit la main à l'inspecteur. Une main petite, mais forte. Studer s'éclaircit la voix.

« Tu es partie... bon. Pour Paris, à ce que m'a dit ton oncle. Avec qui ?

— Avec l'ancien secrétaire de mon père. Il s'appelait Koller. Il nous a rendu visite un jour, et nous a raconté qu'il s'était mis à son compte et avait besoin d'une personne de confiance. Il m'a demandé de travailler avec lui, comme sténodactylo. J'avais fait des études commerciales, j'ai accepté... »

Veste de fourrure, bas de soie, chaussures de daim... Le salaire d'une secrétaire suffisait-il à un tel luxe ? Studer enfonça ses mains dans les poches de son pantalon. Il se sentait un peu triste. Son dos se voûta légèrement, et il demanda :

« Pourquoi es-tu soudainement revenue chez ta mère ? »

De nouveau ce regard étrangement attentif.

« Pourquoi ? répéta Marie. Parce que Koller a disparu. Du jour au lendemain. Il y a trois mois, trois mois et demi. Le 15 septembre, pour être précise. Il m'a laissé quatre mille francs français, et j'ai tenu avec cet argent — jusqu'à la fin décembre. À ce moment, il me restait tout juste de quoi me payer un billet pour Bâle.

— Pourquoi n'es-tu pas partie avec ton oncle ?

— Il voulait voyager seul.

— As-tu signalé la disparition ?

— Oui, à la police. Elle a saisi les papiers... C'est un certain Madelin qui s'est occupé de l'affaire. Il m'a convoquée une fois... »

La phrase !... La phrase !... N'allait-il pas retrouver la phrase qu'avait dite le commissaire Madelin, le soir où Studer lui avait montré le télégramme du petit Jakob ? Qu'avait dit Madelin à cette encyclopédie vivante de Godofrey ?... « ... Il y a quelque chose qui cloche dans les papiers de Koller... »

Voilà. Mais s'agissait-il du même Koller ?

Studer demanda :

« Où ta mère gardait-elle les souvenirs de ton père ?

— Dans le bureau, dit Marie en se détournant de nouveau vers la fenêtre. Dans le deuxième tiroir. »

Dans le deuxième tiroir...

Il était vide... Ce n'était guère étonnant. Plus

étonnant était le soin avec lequel le voleur avait replacé un éclat de bois qui s'était détaché quand il avait forcé le tiroir. Studer suivit l'exemple de son prédécesseur, et remit l'éclat de bois à sa place après avoir fermé le tiroir vide. Il sortit même son mouchoir, et frotta soigneusement l'endroit abîmé en murmurant : « On ne sait jamais... »

« Avez-vous trouvé quelque chose, cousin Jakob ? demanda Marie sans se retourner.

— Ta mère a dû les mettre ailleurs », grommela Studer. D'une voix plus forte, il ajouta : « La première femme de ton père habite donc Berne, et s'appelle... » Il ouvrit son calepin mais Marie le devança :

« Hornuss, Sophie Hornuss, Gerechtigkeitsgasse 44. Elle était la sœur aînée de ma mère, ma tante, en fait, si vous préférez...

— Une famille compliquée », constata sèchement Studer.

Marie sourit. Puis son sourire s'évanouit, et ses yeux se voilèrent de tristesse. C'était aussi son avis, parfois, déclara-t-elle. Et Studer se voulut mille morts de l'avoir sans doute peinée avec sa sotte remarque...

Des pas se rapprochèrent dans le couloir. Les gonds de la porte défoncée grincèrent. Une voix demanda si c'était bien là qu'un suicide... « Pas la peine de demander, dit une seconde voix, regarde le nom sur la porte : Cleman ! » Et la voix ajouta : « C'est à nous ! » en traînant voluptueusement sur le « à »...

Studer retourna à la minuscule cuisine, et rentra dans un uniforme. Le choc fut à vrai dire bénin, car le possesseur de l'uniforme était gras, rose et lisse comme un nourrisson. Il semblait en proie à une irrépressible envie de bâiller, et couvrit l'inspecteur d'un flot de questions assaisonnées d'un accent à couper au couteau. Il ne roulait pas les « r », du reste, comme un Suisse digne de ce nom, mais les noyait dans une sorte de gargarisme. Le médecin légiste, lui, était vieux et doté d'une moustache jaunie par l'abus du tabac.

Studer se présenta, présenta Marie.

La morte dans son fauteuil semblait sourire. L'inspecteur regarda de nouveau son visage. Elle avait une verrue au coin du nez...

On emporta le cadavre, en passant par la petite porte encastrée dans le mur. On ne trouva pas sans peine une clef pour l'ouvrir — impossible de découvrir une seule clef dans l'appartement de la morte. Un locataire, attiré par le bruit, prêta la sienne.

Studer était fatigué. Il n'avait pas envie d'exposer à ses collègues tous les aspects étranges de cette affaire : le robinet du gaz fermé à moitié, les chaussures de ville de la vieille femme en robe de chambre... L'inspecteur contempla longuement la petite plaque de laiton : « Josepha Cleman-Hornuss. Veuve. »

Puis il invita Marie à prendre un café. C'est ce qui lui paraissait le plus raisonnable...

La première femme

Peu après Olten, la neige commença à tomber. Studer, assis dans le wagon-restaurant, regardait par la fenêtre. Les collines apparaissaient fugitives et douces derrière le rideau blanc, dont la tombée était si dense, si régulière, qu'il semblait immobile...

Un service à café bleu attendait le bon vouloir de l'inspecteur, ainsi qu'une carafe remplie de kirsch.

Le regard de Studer se détourna de la fenêtre, et revint au calepin ouvert devant lui. Il tenait son crayon entre l'index et le médius et écrivait, de sa minuscule écriture où chaque lettre se tenait isolée, comme dans l'écriture grecque des écoliers :

« Cleman-Hornuss Josepha, veuve, 55 ans. Intoxication par le gaz. Suicide ? S'y opposent : robinet d'arrêt du compteur mal refermé. Absence des clefs de l'appartement et de la porte du jardin. Tiroir du bureau qu'on a forcé... Et l'appel téléphonique !... »

L'appel ! Assis dans son wagon-restaurant de l'express Bâle-Berne, Studer se remémora la voix — et de nouveau, comme dans la salle de séjour de la veuve Cleman-Hornuss, elle lui parut familière. Elle lui rappelait une autre voix, qu'il avait entendue peu auparavant, dans un bistrot des Halles, à Paris... C'était le même *ton*, le même registre...

Et la voix semblait ivre. Haletante. Comme si l'homme avait avalé à la suite plusieurs verres de cognac. Première question : dans quel but cet homme ivre avait-il appelé ? Deuxièmement : où le père Matthias, de l'ordre des Pères Blancs, se trouvait-il à ce moment-là ? Dans quelle église avait-il dit sa messe du matin ? Dans cette église de ciment que les Bâlois ont baptisée le « silo à prières » ?

Perdu dans ses pensées, Studer regarda par la fenêtre, tendit la main, saisit au lieu de la cafetière la carafe remplie de kirsch et s'en versa une pleine tasse, qu'il porta à ses lèvres. Quand il s'aperçut de son erreur, la tasse était déjà vide. Il leva les yeux, rencontra le sourire du serveur, auquel il sourit en retour, cordial. Puis il haussa les épaules et saisissant la carafe il versa, délibérément cette fois, le reste du kirsch dans sa tasse. Après quoi il se mit à écrire avec ardeur.

« Cleman, Alois Victor. Géologue au service des frères Mannesmann. Prospections : plomb, argent, cuivre. Ses patrons sont passés par les armes en 1915, à Casablanca, pour avoir aidé quelques Allemands de la Légion étrangère à déserter. *Cleman délateur ?* Cleman rentre en Suisse en 1916. Repart la même année pour le Maroc, pour le compte du gouvernement français. Inspecte les fours à plomb installés par les frères Mannesmann dans le sud du pays. En juillet 1917, gravement malade, il est transporté en avion à Fez. Il y meurt le 20 juillet, d'après des déclarations de sa fille fondées sur un télégramme introuvable. Ne laisse presque rien en héritage. Marié deux fois. Première femme vit à Berne, voir le témoignage du moine. Serait riche. Sœur de Josepha Cleman, décédée à Bâle. »

... Herzogenbuchsee... La neige avait cessé. La chaleur sèche du wagon était assoupissante, et Studer s'abandonna à la rêverie...

La Légion étrangère ! Le Maroc ! Les pays lointains, le monde coloré, évoqués par le père Matthias, n'avaient d'abord éveillé en lui qu'une nostalgie timide. Mais maintenant, tout son cœur se gonflait à cette pensée ! C'était un sentiment étrange, séduisant, les mondes inconnus l'appelaient, des images s'élevaient dans son imagination... C'était un rêve éveillé. Le désert s'étendait à l'infini, des chameaux cheminaient à travers les dunes dorées. Dans des villes d'une blancheur éblouissante, des hommes à la peau brune, aux vêtements flottants, marchaient avec majesté. Marie se faisait enlever par des bandits — que venait-elle faire dans le rêve ?... Puisqu'elle était enlevée, il fallait la délivrer. « Merci, cousin Jakob ! » disait-elle. Le bonheur ! Rien à voir avec ces rapports éternels à rédiger pour ses chefs, dans le petit bureau sentant la poussière et le pétrole... Là-bas régnaient d'autres parfums — étrangers, inconnus. Et les réminiscences envahissaient la mémoire de l'inspecteur : *le Cantique des cantiques, les Mille et Une Nuits...*

Peut-être, enfin, était-il tombé sur l'affaire de sa vie...

Peut-être faudrait-il l'envoyer, à titre officieux, au Maroc...

En tout cas, il se promit de se rendre dès le lendemain, à la première heure, au n° 44 de la Gerechtigkeitsgasse, afin d'interroger l'ex-épouse du géologue...

... Burgdorf... Studer vida le reste du café froid dans sa tasse, but le mélange obtenu, le trouva infect et cria : « L'addition ! » Le serveur lui lança un sourire complice. Mais Studer n'était plus d'humeur à rire. Il ne pouvait oublier Marie, partie pour Paris avec Koller, le secrétaire... La veste de fourrure, les bas de soie, les chaussures de daim !... Il ne pouvait se cacher qu'il avait pris la jeune fille en affection. Il lui semblait qu'il avait retrouvé une fille. Puisque sa fille avait épousé, un an auparavant, un policier de village, natif de la Thurgovie... Elle était mère, à présent, et il avait l'impression de l'avoir définitivement perdue. Ce fut sans doute le trouble de ses sentiments qui amena l'inspecteur à ne laisser au serveur complice que vingt centimes de pourboire.

L'arrivée à Berne n'améliora pas son humeur. L'appartement de Kirchenfeld était vide — Studer n'avait pas envie d'allumer le poêle. Il alla dans un café jouer au billard, se rendit ensuite au cinéma, trouva le film détestable... Plus tard il alla boire force bière blonde, mais elle non plus ne lui réussit pas... Il finit donc par se coucher vers onze heures, avec un solide mal de tête. Le sommeil tarda à venir.

La vieille femme à la verrue au coin du nez, si paisible, si détendue, dans son fauteuil vert près du réchaud à gaz, vint lui rendre visite dans l'obscurité... Marie apparut, disparut. Puis ce fut la Saint-Sylvestre : le commissaire Madelin, et Godofrey, cette encyclopédie vivante... Ce Godofrey, impossible de s'en débarrasser... Avec ses lunettes d'écaille, il avait l'air d'un petit hibou qui ne sait pas encore voler... « *Pour madame !** » susurrait-il en tendant une terrine de foie gras par la fenêtre du wagon... Mais la terrine grossit, grossit, verte, grimaçante et replète elle se percha sur une étagère, devenue un compteur à gaz... Ce maudit compteur, voilà qu'il avait un visage, et un bras unique, un vrai monstre de cauchemar, qui faisait des signaux... Le bras à l'horizontale, le bras à la verticale... Non, incliné comme un robinet mal fermé... Marie se promenait bras dessus, bras dessous avec le père Matthias — mais ce n'était pas le père Matthias mais Koller, le secrétaire, qui était lui-même un sosie de l'inspecteur Studer...

À moitié endormi, Studer s'entendit crier : « Quelle blague ! »

Sa voix résonna à travers l'appartement vide. Désespéré, il tendit la main vers le lit à côté du sien. Mais Hedy était encore en Thurgovie, à s'occuper du nouveau petit Jakob... En soupirant, il remit sa main sous les draps car il avait froid. Et d'un coup, il s'endormit...

« C'était bien, à Paris ? » demanda le lendemain matin, à neuf heures, le sergent Murmann, avec qui Studer partageait son bureau. L'inspecteur était toujours de fort méchante humeur. Il grommela des mots indistincts, et tapa de plus belle sur sa machine à écrire. La pièce sentait le tabac froid, la poussière et le pétrole. Le vent glacé se déchaînait derrière la fenêtre, et les radiateurs crépitaient.

Murmann s'assit en face de son ami Studer, sortit de sa poche le *Bund*, et commença à lire. Ses manches étaient déformées par les muscles énormes de ses bras.

« Mon vieux, s'écria-t-il au bout d'un moment. Écoute-moi ça !

— Ouais », répondit Studer avec impatience. Il devait faire ce rapport sur le cambriolage d'une mansarde, remontant à des éternités, rapport que le juge d'instruction avait réclamé au téléphone en vociférant.

« À Bâle, continua paisiblement Murmann, une femme s'est suicidée au gaz... »

Agacé, Studer précisa qu'il le savait depuis longtemps.

Mais Murmann ne se laissa pas décontenancer.

Il émit l'idée que le suicide au gaz devait être contagieux. Le matin même, en effet, à six heures, il avait dû se rendre à la Gerechtigkeitsgasse — il n'y avait personne à la police municipale, tous en vacances... Enfin... Et là aussi, une femme s'était suicidée au gaz.

« Dans la Gerechtigkeitsgasse ? À quel numéro ? demanda Studer.

— 44 », murmura Murmann en mâchant son cigare. Il se gratta le dos, déplia commodément le *Bund*, et poursuivit sa lecture de l'éditorial.

Soudain, il sursauta : une chaise venait de se renverser. Studer était penché au-dessus de la table, haletant : « Le nom de la femme ? »

Son visage, habituellement pâle, était rouge brique.

« Jakob, demanda posément Murmann, tu entends des voix ? »

Non, Studer ne souffrait pas d'hallucinations auditives, il écarta d'un signe de tête de telles suppositions. Mais il voulait savoir le nom de la morte.

« Une tireuse de cartes, divorcée... dit Murmann. Hornuss, Hornuss Sophie. » Et sa voix traîna voluptueusement sur la première syllabe. Il ajouta que le corps était déjà à la morgue...

« Bon », répliqua sobrement Studer. Il tapa encore une phrase, sortit la feuille de la machine, signa, prit son raglan au portemanteau, et sortit en claquant la porte.

« Ce Jakob ! » soupira Murmann, et il ralluma son cigare. Puis, un sourire béat aux lèvres, il termina l'éditorial, lequel dénonçait l'aggravation du péril rouge. En bon libéral, Murmann croyait fermement au péril rouge...

Gerechtigkeitsgasse 44. Un écriteau à l'entrée signalait l'existence d'un cours de danse. Un escalier de bois. Très propre, pas comme dans l'autre immeuble — celui du Spalenberg. Au troisième étage, sur une porte peinte en jaune, une carte de visite :

Sophie Hornuss

Celle-là du moins n'était pas une veuve de profession ! Studer entra.

Sur le plancher gisait la serrure, qui n'avait pas résisté quand on avait enfoncé la porte.

Tout se taisait...

Une antichambre aussi sombre que vaste. Sur la gauche, une porte vitrée menait à la cuisine. Studer renifla : ici aussi, de nouveau, l'odeur du gaz. La porte de la cuisine était ouverte. L'abat-jour en porcelaine du plafonnier s'ornait d'une soie violette d'où pendaient quatre boules de bois marron. L'ensemble oscillait doucement.

Près de la fenêtre, une cuisinière robuste, avec quatre brûleurs, un four et un gril. Et devant la cuisinière, un confortable fauteuil de cuir, insolite dans cet environnement. Qui l'avait transporté de la salle de séjour à la cuisine ? La vieille femme ?

Sur la table de la cuisine, couverte d'une toile cirée, des cartes étaient étalées. Quatre rangées de huit cartes. La première carte du haut était le valet de pique.

Studer arpentait la cuisine, les mains derrière le dos. Il ouvrit le placard, le referma, décrocha une casserole accrochée au mur, souleva un couvercle... Dans l'évier, il vit une tasse dont le fond était couvert de marc de café... Il renifla : une faible odeur d'anis. Il goûta.

Cet arrière-goût amer qui s'attardait sur la langue... Cette odeur ! Le hasard voulait que Studer les connût : deux ans auparavant, son médecin lui avait prescrit des somnifères du même type pour ses insomnies.

Des somnifères !... Amers et parfumés... La vieille femme avait-elle aussi souffert d'insomnie ? Mais pourquoi diable prendre un somnifère, traîner un fauteuil de cuir dans la cuisine et enfin ouvrir les robinets du gaz ? Pourquoi ?

Une morte à Bâle, une morte à Berne... Avec pour point commun un homme : Cleman Alois Victor, géologue suisse, décédé à l'hôpital militaire de

Fez pendant la guerre mondiale. Pourquoi les deux femmes de cet homme, quinze ans plus tard, s'étaient-elles tuées ? À un jour d'intervalle ? Et d'une façon pour le moins étrange ? Était-ce là cette *grande affaire* dont rêve tout criminologue, même lorsqu'il n'est qu'un simple policier ? « Simple » !... Voilà un mot qui ne convenait guère à l'inspecteur. Si Studer avait été simple, il n'aurait pas été décrit par tous ses collègues, du directeur de la police au plus modeste brigadier, comme « complètement fêlé ».

Description faisant allusion avant tout à cette histoire de banque qui avait brisé sa carrière, alors qu'il était commissaire en titre de la police municipale. Il avait dû démissionner, et repartir à zéro dans la police cantonale. Il n'avait pas tardé à gagner ses galons d'inspecteur. Car il parlait couramment trois langues : le français, l'italien et l'allemand. Il lisait l'anglais. Il avait travaillé avec Gross à Graz, et avec Locard à Lyon. Il avait des amis à Berlin, Londres, Vienne — et surtout à Paris. Quand il fallait envoyer quelqu'un à un congrès de criminologie, c'est lui qu'on choisissait. Si ses collègues le disaient « fêlé », c'est peut-être qu'ils lui trouvaient trop d'imagination pour un Bernois. Mais ce n'était pas non plus entièrement exact. Il voyait peut-être simplement un peu plus loin que le bout de son nez, qu'il avait long, fin et pointu et qui, se détachant de son visage émacié, contrastait étrangement avec son corps massif.

Studer se rappela que lors d'une affaire précédente il avait lié connaissance avec un médecin travaillant à la morgue. Il traversa l'appartement, à la recherche du téléphone. Il le trouva dans la salle de séjour — des fauteuils de peluche rouge avec des napperons, une table tarabiscotée et un bureau à colonnettes —, accroché au mur.

Studer décrocha, composa le numéro.

« Je voudrais parler au Dr Malapelle... Oui ?... C'est vous, *dottore* ? Vous avez fini l'autopsie ?... C'est cela, le cadavre de la gazée, comme vous dites... *Senta, dottore !...* » Et il continua en italien, exposant ses présomptions au sujet du somnifère... Le médecin lui promit le procès-verbal pour l'après-midi.

Puis l'inspecteur feuilleta soigneusement l'annuaire. Non, pas de courbe de température. On ne paraissait pas avoir fouillé la chambre. Les tiroirs du bureau étaient fermés à clef.

La chambre à coucher... Un lit gigantesque, et des rideaux de peluche rouge à l'unique fenêtre. Ils plongeaient la pièce dans la pénombre. Studer ouvrit les rideaux.

Au-dessus du lit, le portrait d'un homme.

Une solitaire à Berne, une solitaire à Bâle. Celle de Berne s'en était un peu mieux sortie : un deux-pièces avec cuisine, alors que la pauvre Josepha, à Bâle, avait dû se contenter de son boyau. Mais elles avaient été aussi solitaires l'une que l'autre. Studer se surprit à les appeler par leur prénom. Josepha à Bâle, Sophie à Berne. Toutes deux devaient se traîner dans leur appartement en pantoufles, et sans doute ne les quittaient-elles même pas pour traverser la rue et faire leurs courses...

Étrange, l'absence de toute image du géologue chez Josepha. Elle était l'épouse légitime, après tout, alors que Sophie n'était qu'une ex...

Mais c'est au-dessus du lit de la divorcée que trônait la photographie agrandie, dans un lourd cadre en bois, de Victor Alois Cleman. Car il ne pouvait s'agir que de lui.

Il portait sur le cliché une barbe sombre et bouclée, qui s'étalait si largement sur le haut de sa veste qu'on ne pouvait distinguer la forme de sa cravate. Une barbe ! L'emblème de la virilité, avant la guerre !

Le géologue devait avoir chaud avec sa barbe, là-bas, au Maroc, tandis qu'il cherchait l'argent, le plomb, le cuivre !... Il portait de surcroît des lunettes, dont les verres ovales dissimulaient ses yeux. Non, ils ne les dissimulaient pas vraiment... Mais ils rendaient le regard terne, absent. Impersonnel. Et c'est ainsi tout le visage qu'ils privaient d'expression.

Un bel homme ! Du moins ce qu'on entendait par là, en ces temps reculés...

Studer fixait ce portrait, comme s'il avait espéré que l'époux des deux femmes allait lui parler. Mais le géologue globe-trotter gardait son air d'indifférence. D'une indifférence qu'on ne peut voir que sur le visage d'un savant. Irrité, l'inspecteur lui tourna le dos.

Quand il rentra dans la cuisine, le fauteuil de cuir était occupé.

Son occupant s'adonnait à un jeu singulier : il avait enfoncé son bonnet, qui ressemblait à un hideux pot de fleurs, sur l'index de sa main droite, et le faisait tournoyer lentement en le tapotant de sa main gauche.

L'homme, qui portait un froc blanc, leva les yeux :

« *Bonjour, inspecteur !* * » dit-il. Puis il lui souhaita une bonne année. En dialecte bernois, mais avec un accent exotique.

« Bonne année à vous aussi », répondit Studer, immobile dans l'encadrement de la porte.

« Le fondateur de notre ordre, le cardinal Lavigerie », dit le père Matthias tout en continuant à tapoter son bonnet-pot de fleurs, qui là-bas, en Afrique, s'appelle une chéchia, « notre grand cardinal aurait un jour déclaré : "Un vrai chrétien n'arrive jamais trop tard." Il ne fait aucun doute que cette sentence doive être prise au sens figuré, car appliquée à notre séjour sur cette terre, elle devient absurde. Nous sommes tributaires ici-bas de dispositifs purement humains, tels que trains, navires, automobiles... Ma nièce Marie, que j'ai vue hier soir, m'a raconté ce qui s'est passé à Bâle. J'ai aussitôt couru fréter un taxi, car il n'y avait plus de train pour Berne. Nous eûmes une panne en chemin — là encore, ce sont des choses qui se produisent. C'est ainsi que j'arrive à peine, pour trouver la porte éventrée, la serrure par terre — et une légère odeur de gaz... Mais j'entends qu'on marche dans l'appartement. "Serait-ce là, me suis-je dit, ce sympathique inspecteur dont j'ai eu l'honneur et le plaisir de faire la connaissance à Paris ? Ce serait vraiment providentiel !" Et c'était bien vous... »

Studer avait commencé par prêter attention non pas aux paroles mais au ton de cette voix, afin de la comparer avec celle qui l'avait nargué au téléphone. Le père blanc parlait un allemand parfait, à peine si quelques intonations trahissaient le Suisse... Sa voix était une vraie voix de prédicateur, profonde, retentissante, qui détonnait un peu avec son physique chétif. Mais une voix, ça se déguise ! Elle avait sonné différemment dans le bistrot parisien, un peu plus aiguë, peut-être. Fallait-il l'attribuer au fait que l'étrange moine parlait alors en français ?

Studer se pencha brusquement, et ramassa la serrure. Après l'avoir examinée avec soin, il leva les yeux, à la recherche du compteur à gaz. Il n'était pas dans la cuisine. L'inspecteur le trouva perché au-dessus de la porte d'entrée, aussi vert, replet et grimaçant que son frère de Bâle...

Et la manette qui servait de robinet principal était inclinée. Selon un angle de quarante-cinq degrés...

Studer regarda encore la serrure, qu'il tenait à la main. La voix de prédicateur retentit :

« Si vous avez besoin d'une loupe, inspecteur, je peux vous tirer d'affaire. Je suis un passionné de botanique et de géologie, et ne me déplace jamais sans ce précieux instrument... »

L'inspecteur ne leva pas les yeux. Il entendit gémir les ressorts du fauteuil de cuir, sentit qu'on lui glissait quelque chose dans la main — il regarda à travers la loupe...

Pas de doute, on voyait de petits fils gris accrochés autour du trou de la serrure. Surtout vers la partie faisant saillie vers le haut. Comme si une cordelette s'était frottée contre elle.

... Et le robinet dessinait un angle de quarante-cinq degrés !...

Absurde ! Même en admettant que la vieille femme avait pris un somnifère, puis s'était assoupie dans son fauteuil de cuir — n'aurait-il pas été plus simple pour l'éventuel meurtrier d'ouvrir le robinet du gaz en passant, et de s'éloigner discrètement ?... S'il s'agissait bien d'un meurtre...

Pourquoi ces complications inutiles ? Accrocher une cordelette au robinet, la dérouler le long des conduites, la faire passer par le trou de la serrure et ensuite, de l'extérieur, tirer, tirer jusqu'à ce que le nœud glisse de la manette du robinet et qu'on puisse récupérer la cordelette...

« Les vieilles femmes ont le sommeil léger... » dit le père Matthias.

Souriait-il ? On ne pouvait le jurer, malgré les quelques poils de moustache qui retombaient sur sa bouche comme un rideau de dentelle. Il gardait la tête baissée, et faisait tourner son bonnet rouge. Un rayon de soleil s'immisça par la fenêtre de la cuisine, et derrière la tête tonsurée les cheveux ras brillèrent comme de la glace...

« Merci », dit Studer en lui rendant la loupe.

Le père blanc la fit glisser dans la poche insondable de son froc, sortit sa tabatière, prit une bonne prise et déclara :

« L'autre soir, à Paris, quand j'ai eu l'honneur de faire votre connaissance, j'ai dû partir dans une hâte telle qu'il me fut impossible de vous communiquer d'autres détails importants... » Un instant d'hésitation. « ... au sujet de mon frère, mon frère mort à Fez.

— Importants ? demanda Studer, tout en allumant un de ses chers Brissago.

— C'est selon. » Le père blanc se tut, joua avec sa chéchia... Il sembla soudain se décider, se leva, abandonna son couvre-chef sur le fauteuil.

« Je vais vous faire un café, proclama-t-il.

— Pourquoi pas... » murmura Studer.

Il s'était assis sur un petit tabouret luisant de propreté, près de la porte, les yeux mi-clos. Ne pas montrer d'étonnement, se répétait-il, ni surtout de curiosité ! Cet homme cherchait à le plonger dans la confusion. Les faits s'imposaient : une vieille femme était morte dans cette cuisine, il y avait quelques heures à peine. Mais le petit moine semblait ne prêter aucune attention aux faits. Saisissant une casserole, il la remplit d'eau au robinet, la posa sur la cuisinière. Puis il chassa l'inspecteur de son tabouret, se hissa dessus pour ouvrir complètement le robinet à gaz. Il redescendit, et demanda distraitement : « Où se niche donc le café ? »

Et Studer revit l'étagère en bois au-dessus du réchaud, dans la cuisine du Spalenberg, et les boîtes à l'émail écaillé : « Café », « Sel », « Farine ». Rien de tel ici. Dans le placard de la cuisine, un sac de papier rouge abritait du café en poudre.

Un choc léger — le petit moine avait allumé le gaz sous la casserole. Il se mit à arpenter la cuisine, les plis de son froc se déployaient, se reformaient, et parfois, fugitivement, un rayon de soleil rencontrait l'étoffe blanche qui étincelait soudain comme un sou bien astiqué...

« Il l'avait prédit, mon caporal extralucide, s'écria le père Matthias. Il le savait... D'abord celle de Bâle, ensuite celle de Berne. Et ni vous ni moi n'avons pu les sauver. Moi parce que je suis arrivé trop tard. Et vous, inspecteur, parce que vous avez été incrédule. »

Un silence. La flamme était trop forte, le gaz siffla. Un sifflement étrangement étouffé, ironique... Le père blanc régla la flamme.

« J'avais écrit aux deux femmes qu'un danger les menaçait, qu'elles devaient être sur leurs gardes. Dès mon arrivée à Bâle, j'ai été voir Josepha. C'était avant-hier, au matin. J'ai voulu revenir le soir, mais tout était fini. J'ai sonné chez elle, à onze heures. Pas de lumière, personne pour m'ouvrir.

— Pas d'odeur de gaz ? demanda Studer, contaminé par le style du prédicateur.

— Non. »

Le père Matthias s'affaira autour de la casserole. Il tournait le dos à l'inspecteur. L'eau bouillait.

L'homme en froc y jeta du café en poudre, laissa le mélange se faire, éteignit le gaz et versa avec une louche un peu d'eau froide dans la mixture. Puis il sortit deux tasses du placard, et murmura : « Où pouvait-elle mettre sa réserve d'alcools ?... Où ? Dans le placard du bas, bien sûr ! Voulez-vous parier, inspecteur ?... J'ai gagné ! »

Il remplit les tasses, tout en s'empressant : « Restez assis, je vous en prie ! Ne vous dérangez pas ! »

Et il apporta son café, généreusement arrosé de kirsch, à l'inspecteur. Il y avait quelque chose d'irréel à boire du café, à dix heures du matin, dans cet appartement désert. Studer avait l'impression d'entendre la vieille femme au fauteuil de cuir, dont il ne connaissait pas même le visage, lui dire : « Servez-vous, monsieur l'inspecteur, mais ensuite, n'oubliez pas mon assassin ! »

Et ce fut comme poussé par cette fantasmagorie que Studer demanda :

« À quoi ressemblait-elle, au fait, Sophie Hornuss ? »

Le père Matthias, qui s'était remis à arpenter la cuisine, s'arrêta. Il fouilla dans les abîmes de la poche de son froc, et en sortit un petit objet en maroquin rouge, qui ressemblait à un miroir de poche. Mais quand il l'ouvrit, au lieu d'une glace apparurent deux photographies.

Studer les contempla. L'une représentait Josepha : aisément identifiable à la verrue au coin de son nez. Mais sur le cliché, c'était une femme encore jeune, dont le regard, le sourire respiraient la bonté...

L'autre cliché... Studer toussa pour cacher son trouble, ne put s'empêcher de fixer la photographie, de s'y absorber... C'était d'abord le regard : rusé, pénétrant. La bouche mince — les lèvres barrant le visage juvénile. Juvénile ? C'était bien autre chose ! Certes la photographie montrait une femme qui devait avoir vingt-cinq ans. Mais ce genre de visage n'est jamais vieux — ni jeune. Les deux points de vue se valaient. Et l'on pouvait aussi comprendre, devant ce visage, que Victor Alois Cleman, géologue suisse, ait voulu divorcer. Ce n'était pas une femme à qui il faisait bon s'attacher !... Le corsage montant, le col à baleine soutenant le menton pointu... Studer ne put s'empêcher de frissonner.

Ce regard ! Lourd d'ironie, de sagacité. Il paraissait dire à qui le rencontrait : « J'en sais beaucoup ! Beaucoup ! Mais je ne dis rien ! »

Que savait cette femme ?...

« Quand votre frère a-t-il divorcé ? demanda Studer d'une voix un peu rauque.

— En 1908. Il s'est remarié l'année suivante. Marie est née en 1910...

— Et votre frère est mort en 1917 ?

— Oui. »

Une pause.

Le père Matthias s'immobilisa, regarda le plancher — puis se remit à arpenter la pièce.

« Il y a un détail étrange, que j'ai oublié de vous signaler. Mon fameux caporal Collani s'est enrôlé en 1920, à Oran. Il est déjà curieux qu'il soit resté en Afrique. Mais ce n'est pas tout : d'après les informations portées sur son dossier individuel, il aurait travaillé comme infirmier au Maroc durant la Grande Guerre. À Fez, très exactement. C'est à Fez, comme vous le savez, inspecteur, que mon frère est mort. J'étais moi-même dans le pays, à l'époque, je sillonnais la région de Rabat. Dire que je n'ai même pas su que Victor se mourait... »

Donc, il avoue qu'il se trouvait au Maroc, pensa Studer. Lui aussi porte une barbe. Certes, on ne peut la qualifier de bouclée, c'est une barbe de Petit Tailleur. Mais on ne peut nier qu'il existe une ressemblance avec la photographie au-dessus du lit de Sophie... Qu'est-ce que je raconte là ? Le géologue et le moine ne feraient qu'un ?... Il fixa de nouveau les portraits des deux femmes, qu'il gardait sur ses genoux.

« Je n'ai même pas pu assister aux obsèques de mon frère... Quand je suis revenu à Fez, un mois plus tard, Victor était déjà enterré. Et jusqu'à sa tombe qui m'a été refusée ! On l'avait jeté à la fosse commune, du fait d'une épidémie de variole qui sévissait alors, m'a-t-on expliqué... »

Studer ouvrit son calepin afin d'ajouter un complément au paragraphe consacré à Cleman Alois Victor. Une feuille de papier pliée s'en échappa inopinément. Le père blanc fut le plus rapide. Il ramassa la feuille, la rendit à l'inspecteur — mais il l'avait tenue un instant dans sa main, et observée avec attention...

« Merci », dit Studer, tout en le regardant en dessous.

Le père blanc ne méritait pas absolument son nom. Car son visage bronzé était marbré de taches grises.

Et l'inspecteur aurait juré que le Petit Tailleur en froc avait blêmi...

Pourquoi ? Sans broncher, il rangea négligemment la feuille de papier dans sa poche. Elle lui parut étrangement volumineuse. Cela ne l'avait pas frappé, à Bâle, quand il l'avait froidement subtilisée au nez et à la barbe de ce policier aux allures de nourrisson...

Le père Matthias avait donc reconnu la courbe de température ? Où l'avait-il vue ? Chez son « caporal extralucide » ? Ce fut à cet instant que l'inspecteur Studer commença à soupçonner que cette histoire de caporal à la double vue, qu'il avait d'abord rejetée comme un conte à dormir debout, pourrait avoir un sens. Rien à voir avec l'occultisme, le spiritisme, la voyance ! Il fallait la considérer comme la manœuvre, en apparence stupide, d'un bon joueur d'échecs. Un de ces coups qu'on accueille avec un haussement d'épaules. Puis le jeu progresse, et soudain, après six ou sept coups, on s'aperçoit qu'on est tombé dans un piège...

Il se promit de vérifier point par point tout ce qui concernait cette histoire de caporal extralucide. Une tâche difficile, à Berne. Mais ce n'était pas pour rien qu'on avait des amis à Paris ! Dont Madelin, le commissaire divisionnaire, qu'une douzaine d'inspecteurs appelaient respectueusement « patron ». Sans compter Godofrey, l'encyclopédie vivante. Certes, on ne pouvait bâtir toute une théorie sur la pâleur d'un visage. Mais quoi, des théories ! Il fallait avant tout commencer par s'acclimater dans cette famille Cleman, où les relations étaient si complexes. C'est ça : *s'acclimater*. Pour la suite, on verrait.

Et Studer écrivit sous le paragraphe consacré à Victor Alois Cleman le mot « fosse commune », qu'il souligna deux fois.

Le père blanc, immobile devant la fenêtre, regardait la cour.

« Une épidémie de variole ! dit-il. Je demandai à voir le dossier médical de mon frère. Ils avaient tous les dossiers de l'année 1917, même celui d'un négrillon anonyme, qui tenait en une ligne :

"Mulâtre, cinq ans, admis le..., décédé le..." Le dossier de mon frère manquait. Comme je vous le dis, inspecteur. "Nous ne savons pas... nous regrettons..." Trois mois après sa mort, son dossier médical était introuvable...

« Invraisemblable, n'est-ce pas ?

« Et quatorze ans plus tard, un individu doué de seconde vue me dit, une fois que je l'ai sorti de sa transe : "Le mort va venir chercher les deux femmes. Il veut se venger. Le mort va les mener à la mort..." Il répète cette phrase plusieurs fois, puis décrit mon frère, sa barbe bouclée, ses lunettes... Bien sûr, vous ne pouvez pas vous imaginer ce que je ressentis alors. Il faudrait que vous connaissiez Géryville. Que vous ayez vu ma chambre, plongée dans ce crépuscule verdâtre, la bourgade encerclant ma maison, le bled... Le bled — cela veut dire pays, en arabe. Mais le mot désigne aussi les plaines, à perte de vue, où l'alfa pousse en touffes maigres... Imaginez une herbe jamais verte, qui ressemble à du foin dès qu'elle sort de terre... Et le silence règne sur le haut plateau. Le silence !... J'ai l'habitude du silence, j'ai suffisamment connu la vie muette du désert. Mais Géryville, c'est autre chose. Il y a une tombe près de la ville, la tombe d'un saint homme, d'un marabout. Les tribus nomades s'y rendent en pèlerinage — en silence. Même le son du clairon, quand la garde se rassemble dans la caserne, est noyé dans le silence. Les tambours ne résonnent pas sous les baguettes, mais murmurent, assourdis... Essayez d'imaginer, maintenant : dans la pénombre verdâtre de ma chambre, un inconnu me décrit mon frère, me parle avec sa voix... » La voix du père blanc mourut sur ce dernier mot. Soudain il se retourna. En trois enjambées, il faisait face à l'inspecteur. D'un ton pressant, haletant, il demanda :

« Quelle est votre opinion, inspecteur ? Pensez-vous que mon frère soit encore en vie ? Qu'il soit à l'origine de ces deux meurtres — car vous ne me contesterez pas qu'il s'agisse de meurtres. Parlez-moi sincèrement, qu'en pensez-vous ? »

Studer restait assis, accoudé sur ses cuisses, les mains jointes. Sa silhouette donnait une impression de solidité, de poids, de dureté, comme ces rochers surgissant au milieu des prairies, dans les Alpes...

« Rien ! »

Après les flots d'éloquence du prédicateur, ce mot unique tomba comme un point final.

L'inspecteur se leva. Il tenait sa tasse vide à la main, et se dirigea vers l'évier afin de la poser. Il fut pris d'une quinte de toux si violente qu'on aurait cru qu'une horde de chiens déchaînés avait envahi la petite cuisine. Studer tira son mouchoir... Il tournait le dos à l'évier... Quand le mouchoir réintégra la poche de son raglan, un objet y était enveloppé.

C'était la tasse dont le fond gardait la trace de café mêlé de somnifère. Malheureusement, quelqu'un l'avait lavée avec grand soin...

Qui ? L'inspecteur avait mis à peine dix minutes pour visiter l'appartement. Ensuite le père Matthias était resté assis dans le fauteuil de cuir, à jouer avec sa chéchia...

Dix minutes... Largement assez pour laver une tasse. Mais peut-être restait-il des empreintes ?

« Ça va, inspecteur ? demanda l'homme en froc. Vous devriez soigner votre toux ! »

Studer hocha la tête. Son visage était rouge, ses yeux emplis de larmes. Il leva le bras, parut vouloir dire quelque chose, mais ce fut peine perdue car à ce moment on frappa à la porte de l'appartement...

Devant la porte se tenait une dame très mince, dont la tête évoquait un petit oiseau qui aurait été coiffé à la Jeanne d'Arc. Elle se présenta comme la directrice de l'école de danse installée dans l'immeuble. Son accent anglais était si prononcé que l'inspecteur se demanda si cette affaire, sur laquelle il fondait pourtant ses plus grands espoirs de criminologue, ne dépasserait pas ses compétences linguistiques. Après le français et l'allemand — sans compter les gargouillis tenant lieu d'allemand aux Bâlois... — voilà que c'était le tour de l'anglais. Toute cette histoire n'a rien de suisse, songeait sombrement Studer, quoique tous ses protagonistes soient suisses... à l'exception du moins du caporal extralucide, dont le père blanc n'a pas mentionné la nationalité... Rien de suisse, ou plutôt : suisse de l'étranger. Ce qui ne vaut guère mieux...

« Je voudrais communiquer une observation », déclara la dame. Elle se tortillait en parlant, et l'on se prenait à chercher des yeux la flûte du fakir qui faisait ainsi danser ce cobra au corps svelte. « J'habite en dessous... » Le bras serpenta, l'index se pointa vers le plancher. Puis la dame se tut brusquement. Fascinée, elle contemplait le petit moine : il était retourné à son fauteuil, et à son jeu avec la chéchia.

L'inspecteur, lui, restait debout, raide dans son raglan, les mains sur les hanches. Il avait l'air d'une de ces tortues dressées sur leurs pattes arrière, qu'on voit parfois dans les livres de contes. Avec sa petite tête et son cou maigre, la ressemblance était frappante.

« Alors ? demanda-t-il avec impatience.

— Hier soir, on a sonné à notre porte, dit la dame svelte (cela donnait en fait : “notwe powte”). Un petit homme se tenait sur le seuil, vêtu d’un imperméable bleu. Il parlait d’une voix étouffée car il portait une écharpe... un foulard... comment dites-vous ? Ah oui !... une étoffe laineuse nouée autour de son cou, et qui cachait aussi le bas de son visage... »

Une légère toux. Sèche. Puis :

« Le chapeau (“tchapow”) était enfoncé sur son front. Il s’enquit de Mme Hornuss. “À l’étage au-dessus”, je répondis. L’homme remercia et s’en alla. Tout était calme dans la maison. De sorte que je l’ai entendu sonner chez elle.

— Quelle heure était-il ?

— *Well*... onze heures... Un peu plus tard, peut-être. J’avais donné un cours de danse, qui se terminait à onze heures moins cinq minutes. Ensuite je prenais une douche...

— Vraiment ! dit le père Matthias, en s’enfonçant encore plus profondément dans son fauteuil. Vous preniez une douche !... Hem !

— Ça ne m’intéresse pas ! » interrompit Studer.

La dame ne sembla pas remarquer l’impolitesse des deux hommes, absorbée qu’elle était dans la contemplation de la chéchia du père blanc, qui tournoyait lentement... accélérait... ralentissait...

« Et ensuite, avez-vous entendu autre chose ? demanda Studer, de plus en plus impatienté.

— Oui... Attendez... Donc, j’entends sonner. Il faut dire que notre appartement est exactement au-dessous de celui-ci. Je n’avais pas fermé notre porte, je voulais savoir si Mme Hornuss ouvrirait, peut-être était-elle déjà couchée... Mais elle semblait attendre le visiteur. À peine l’homme avait-il sonné, que j'entendis la voix de la vieille dame : "Enfin !" Elle paraissait soulagée. "Bienvenue !" dit-elle, et la porte se referma.

— Nous autres, Suisses, interrompit Studer, nous ne disons pas "Bienvenue" à un visiteur. Nous disons "Entrez !" ou "Entre !" Ne pouvez-vous pas vous rappeler, madame... madame..

— Madame Tschumi. »

Il ne manquait plus que ça ! pensa Studer. Une Anglaise qui porte un vieux nom bernois ! Il garda ses pensées pour lui, et poursuivit :

« Madame Tschumi, donc, pouvez-vous me dire comment la vieille dame s'est adressée à son visiteur nocturne ? L'a-t-elle vouvoyé ou tutoyé ?

— Nous autres Anglais ("niouzotwozannglê"), nous n'utilisons que le vouvoiement. Aussi, à mon sens, la dame a dit : "vous".

— Mais vous n'en êtes pas certaine ?

— Mon Dieu ! Certaine ! N'oubliez pas que j'étais fatiguée. Vous êtes de la police ? demanda soudain la dame-cobra.

— Oui... inspecteur Studer... Et vous n'avez rien entendu d'autre ?

— Oh si, dit-elle avec un sourire. Des tas de choses... Mais excusez-moi, monsieur... monsieur... »

Studer s'attendait à la suite. Pour ses amis français, il était : « Studère » — la dame anglaise le transforma en « Stioudeu ».

« Monsieur Stioudeu, mais ce monsieur ne pourrait-il pas cesser de jouer avec son bonnet ? Cela me rend nerveuse... »

Le père Matthias rougit comme un collégien pris en faute. En un éclair, il planta la chéchia sur son crâne et enfouit ses mains dans les manches de son froc.

« J'ai entendu... dit la dame en ondoyant comme un serpent... des pas dans la cuisine. Puis le bruit d'un objet lourd qu'on traînait à travers l'appartement. Puis des murmures, longtemps, très longtemps, cela a dû durer une bonne heure. Je dis à mon mari : "Que se passe-t-il donc là-haut, la vieille lady n'a jamais eu de visite si tardive..." Vous comprenez, inspecteur ("innspecteuw"), nous aimions bien la vieille lady. Elle vivait seule, parfois nous l'avons... visitée, parfois elle est venue chez nous. Elle était toujours triste...

— Je comprends, s'impatienta Studer. Poursuivez !

— Soudain, tout s'est tu dans la cuisine. Quelqu'un a traversé doucement la cuisine, tout doucement, comme en étouffant ses pas. Mais nous entendons très clairement tout ce qui se passe audessus : le plancher doit être creux... Ensuite, la porte de l'appartement s'est ouverte, j'ai ouvert à mon tour la nôtre... Vous savez ce qu'est la curiosité, inspecteur ! Puis on a tourné une clef dans la serrure. Puis rien... Vous entendez bien : pas un pas, pas un souffle, rien ! Je murmure à mon mari, qui était à côté de moi : "Que fabrique ce visiteur ?" À cet instant, j'entends des pas furtifs. La cage d'escalier est plongée dans l'obscurité. L'homme n'allume pas, peut-être ne sait-il pas où est l'interrupteur... Il se faufile dans l'ombre, descend l'escalier, vers notre porte — et là, il aperçoit le rai de lumière. Il s'arrête, attend. Et voilà qu'il se met à courir, non, il ne court pas... il saute ! »

Un récit hautement dramatique ! Pourquoi une femme ne peut-elle jamais se retenir de cabotiner ?... Studer s'enquit sèchement :

« Paraissait-il effrayé ?

— Oui... très, très effrayé. Il laisse tomber quelque chose. Qui tombe sans bruit, mais je le vois à la lumière de notre porte ouverte... J'entends l'homme qui déboule l'escalier comme une hase... » (Où la dame allait-elle pêcher, ou plutôt chasser son vocabulaire ?) « Puis la porte de l'immeuble a claqué.

— Elle n'est pas fermée après dix heures ? demanda Studer.

— Non, seulement à partir de onze heures, à cause de mon école. Et il n'est pas rare qu'on oublie. Il y a un homme, au rez-de-chaussée. Il oublie toujours sa clef, il habite seul, il rentre tard... et si la porte est fermée à clef, il sonne chez nous. Aussi nous sommes accoutumés à laisser la porte ouverte...

— Mouais, grommela Studer. Et qu'a-t-il laissé tomber, chère madame ?

— Ceci ! » siffla-t-elle en lui tendant sa main grande ouverte.

Sur sa paume reposait une cordelette enroulée, dessinant un huit dont le centre était un nœud. Studer jeta un coup d'œil au père blanc avant de saisir la cordelette. Et en l'examinant, il levait encore de temps en temps les yeux sur la silhouette aux mollets nus et noueux... Un sourire flottait sur les lèvres du petit moine, un sourire difficile à interpréter. Énigmatique... peut-être ironique ? Non, sans ironie. L'expression des yeux s'y opposait : grands et tristes, une mer grise assombrie de nuages... éclairée de rares, de fugitifs rayons de soleil...

Studer avait déroulé la cordelette : l'une de ses extrémités formait un nœud coulant. L'inspecteur grimpa sur le tabouret, et serra le nœud autour du robinet à gaz, qu'il avait remis en position horizontale. Puis il poussa le tabouret, et fit passer la cordelette le long des tuyaux du gaz, jusqu'à ce qu'elle pende devant la porte d'entrée... Il l'enfila dans le trou de la serrure, sortit sur le palier, et tandis qu'il fermait la porte d'une main, de l'autre il se mit à tirer tout doucement sur la cordelette. Au bout d'un moment il ne sentit plus de résistance, tira à lui toute la cordelette — et enfin le nœud coulant qu'il avait si soigneusement serré autour du robinet. Il pouvait retourner à la cuisine.

Le robinet à gaz formait un angle de quarante-cinq degrés.

« *Quod erat demonstrandum!* dit le père blanc. Vous savez, c'est ce qu'on écrivait toujours à la suite des théorèmes, dans nos livres de géométrie, au lycée... Après le théorème de Pythagore, par exemple. Mais il faut avouer que ledit théorème est moins aisé à démontrer que la façon dont un meurtre a été commis en ces lieux. Car vous devez savoir, inspecteur, que ce théorème n'est pas qu'une affaire d'écoliers... »

Ce moine parle pour ne rien dire ; il s'y connaît mieux en péroraison qu'en oraison !... pensa Studer. Malgré son manteau, il frissonna. Il boutonna son raglan et remonta son col. Le père Matthias continuait de pérorer. Il passa du théorème de Pythagore aux enfants qui jouent aux gendarmes et aux voleurs. Puis de ces souvenirs de jeunesse à l'évocation des bandits du désert. Lui-même, proclama-t-il, avait un jour subi une de leurs attaques... Les mots s'écoulaient, comme un torrent qui cascade sur des rochers. La voix retentissait, profonde, inlassable.

Se tournant vers la dame, Studer interrompit le père blanc. « Vous pouvez partir, madame. Votre témoignage était riche d'enseignements. Peut-être nous sera-t-il utile... Je vous remercie... *Good bye!* » ajouta-t-il afin de montrer qu'il connaissait l'anglais.

Mais cet adieu dut paraître trop familier à la dame. Le nez pincé, elle quitta l'appartement sans un mot. On entendit sa voix monter de l'appartement du dessous, en un récit strident. De temps en temps, une voix plus grave glissait quelques paroles apaisantes...

« En tout cas, on peut vraiment entendre tout ce qui se dit d'un appartement à l'autre ! N'est-ce pas, mon père ? »

Le père Matthias se leva. Sur son crâne trop étroit, la chéchia était de travers. Ses yeux fixaient l'ample poitrine de Studer, comme en un muet appel à ce qu'on considère généralement comme le siège des sentiments... Mais le cœur de l'inspecteur ne comprit pas le sens de cette imploration silencieuse.

« Excusez-moi un instant, je reviens », dit Studer en quittant la pièce.

Quand il réapparut, accompagné de la dame professeur de danse, le père Matthias se tenait toujours au centre de la cuisine. Il arborait le visage patient d'un martyr.

Studer désigna de la tête l'homme en froc blanc, et demanda : « Oui ?

— *Yes!* dit la dame, en chassant d'une main dégoûtée la fumée du Brissago de l'inspecteur. Les yeux, ajouta-t-elle. Je crois que je les reconnais...

— *Thank you...* » lança Studer, et la dame disparut.

Dans la cuisine luisante, le silence devenait pesant. Mais aucun des deux hommes ne semblait avoir envie de le rompre. Studer se mit à enfiler ses gants avec soin — de gros gants de laine grise. Le Brissago qu'il gardait aux lèvres expliquait sans doute son élocution un peu hésitante quand il déclara :

« Savez-vous, mon père, que vous êtes suspect? La dame pense qu'elle vous reconnaît. C'était votre silhouette, prétend-elle... Et vos yeux... Il va falloir me donner l'heure exacte de votre départ de Bâle, hier, et de votre arrivée à Berne... Et je dois vous prier de me montrer vos papiers... »

En vérité ! Le vieil homme avait les larmes aux yeux ! Des larmes roulaient sur ses joues, se suspendaient à sa barbe grise... Il émit un hoquet, qui ressemblait à un sanglot... De la main droite, il explorait les profondeurs de sa poche, tandis que de la gauche il maintenait les plis de son froc. Un mouchoir apparut, dont l'usage se révéla indispensable, puis la loupe, la tabatière — et enfin, enfin, le passeport.

« Merci », dit Studer d'une voix dont l'hésitation semblait cette fois comme demander pardon.

Passeport *Pass Passaporto*... pour... *für*... *per*... « Que... qu'est-ce que ça signifie ? » s'exclama Studer.

Car le nom qui suivait les trois prépositions était : « Koller Max Wilhelm. »

Et l'inspecteur Studer ôta ses gants de laine grise, les remit dans sa poche, s'assit sur le tabouret et sortit son calepin neuf. Sans lever les yeux, il feuilleta le passeport, en s'humectant les doigts — avec des gestes qu'on retrouve de l'Afrique du Sud au pôle Nord, de Bordeaux à San Francisco, chez tous les policiers du monde. Il dit simplement :

« Asseyez-vous. »

Il garda les yeux baissés, mais reconnut le gémissement caractéristique des ressorts du fauteuil — ce fauteuil où la vieille femme s'était endormie pour l'éternité...

L'inspecteur ne put cependant mener à sa guise l'interrogatoire qui s'imposait. Un homme entre deux âges se profilait à la porte de la cuisine. Avec un accent à couper au couteau, il demanda s'il n'y aurait pas un policier qui pourrait entendre son témoignage...

Ledit témoignage prit beaucoup de temps, quoiqu'il pût se résumer en quelques phrases : L'homme était rentré tard, ce soir-là. Il habitait au rez-de-chaussée — on pouvait en déduire sans trop de peine qu'il s'agissait du monsieur qui oubliait toujours sa clef. Devant l'immeuble, une voiture stationnait, et un homme de grande taille faisait les cent pas sur le trottoir. Le témoin lui avait demandé s'il attendait quelqu'un, mais s'était vu éconduit par un grognement. Sur ces entrefaites, un petit homme en imperméable bleu jaillit — « chaaillit » — de la porte d'entrée, saisit le grand par le bras, l'entraîna à la voiture, ferma la portière... Envolés. Lui, le témoin — Rüfenacht, Rüfenacht Eeernest — avait pensé que ça pourrait intéresser les roussins — excuusez : les forces de l'ordre. La vieille chèvre — excuusez : la directrice du cours de danse du premier — lui avait conseillé de leur faire part de ses observations. Ce qu'il faisait...

« Meerci », dit Studer, non sans sécheresse. Mais comme il était consciencieux, il nota le nom de « Rüfenacht Ernest, Gerechtigkeitsgasse 44 » dans son calepin. Comme la dame Tschumi, l'homme pourrait, qui sait, être appelé à la barre.

Puis l'inspecteur resta juché sur son tabouret, l'esprit ailleurs, devant la table de cuisine recouverte d'une toile cirée. La cendre s'amassait au bout de son Brissago. Le silence régnait dans la pièce, pesant, oppressant. Il n'était troublé que par quelques reniflements timides. Derrière ses paupières mi-closes, Studer épiait le père Matthias, qui d'après son passeport se nommait « Koller Max Wilhelm », et affirmait pourtant être le frère d'un géologue décédé et se nommant « Cleman ». « Cleman » et non « Koller »... L'habit ne fait pas le moine... Un « Koller » pouvait-il faire un « Cleman » ?...

Deux hommes. L'un petit, en imperméable bleu ; l'autre grand, attendant devant l'immeuble... Une vieille femme fait une patience dans son appartement solitaire — ou se livre-t-elle à un jeu moins inoffensif ? Tire-t-elle les cartes pour son visiteur ? Ou pour elle-même ? Ce visiteur... Petit : comme le père blanc ! Et son regard : le regard du père blanc !... C'est du moins ce qu'affirmait la dame Tschumi.

On avait lavé la tasse contenant le marc de café et le vestige du somnifère. Quand ?... L'inspecteur avait parcouru l'appartement, et quand il était rentré dans la cuisine le petit moine y était, enfoncé dans le fauteuil en cuir... Curieux, du reste, comme il se repérait bien... Voici le café — voilà le kirsch !... S'était-il étonné de la présence de fils accrochés au trou de la serrure ? Pas une minute ! Pourtant il avait éclaté en sanglots, comme un enfant, quand il s'était vu soupçonné de meurtre et enjoint de présenter ses papiers...

Ambigu ! Voilà le mot qui lui convenait !...

On ne pouvait le nier, le père blanc excellait à éveiller successivement la confiance et la défiance de l'inspecteur. Un homme ambigu : prenant le ton, quand il se mettait à disserter sur le cardinal Lavigerie ou le théorème de Pythagore, presque d'un enfant. Mais quand il se taisait, son silence avait quelque chose de rusé, d'entendu... Il était facile d'expliquer son côté enfantin, ignorant du monde : ce n'était pas pour rien que le missionnaire avait parcouru des années durant les steppes lointaines, pour aller dire des messes dans des garnisons perdues, entendre des confessions... Et son côté rusé ? Mais s'agissait-il bien de ruse ? N'était-ce pas plutôt une sorte d'embarras ? Un embarras qui se traduisait par cette fausse assurance, dans une pièce qui avait été le théâtre d'un meurtre. Et peut-être aussi par l'invraisemblable histoire du caporal extralucide...

Tandis que le silence s'appesantissait, l'inspecteur nota dans son calepin neuf : « Demander à Madelin de s'informer à Géryville si le caporal Collani a vraiment disparu ! »

Il se racla la gorge, secoua la cendre refroidie de son Brissago. Après avoir rallumé le cigare, il demanda, sans lever les yeux :

« Pouvez-vous m'expliquer pourquoi vous ne portez pas le même nom que votre frère ? »

Sa voix résonna dans la petite cuisine, et Studer se rendit compte qu'il s'était adressé au père blanc sur le même ton qu'à un quelconque prévenu...

« C'était... — le vieil homme déglutit — c'était mon demi-frère... par le... premier mariage de ma mère... »

Studer leva les yeux, et ne put retenir un sourire. Le père Matthias avait de nouveau enfoncé sa chéchia sur son index, et la faisait tournoyer. Il ne prenait pas la peine d'essuyer ses larmes. Mais après cette réponse sa bouche resta obstinément close, et Studer renonça à l'interrogatoire.

Deux heures plus tard — il était maintenant une heure et demie — se produisait un incident pénible... Un inspecteur de la police cantonale de Berne se promenait avec un moine en froc blanc, dont les sandales découvraient les orteils nus, sous les arcades de la capitale. Les deux heures écoulées n'étaient pas restées inemployées. Elles avaient même été fructueuses, grâce à la chance, et aussi aux bonnes relations de Studer avec un homme qui ne collectionnait pas les timbres, mais les empreintes digitales d'assassins. D'assassins exclusivement. Le menu fretin des malfaiteurs n'intéressait pas le vieux Rosenzweig. Les murs de son bureau étaient couverts de reproductions — soigneusement encadrées et mises sous verre — qui évoquaient des toiles surréalistes. C'étaient en fait des pouces, des index, des paumes — dix fois, vingt fois agrandis. Parmi des ondulations, des volutes, des échancrures, flottaient des îles minuscules : les pores...

Avant de laisser le père blanc dans l'appartement désert de Sophie Hornuss, Studer lui avait tenu ce discours :

« En ce qui me concerne, et si vous en avez envie, vous pouvez filer. Mais je ne vous le conseille pas : nous n'aurions pas de peine à vous retrouver. Il faut absolument que j'aille voir quelqu'un. Vous m'avez été recommandé par mon ami Madelin, aussi n'ai-je pas envie de vous arrêter sans autre forme de procès. Laissez-moi faire ma visite, elle pourrait se révéler éclairante pour notre affaire. Je reviendrai vous chercher, et nous pourrons aviser... »

Aviser... songea Studer. C'est parfait... Mais à quoi ?

Le vieux M. Rosenzweig, collectionneur effréné d'empreintes digitales comme d'autres le sont de sculptures nègres, habitait Bellevuestrasse. Et Studer prit l'autobus.

Un homme grand, décharné, lui ouvrit. Des lunettes à monture d'or brillaient au bout de son nez. Glabre, les cheveux tondus, il avait les mains petites et dodues.

« Ah ! ce cher Studer ! »

L'accueil de M. Rosenzweig fut chaleureux. Sans reprendre haleine, il demanda si la police était une fois de plus dans une impasse. Cela n'arrêtait pas, depuis quelque temps, il ne se passait presque pas de jour qu'on ne vienne le consulter. L'estimable institution ne pourrait-elle pas se décider à constituer sa propre collection d'empreintes ? Ne serait-ce pas plus simple ?...

« Les crédits ! plaida Studer. La crise ! »

Le vieux monsieur ne se laissa pas attendrir : « Toujours cette histoire de crédits ! Les crédits ! La crise !... Elle a bon dos, la crise ! Mais que m'apportez-vous de beau, cher inspecteur ? »

Studer déballa avec précaution la tasse, en prenant garde à ne pas la toucher du doigt. Son hôte se saisit aussitôt d'une saupoudreuse, qu'il gardait toujours à portée de la main sur son bureau, comme d'autres un briquet ou un cendrier. M. Rosenzweig ne fumait jamais.

La tasse luisait. Il y déposa soigneusement la poudre de graphite. Souffla. Deux empreintes digitales apparurent...

« Le pouce et l'index », dit le collectionneur. S'aidant d'une loupe, il examina longuement les deux empreintes. Il hocha la tête, regarda Studer, finit par demander d'une voix tendue :

« D'où diable sortez-vous cette tasse, inspecteur ? »

Studer raconta son histoire. Le vieux monsieur se leva, marmonna quelque chose à propos d'une cicatrice... Une cicatrice... Il sortit un classeur d'une étagère (Studer vit la date : 1903), le feuilleta, et tendit à l'inspecteur une feuille de papier en disant :

« Ce n'est bien sûr qu'une hypothèse... Mais c'est bien possible. Il faudrait vérifier, en photographiant les empreintes de la tasse... Nous verrons. En tout cas, "*à première vue**", comme disent nos voisins romands, il semble qu'il s'agisse du même individu... Voyez vous-même, inspecteur... »

Studer compara. Ce n'était pas une mince affaire !... Découvrir des fils accrochés à un trou de serrure était un jeu d'enfant à côté. Mais l'empreinte du pouce sur la tasse présentait une certaine similitude avec celle de la photographie. Un seul mot figurait au-dessus du cliché : « Inconnu. »

« Quelle était l'affaire en question ? » demanda Studer.

M. Rosenzweig se renversa dans son fauteuil, prit une pastille à la menthe dans une petite bonbonnière qu'il tendit à l'inspecteur. Ce dernier refusa poliment, et le collectionneur commença :

« Mil neuf cent trois... Le début de la dactyloscopie... Mon cher inspecteur, ceci est une rareté, la première photographie d'empreinte digitale réalisée en Suisse... Elle est unique — je veux dire, la reproduction de cette empreinte de pouce. Locard m'a supplié une heure durant — il était venu exprès de Lyon. Reiss, à Lausanne, a remué ciel et terre — j'ai dit non. J'ai été inexorable... À quoi bon ? Après ma mort, ma collection reviendra au canton de Berne, que j'ai institué mon légataire. Et ce trésor sera confié à je ne sais quel cousin de conseiller, qui ira au café au lieu de s'en occuper, de sorte que les visiteurs n'y auront même pas accès... Enfin !... C'est vrai, je dois vous raconter l'histoire... »

L'histoire de la première empreinte

« Fribourg... Vous connaissez Fribourg, inspecteur ?... Une jolie petite ville, à l'ancienne. On y retrouva une jeune fille empoisonnée, le 1er juillet 1903. On pensa d'abord à un suicide. Il y avait un verre sur la table de nuit — il contenait du cyanure. Du cyanure de potassium, pour être exact, KCN.

« Où la jeune fille s'était-elle procuré le poison ? Mystère... Ses parents l'avaient découverte morte sur son lit, à huit heures du matin. Il se trouve que le commissaire chargé de l'enquête, à Fribourg, était un peu au courant des nouvelles méthodes de la criminologie. Il remarqua sur le verre — un de ces verres lisses, qu'on utilise habituellement pour se laver les dents — une empreinte de doigt, très nette. Il enveloppa alors le verre dans du papier de soie, et comme il n'y avait en Suisse, à cette époque, qu'un seul spécialiste de la science toute nouvelle des empreintes digitales, il me téléphona...

« J'avais justement du temps libre — juillet est la morte-saison, pour un avoué. Je suis donc parti pour Fribourg, avec mon appareil photographique, du carbonate de plomb pulvérisé et de la poudre de graphite.

« Je ne vais pas vous ennuyer avec des détails. Après avoir obtenu un cliché net de l'empreinte sur le verre à dents, j'ai relevé celles des parents, du commissaire — et j'ai comparé.

« Ce n'était pas une tâche aisée, cette comparaison des empreintes digitales. Mais je parvins à la certitude qu'un étranger s'était introduit dans la chambre, et avait placé sur la table de nuit de la jeune fille le verre contenant le cyanure... L'assassin ne pouvait être que cet étranger... »

Malgré son nom, M. Rosenzweig n'avait pas le type juif. Il prit un tampon d'ouate, qu'il enfonça dans ses oreilles...

« Les dents... s'excusa-t-il. J'ai mal aux dents. C'est l'âge, que voulez-vous, inspecteur ! »

Il parlait cet allemand livresque qui est de nos jours celui de tout Suisse cultivé...

« Enfin... Un étranger avait donc placé le verre sur la table de nuit. Après que l'autopsie eut révélé que la jeune fille était enceinte, il parut évident qu'elle avait été assassinée. Et par un meurtrier des plus habiles, puisqu'il n'avait laissé d'autre trace qu'une empreinte de pouce sur un verre...

« Vous ne devez pas oublier, inspecteur, qu'en ce temps-là les criminels n'étaient pas aussi expérimentés qu'aujourd'hui. Ils ne savaient pas qu'une empreinte digitale pouvait les trahir. Ils n'œuvraient pas encore gantés comme des chirurgiens. Et seul le hasard a permis que le commissaire de Fribourg pensât à moi, et fît appel à mes compétences. C'est par hasard, encore, que je me trouvai avoir du temps libre... Et c'est ainsi que je possède cette photographie, que j'ai dû user à force de la regarder. J'en ai fait des agrandissements, mais ils n'ont rien donné. Chaque fois qu'une nouvelle empreinte est entrée dans ma collection, je l'ai comparée avec celle-ci. Je n'ai jamais cessé d'espérer retrouver un jour le possesseur de ce pouce...

« Car pour revenir à mon récit, l'enquête tourna court. La jeune fille menait une vie très libre — enfin, pour l'époque. Deux fois par semaine, elle se rendait à Berne, où elle prenait des cours de piano.

Parfois elle y passait la nuit, chez une amie, prétendument.

« En fait, le commissaire de Fribourg, entré en relation avec la police de Berne, put établir qu'elle avait passé plusieurs nuits à l'hôtel *Zum Wilden Mann*. À chaque fois, un jeune homme l'accompagnait... Elle prenait une chambre pour une personne, mais le matin ils se retrouvaient à la table du petit déjeuner de l'hôtel, où le jeune homme avait également une chambre...

« Seulement — le jeune homme resta introuvable. Toutes les recherches furent infructueuses, comme on dit dans les journaux. Le portier donna bien une description du suspect, mais si vague qu'on ne put rien en faire... Un étudiant ?... De l'université de Berne ?... Un étudiant en chimie, ou en médecine ?...

« On ne put pas non plus s'expliquer pourquoi il s'était rendu à Fribourg. Il lui était pourtant facile de donner la pastille de cyanure à la jeune fille, en lui assurant que c'était un remède souverain contre la migraine ! Mais non — il était allé à Fribourg, avait rendu visite à la jeune fille dans sa chambre, et après avoir dilué le poison dans l'eau l'avait fait boire à la malheureuse qui ne se doutait de rien... Ce n'était pas difficile. Ulrike — oui, elle s'appelait Ulrike Neumann — Ulrike, donc, logeait dans une mansarde. La porte restait ouverte jusqu'à dix heures, l'immeuble abritait trois familles... Qui aurait eu l'idée de surveiller les allées et venues ?...

« Et aujourd'hui, inspecteur, je vous vois arriver avec cette empreinte que j'ai cherchée si longtemps... Du moins, il me semble. Je ne pourrais naturellement pas jurer qu'il s'agisse de la même. Comme vous le voyez, malgré toutes mes précautions, la photographie a jauni. Mais la cicatrice... La cicatrice... Vous la voyez, n'est-ce pas ? Cette coupure dans la peau du pouce, qui entaille les volutes ?... Où avez-vous trouvé cette empreinte ? »

Studer s'éclaircit la voix. Il n'était pas habitué à se taire si longtemps. Puis il raconta son histoire : la mort des deux femmes, la tasse qu'il avait découverte dans l'évier et qu'on avait vidée et lavée pendant qu'il explorait l'appartement...

« Cela lui ressemble, remarqua M. Rosenzweig. J'irais même jusqu'à dire : la même technique, vingt ans après... Et vous n'avez pas d'empreinte digitale du père blanc ? »

Studer secoua la tête...

« Dommage. »

Un silence. Puis le collectionneur se leva et conclut :

« Laissez-moi donc la tasse, inspecteur. Je vais faire un agrandissement de l'empreinte... » Un coup d'œil à sa montre : « Si cela vous va, vous aurez un tirage à quatre heures... »

Studer se leva à son tour, et chercha machinalement dans sa poche. Un pur réflexe : il songeait déjà au Brissago qu'il allumerait dès qu'il serait sorti du sanctuaire des empreintes digitales... Il chercha donc dans sa poche, et sentit un morceau de papier se froisser sous ses doigts. Il sortit le papier, et oublia du coup complètement son cher étui de cuir noir... Car il tenait à la main la courbe de température.

La courbe de température... Il la déplia, la regarda en fronçant les sourcils. Soudain, il était ailleurs...

... La petite pièce blanchie à la chaux, sentant encore le gaz... Par la fenêtre, on aperçoit des toits pointus, couverts de givre. Tout en haut, un pâle soleil s'insinue...

Mais Marie se tient à la fenêtre. Elle porte une coûteuse veste de fourrure, sous son souffle la vitre se trouble, des gouttes se forment...

« Que tenez-vous de beau, inspecteur ?

— Une courbe de température... »

Et Studer raconta l'histoire du document.

« Laissez-la-moi aussi, déclara M. Rosenzweig. Je vais la traiter à l'iode... Peut-être révélera-t-elle une empreinte digitale... De toute façon, je pourrai vous dire d'où elle a été expédiée. Vous savez qu'on peut distinguer la marque laissée par le cachet de la poste à travers l'enveloppe, même à des années de distance... »

Studer prit congé avec force remerciements. Il promit de revenir vers quatre heures...

« Inutile, repartit le collectionneur. Absolument inutile. Je sors en ville, nous pouvons nous y retrouver où et quand vous voulez — pour une partie de billard, par exemple ?

— Je ne sais pas, dit Studer. Peut-être n'aurai-je pas le temps... En tout cas, merci pour tout... »

Assis dans le fauteuil de cuir, le père Matthias lisait un petit livre à la reliure noire. Son nez s'ornait de lunettes d'acier, vieilles et tordues. Ses lèvres remuaient en silence.

Prenant à peine le temps de le saluer, Studer lui demanda de le laisser examiner ses pouces.

Ils étaient lisses. Aucune cicatrice n'entaillait leurs volutes...

Donc ?... Donc un autre homme que le père blanc s'était introduit dans l'appartement pendant que Studer avait le dos tourné, et avait lavé la tasse... Invraisemblable. Une autre hypothèse s'imposait : l'empreinte du pouce que le vieux M. Rosenzweig avait découverte sur la tasse avait été laissée par le meurtrier, le soir du crime. Et le père Matthias, pour une raison encore incompréhensible, avait aidé le meurtrier en lavant la tasse... Pourquoi ?... Tout paraissait indiquer que le moine ambigu connaissait l'assassin, et cherchait à le protéger... Studer s'arrêta brusquement, au beau milieu de la cuisine — un rayon de soleil faisait irruption par la fenêtre... l'éblouissait...

Koller !... Il connaissait ce nom !... Où l'avait-il entendu ?...

Accolé à son propre prénom : « Petit Jakob salue le vieux Jakob »... Mais comment...

Le secrétaire ! L'ancien secrétaire du géologue ! L'homme qui avait emmené Marie Cleman à Paris et lui avait acheté une veste de fourrure et des bas de soie, l'homme dont la disparition, depuis trois mois, mettait sur les dents le commissaire Madelin ! Il s'appelait Koller !...

Évidemment, c'était un nom des plus répandus... Toutefois...

Immobile dans cette cuisine où Sophie Hornuss, la divorcée, avait trouvé la mort, l'inspecteur Studer regardait dans le vide. On aurait dit un bœuf en train de ruminer... Rappelons ici, au cas où un lecteur trouverait cette comparaison peu respectueuse, qu'Homère lui-même, qu'on ne saurait soupçonner de blasphème, n'hésite pas à comparer les yeux d'Héra, épouse du maître des dieux, à ceux d'une vache...

Le silence cependant s'appesantissait dans la petite cuisine. Enfin, l'inspecteur sortit sa montre de son gousset, et constata qu'il était midi et demi. Quels étaient les projets du sieur Koller ?

« Monsieur Koller ! appela Studer.

— Puis-je vous accompagner, inspecteur ? » demanda le père blanc d'une voix timide.

Il paraissait redouter de se retrouver seul.

« À votre guise ! »

Toujours ce caractère ambigu ! Qu'on ne pouvait analyser, tant il formait le fond même de la personnalité du père... Studer désirait tant comprendre mieux ce mystère qu'il mit de côté sa répugnance à se promener à travers la ville en compagnie d'un moine carnavalesque...

« Suivez-moi ! dit-il. Nous pouvons déjeuner où bon nous semble. Mais d'abord, je dois passer à mon appartement. Peut-être y trouverai-je des nouvelles de ma femme. Voyez-vous » — et soudain, il quitta son ton officiel — « je suis grand-père... »

Ils étaient sortis de l'immeuble, et cheminaient lentement sous les arcades de la rue.

« Grand-père ! » répéta le père Matthias, d'une voix si étouffée que Studer craignit que le petit homme ne se remît à pleurer.

Il se hâta de faire diversion :

« Oui, c'est une sensation étrange... Comme si j'avais perdu ma fille... Elle a épousé un gendarme en Thurgovie. Ma femme m'a télégraphié à Paris, tout s'est bien passé... Mais je vous l'ai déjà raconté...

— Mes félicitations... Mes sincères félicitations !

— De quoi me félicitez-vous ? dit Studer, irrité. Je n'y suis pour rien ! Ma fille a un enfant, moi je suis grand-père... Des félicitations !... » Il haussa ses larges épaules. Ces compliments, ça sentait l'étranger !

Son irritation était telle qu'il s'arrêta brusquement et demanda :

« Dites-moi, monsieur Koller ! Êtes-vous apparenté à l'ancien secrétaire de votre frère, qui a disparu depuis plusieurs mois et que la police parisienne recherche ?

— Je... que voulez-vous dire... apparenté ? Apparenté avec qui ?

— Avec un certain Jakob Koller, qui a jadis accompagné votre demi-frère au Maroc. Plus tard il a fondé sa propre affaire, à Paris, et engagé votre nièce Marie — comme secrétaire... Secrétaire !... »

Silence. Il semblait que l'inspecteur n'eût pas attendu d'autre réponse à sa question que ce silence. Le père Matthias allongea le pas. Il marchait le menton rentré, les mains enfouies dans les manches de son froc comme dans un manchon.

Il régnait une lumière d'hiver. Sur le trottoir, une mince couche de givre luisait, poussière brillante. Les deux marcheurs si mal assortis passèrent sur le pont de Kirchenfeld. Le petit moine s'arrêta, se pencha sur le parapet et contempla longuement l'Aar. Ses eaux étaient claires, presque incolores. La bise soufflait...

« Tout est si différent, ici, dit le père Matthias. Pas sans beauté, du reste. Mais j'ai la nostalgie des montagnes rouges et des plaines immenses. »

Sa voix était très calme. Studer s'accouda au parapet, et plongea son regard dans l'abîme. Le père blanc se retourna. Studer entendit une voiture passer, le ronronnement d'un moteur qui s'éloigne — et un cri étouffé de son compagnon :

« Inspecteur ! Regardez !... »

Studer tourna la tête. Mais il ne vit que l'arrière d'une voiture, dont il releva machinalement le numéro : BS 3437... Une voiture immatriculée à Bâle...

« Que se passe-t-il ? demanda-t-il.

— Si je ne savais pas que c'est impossible... dit le père blanc en se frottant les yeux.

— Qu'est-ce qui est impossible ?

— Il me semble avoir vu dans cette voiture Collani avec ma nièce, Marie...

— Marie ?... Marie Cleman ?... Balivernes ! »

Studer était agacé. Le Petit Tailleur voulait-il se payer sa tête ? Marie et le caporal extralucide ? Dans une voiture immatriculée à Bâle ?...

« Et il portait un imperméable bleu... » ajouta le père blanc, comme pour lui-même.

Studer garda le silence. À quoi bon poser des questions ? Il se sentait pris dans un tourbillon de vérités et de mensonges. Le petit moine lui paraissait tantôt inquiétant, tantôt ridicule. Il aurait mérité un interrogatoire en règle : « Pourquoi avez-vous lavé la tasse contenant du marc de café et des restes de somnifère ? Pourquoi êtes-vous venu en Suisse ? Quand avez-vous quitté Marie, à Bâle ? »... Avant tout, il conviendrait de s'assurer que l'homme était vraiment un prêtre... Les prêtres catholiques ne doivent-ils pas dire la messe tous les matins ? Studer se rappelait ce détail, que Marie lui avait appris...

« Quand êtes-vous arrivé à Berne, exactement ? » demanda-t-il.

Il avait déjà posé la question, et ne s'attendait pas, en la reposant, à obtenir une réponse. Il ne fut pas déçu. Le père déclara :

« J'ai soupé avec ma nièce. Puis je suis parti...

— En train ?

— Je vous ai déjà dit que j'avais pris un taxi.

— Et où êtes-vous descendu ? Où avez-vous laissé vos affaires ?

— À l'hôtel *Zum Wilden Mann*...

— Où ça ? » Studer cria presque la question. Il s'était arrêté au beau milieu du trottoir.

« À l'hôtel *Zum Wilden Mann...* » dit le père blanc. Et son regard refléta de nouveau un embarras douloureux, qui ne demandait qu'à s'épancher en un accès de larmes...

« L'hôtel *Zum Wilden Mann* ! répéta Studer en se remettant en route. Précisément cet hôtel !

— Qu'y a-t-il de si étonnant, inspecteur ? » demanda timidement le petit moine. Sa voix était curieusement enrouée. « On m'a chaudement recommandé cet hôtel. Aurait-il mauvaise réputation ?

— *On* vous l'a recommandé ? Qui ça, *on* ?

— Je ne sais plus... un passager, sur le bateau, à ce qu'il me semble...

— Et vous n'avez jamais eu affaire à cet hôtel, dans le passé ?

— Dans le passé ? Quel passé ? Cela fait plus de vingt ans que je suis au Maroc...

— Vingt ans ? Et avant ?

— Avant j'étais dans la maison mère de l'ordre, en Algérie, non loin d'Oran. J'y suis entré à l'âge de dix-huit ans...

— Vous n'avez jamais entendu parler d'une jeune fille nommée Ulrike Neumann ? Ça ne vous dit rien ? Elle descendait à l'hôtel *Zum Wilden Mann...* »

Studer n'eut que le temps de rattraper le père Matthias. Mon Dieu ! que le petit homme était maigre ! L'inspecteur se retrouva avec un corps chétif dans les bras, et sous ses yeux un visage dont la peau était devenue verdâtre et dont la barbe de Petit Tailleur était hérissée, au sens littéral du terme...

« Holà, holà ! » L'inspecteur retrouvait les mots de son enfance, quand il gardait le bétail... « Holà ! ça va maintenant ! Tu te sens mal ? » Et il ajouta d'une voix contrite qu'il s'était conduit comme un idiot, que le père devait lui pardonner, qu'il n'aurait jamais pensé...

« C'est ça », dit le père blanc.

Il était heureux qu'il n'eût pas besoin de ses lèvres pour prononcer ces deux mots, tant elles étaient sèches, blêmes...

On entendit des exclamations. Une véritable symphonie suisse : « Que s'est-il paassé ? — Il doit être gelé avec de tels haabits... — Penses-tu, pour lui c'est noormal... »

Studer était furieux. Il pria les bonnes âmes de s'en aller au diable. Il était de taille à s'occuper seul du vieil homme. Du reste il habitait dans le quartier, et...

« Allons-nous-en, dit le père Matthias à haute et intelligible voix. Et excusez-moi pour cet incident, inspecteur. Si vous voulez bien me soutenir, tout ira bien. Et je pourrai me réchauffer un peu chez vous, n'est-ce pas ? »

À cet instant, Studer était prêt à tout pour aider le petit homme. Même à allumer le poêle du salon, cet engin qui crachait des éclairs... Enfin, qui aurait pu croire que le nom d'Ulrike Neumann bouleverserait le père blanc à ce point... Un nom dont l'inspecteur n'avait jamais entendu parler avant ce matin ! L'homme se serait-il fait prêtre après le meurtre de la jeune fille, pour... pour expier ! C'était le mot : expier.

Mais le pouce reproduit sur le cliché de M. Rosenzweig avait une cicatrice... et ceux du père blanc étaient lisses...

Cleman-Koller... Koller-Cleman... Un fils du premier lit ? À Bâle, Studer avait fait cette réflexion... « Une famille bien compliquée. » C'était vrai ! La famille Koller — à moins que ce ne fût la famille Cleman ? — était pour le moins compliquée. Un vrai nœud de vipères...

Et cette bise sur le pont ! À peine s'ils y échappèrent quand ils empruntèrent la Thunstrasse. Studer soutenait son compagnon. Non seulement il devait se montrer en sa compagnie, mais bras dessus, bras dessous par-dessus le marché ! Mais l'inspecteur était trop absorbé pour songer à rougir à cette idée.

Parvenu à la porte de son appartement, Studer renifla. Ça sentait l'oignon frit ! Hedy était de retour !... Cette constatation réjouit l'inspecteur au-delà de toute mesure. Tout allait bien, maintenant — et même ce poêle du diable devait ronronner dans le salon...

Quand l'inspecteur poussa la porte, Mme Studer était prête à l'accueillir. Elle ne manifesta pas le moindre étonnement devant le visiteur que son mari avait traîné jusqu'à son seuil. Sans impatience, elle attendait une explication, les deux mains nonchalamment croisées sur son tablier blanc amidonné. Mais s'apercevant que l'étrange petit homme en froc blanc, dont les sandales laissaient voir les orteils nus, devait s'appuyer sur l'inspecteur pour ne pas tomber, elle s'approcha en toute hâte en demandant d'une voix apaisante, maternelle :

« Il est malade ? Je peux t'aider ? »

Sans attendre de confirmation, elle empoigna résolument le petit moine et le mena au salon, où elle le coucha sur le lit de repos. Comme par miracle, surgirent des couvertures, un oreiller propre et frais, une bouillotte, et à portée de main du lit une tasse fumante d'infusion de tilleul. Les deux sandales étaient rangées côte à côte sur le plancher.

Leurs lanières étaient élimées, leurs semelles se redressaient vers l'avant. Mme Studer, les mains de nouveau jointes gracieusement sur son tablier, hocha la tête :

« Voilà des sandales qui ont voyagé ! Regarde, Papa, dans quel état elles sont ! »

Studer grommela... Il détestait que sa femme l'appelle « Papa » devant des étrangers. Elle répara tout en disant :

« Tu sais, Jakob, je t'ai téléphoné deux fois hier soir, et encore ce matin à ton bureau. » Mais il était injoignable...

Studer déclara qu'il avait eu beaucoup de travail, et trouva enfin le temps d'embrasser sa femme sur le front. Un front haut et lisse, sans rides. Une raie partageait la chevelure, nouée sur la nuque et brune et brillante, comme une châtaigne à peine échappée de sa bogue. Jamais, songea Studer, on ne prendrait Hedy pour une grand-mère...

La chéchia, cet affreux pot de fleurs rouge, reposait près du malade. Mme Studer la saisit distraitement, l'enfonça sur son index et commença à la faire tournoyer doucement... Levant les yeux, elle s'aperçut que le petit moine souriait timidement. Et Studer lui-même ne put se retenir de rire.

« Voyez-vous, inspecteur, dit le père Matthias, c'est vraiment le seul jeu auquel se prête ce couvre-chef. Cette Anglaise décharnée avait bien tort de s'énerver pour si peu... Mais pardonnez-moi, inspecteur, et vous, madame, pour ce déplorable incident. J'ai été victime d'un accès de fièvre en pleine rue... Le changement de climat, sans doute... Ce froid... » Tout son maigre visage, aux yeux brillant de fièvre, semblait corroborer cette version.

« La fièvre ! grommela Studer quand sa femme

eut quitté la pièce. La fièvre a bon dos... Pourquoi un simple nom...

— Je vous en prie, inspecteur, n'en dites pas plus ! » La voix du père blanc était énergique, décidée. « Il est peu chrétien de tourmenter un malade. Et peut-être n'ai-je pas encore perdu toute votre confiance, peut-être me croirez-vous si je vous dis que je ne suis pas en train de vous jouer la comédie..

— Mouais ! » fit Studer, point encore convaincu ni radouci. Mais on ne faisait jamais appel en vain à ses sentiments humains...

« Nous autres Suisses, dit-il doucement, nous n'avons pas encore adopté les méthodes des États voisins. Enfin... Voulez-vous aller à l'hôpital, monsieur Kol... euh... mon père ?

— Non, non, ça va passer. Attendez, il doit me rester de la poudre de quinquina... L'aurais-je laissée à l'hôtel ? Non... La voilà... » Du fond d'une de ses poches insondables, il tira une petite boîte ronde en fer-blanc — une de ces boîtes où l'on conserve habituellement des pastilles contre le mal de gorge. Il versa un peu de poudre brune dans l'infusion, remua le tout et but... Soudain, il reposa bruyamment la tasse. Ses yeux fixaient une petite table à ouvrage près de la fenêtre. Des yeux qui reflétaient la peur...

Du fond de la cuisine, la voix de Mme Studer retentit : « Une lettre, sur la petite table près de la fenêtre... »

Le père Matthias suivit des yeux chaque mouvement de l'inspecteur. Studer prit la lettre, la regarda : une écriture de femme, inconnue. Le cachet : transit. On avait dû poster la lettre à la gare, ou même directement dans le train...

Studer déchira l'enveloppe.

Une simple feuille.

Cher cousin Jakob,

Je joins à cette lettre ma trouvaille. Elle devrait vous intéresser. Vous n'avez pas examiné l'annuaire avec suffisamment de soin. Comme vous pouvez le constater, l'enveloppe vide que je vous envoie vient d'Algérie. La lettre a été expédiée le 20 juillet de l'année dernière, de Géryville. Le 20 juillet ! Le jour de la mort de mon père ! — Même si la courbe de température n'est pas de cet avis. Je suis déjà au courant de la mort de ma tante, à Berne. — Comment ? Je ne peux pas vous le dire. J'ai peur. Je veux disparaître pour quelque temps. Ne me cherchez pas, cher cousin Jakob, cela ne servirait à rien. Je vous ai raconté tout ce que j'ai pu. À vous maintenant de tirer l'affaire au clair. Car je suis sûre que vous ne croyez pas plus que moi à ces deux suicides. Je sais que vous allez revoir mon oncle Matthias. Saluez-le pour moi. Si cela peut vous intéresser, sachez qu'il a soupé hier avec moi au buffet de la gare, et qu'il est parti pour Berne en taxi, vers minuit. Je vous souhaite bonne chance.

Bien à vous, Marie Cleman.

L'enveloppe jointe à la lettre était passablement chiffonnée. Elle était adressée à *Madame Veuve Cleman-Hornuss, Spalenberg 12, Bâle**. Elle portait au dos l'adresse de l'expéditeur : *Caporal Collani, 1er régiment étranger, 2e bataillon, Géryville, Algérie**. Et le cachet de la poste indiquait bien le 20 juillet...

Relevant les yeux, Studer rencontra le regard anxieux du père blanc. Et c'est aussi d'une voix anxieuse que le petit moine demanda :

« Une lettre de ma nièce ? »

Studer se contenta de hocher la tête. Il s'était assis près de la fenêtre, dans sa position favorite : accoudé sur ses cuisses, les mains jointes. Il songeait : « Si vraiment il s'agit de *l'affaire de ma vie*, celle dont j'ai rêvé des années durant, il faut avouer qu'elle est entortillée comme ça n'est pas permis !... Que dis-je : entortillée ?... Ensorcelée, plutôt ! Mais nous allons en venir à bout, quand bien même il nous faudrait aller jusqu'en Algérie, ou au Maroc... » Monologue intérieur où il conviendrait de remarquer que Studer partageait avec quelques têtes couronnées la manie du « nous » régalien...

Mme Studer rentra, chargée de la soupière.

« Cher monsieur, cela vous dérangerait-il que nous déjeunions devant vous ? »

Le père Matthias sourit, et Studer informa sa femme qu'il convenait de dire « mon père »... Mme Studer s'excusa. Puis elle s'assit en face de son époux, et commença à verser la soupe. À l'instant où l'inspecteur allait avaler la première cuillerée, il entendit un léger murmure en provenance du lit de repos. Étonné, il leva les yeux... Le père Matthias, les mains jointes sur sa couverture, marmonnait une prière latine...

« *Benedicite...* »

Ce qui plongea les deux vieux époux dans un tel embarras, qu'ils joignirent maladroitement leurs mains devant leur assiette...

À deux heures de l'après-midi, Studer pénétra dans le bureau du commissaire de la police municipale. Bureau qu'il connaissait bien, puisqu'il en avait été l'hôte quinze ans durant, avant que cette histoire de banque ne l'en chasse. Mais Studer avait su faire de son successeur un ami...

Le commissaire Werner Gisler consistait d'abord en un crâne chauve, qui semblait régulièrement poli au papier de verre. Ce crâne surmontait un corps trapu, vêtu de costumes d'aspect rustique. Les pieds étaient de taille impressionnante, et logeaient dans des souliers à lacets que Gisler faisait confectionner sur mesure — car il avait les pieds plats... Il aimait à émailler sa conversation d'allusions à la sensibilité de ses pieds. Le sujet lui paraissait inépuisable. Il voyait dans cette sensibilité une marque de ses origines aristocratiques. C'est du reste une faiblesse bien humaine : certains parlent de leurs maux d'estomac, d'autres de leur digestion, d'autres encore de leurs problèmes de circulation... Le commissaire, lui, parlait de ses pieds.

Au moment où Studer entrait, Gisler était occupé à relacer ses souliers. Cela n'allait pas sans maints soupirs et gémissements, car son embonpoint ne facilitait pas cette tâche délicate. Après les salutations d'usage, il gémit :

« Si vous saviez, Studer, quel calvaire je vis ! On se chausse le matin en hâte, en s'introduisant tant bien que mal dans ses souliers, sans précaution — et voilà, la languette est toute plissée. On l'a mal tirée, et elle fait un mal au pied ! Toute la journée ! On ne peut pas ne pas y penser, mais comment s'arrêter pour y remédier, avec tout ce travail ? Alors on souffre, on prend son mal en patience. On garde l'espérance secrète qu'un moment viendra, une minute de répit, pour bien tirer la languette... On finit par ne plus pouvoir se concentrer, tant cette pensée est obsédante. Et quand cette minute est arrivée, quand je suis enfin un peu seul, vous voilà ! Je suis désolé, mais il faut m'accorder un instant... Vous savez comme mes pieds sont sensibles ! »

Studer fit part de toute sa sympathie. Il avait pour principe de ne pas s'opposer aux lamentations de ses semblables, qu'ils fussent collègues, amis ou détenus. Il faut que les gens s'expriment, pensait-il, qu'ils puissent exhaler leurs plaintes — après quoi, il était possible d'aborder avec eux des sujets plus sérieux.

« Je viens, dit-il en s'asseyant sur une chaise, pour cette histoire de la Gerechtigkeitsgasse.

— Gerechtigkeits... gasse... » geignit le commissaire, tout en luttant avec ses lacets. Son crâne chauve était rouge brique, et brillait de petites gouttes de sueur...

« Oui », répéta Studer, patient — il faut être patient avec les gens, surtout quand ils sont gros et doivent renouer leurs lacets... « Gerechtigkeitsgasse 44... Hornuss Sophie... Le gaz... J'ai moi-même été à l'appartement, et vous dois des excuses car j'ai mené de mon propre chef une petite enquête...

— Ah... ouf... » Cessant ses gémissements, le commissaire se redressa, examina son soulier d'un œil méfiant, remua ses orteils pour vérifier... Il déclara enfin :

« Je crois que ça ira. Si les chaussettes veulent bien ne pas se mettre de la partie ! »

Il semblait qu'on eût évité ce drame, car Gisler

reposa son pied plat sur le sol. Clignant ses petits yeux, d'un bleu d'azur, il eut un regard angélique : « Certainement, dit-il en hochant la tête d'un air entendu, Gerechtigkeitsgasse 44. Sophie Hornuss ! Eh bien... » Il continua d'une voix apaisante. L'inspecteur était donc allé à l'appartement et avait, comment dire, mené son enquête. Il était parfaitement libre de le faire ! L'inspecteur avait agi au mieux, et témoignait maintenant d'un vrai sens de la, comment dire, confraternité, en venant soumettre les conclusions de son enquête au commissaire Gisler... Au fait, quelles étaient ses conclusions ?

« J'en conclus qu'il s'agit d'un meurtre.

— Eh oui, soupira le commissaire Gisler. Un meurtre ! Reinhard a dit quelque chose dans ce sens. C'est donc aussi votre avis, Studer ? Vous pensez, comment dire, à un meurtre, vous aussi ?

— Oui, dit Studer. Moi aussi.

— On pourrait peut-être dire à Reinhard de venir, alors ? Vous ne croyez pas ?

— Si, si, Reinhard, et peut-être aussi Murmann. C'est lui qui a découvert le corps, après tout...

— Bien sûr, ce vieux Murmann ! »

Et le commissaire Gisler décrocha son téléphone, et ordonna qu'on fît venir le brigadier-chef Murmann et le brigadier Reinhard. Après quoi, il essuya la sueur qui perlait sur son crâne chauve.

Conseil de guerre... À sa grande surprise, Studer n'essuya aucun quolibet. Sans doute grâce au petit Reinhard, qui d'emblée prit le parti de l'inspecteur. Murmann essaya bien de prendre les choses à la légère, et de se moquer des lubies de ce vieux Jakob, mais Reinhard lui coupa l'herbe sous le pied... Lui aussi, déclara-t-il, avait eu l'impression que quelque chose n'allait pas dans l'affaire Hornuss. Du reste il avait signalé dans son rapport tous les détails qui clochaient : les cartes étalées sur la table, le fauteuil dans la cuisine, le robinet à moitié ouvert du compteur à gaz...

Studer demanda comment la police avait été alertée. Le brigadier Reinhard, tirant avec fièvre sur sa cigarette, expliqua qu'un ouvrier, qui sous-louait à Sophie Hornuss une mansarde meublée, avait senti l'odeur du gaz en passant et appelé les gendarmes. C'est ainsi qu'il s'était rendu, avec le brigadier-chef, à la Gerechtigkeitsgasse. Et il attendait que Studer raconte ce qu'il avait appris de neuf... Ici, Murmann tint à s'interposer pour faire remarquer combien l'inspecteur lui avait paru nerveux le matin où... Mais il parlait beaucoup trop lentement pour le goût de son subordonné à l'esprit vif, qui se permit une nouvelle fois de l'interrompre... C'était au tour de l'inspecteur de raconter !... Tel était aussi l'avis du commissaire. Il avait allumé une pipe, confortablement installé derrière son bureau. De temps en temps, il jetait un coup d'œil inquiet à sa chaussure.

Et Studer raconta. Il parla de Cleman, le géologue qui avait travaillé au Maroc pour le compte des frères Mannesmann, avant de les trahir. De l'autre femme, morte également d'une intoxication au gaz, à Bâle celle-là. Du vestige de somnifère subsistant au fond de la tasse dans l'évier, et des conjectures singulières de M. Rosenzweig à propos de l'empreinte du pouce... Il raconta sa rencontre avec le père Matthias, qui en fait s'appelait Koller, sans oublier d'évoquer l'histoire du caporal extralucide — mais sans s'attarder, juste pour faire entrevoir les ramifications lointaines de l'affaire... Il revint sur Bâle, et sur le silence qu'il avait observé là-bas. Après tout, il était un policier bernois, et les Bâlois n'avaient qu'à...

« Éclaircir l'affaire, bien qu'ils ne soient pas des lumières ! interrompit le petit Reinhard.

— Assurément ! confirma le commissaire.

— On peut le dire ! » grommela Murmann.

Tous furent d'accord : c'était *l'affaire* ! Et il faudrait bien que le « vieux », en d'autres termes le directeur de la police cantonale, comprenne ! Les Bernois ne laisseraient pas échapper une telle occasion !... Ah mais ! Ce serait ridicule... Enfin, soyons sérieux — les Bâlois !..

Le commissaire Gisler était dans tous ses états. Il téléphona au café voisin, et fit monter quatre bouteilles de bière.

« À votre santé, Studer.

— Ce vieux Jakob ! »

C'était du petit-lait !

Beaux joueurs, ses collègues reconnurent que Studer était le seul qui pourrait mener à bien cette enquête... Qui parlait des langues étrangères ? Qui avait des contacts avec la police française, et était même l'ami d'un commissaire du Quai des Orfèvres ?

Personne d'autre que Jakob Studer !

Enfin !... On commet à Berne un meurtre sortant de l'ordinaire, déclara le massif Murmann, et il faudrait passer l'affaire à ceux de Bâle ? Alors qu'ils n'avaient envoyé que des ambulanciers en guise d'enquêteurs !

Mais comment convaincre le « vieux » ?

Car — c'était clair comme de l'eau de roche ! proclama le petit Reinhard — l'affaire mènerait loin... Il faudrait se renseigner à Bâle, téléphoner à Paris... Peut-être même, qui sait, se rendre à Géryville, pour enquêter sur place sur le rôle du fameux caporal extralucide... Ou même au Maroc !

Il était à envisager que ce moine, ce père, ce prêtre blanc — le commissaire Gisler s'embrouillait un peu — fût en fait l'assassin. Mais encore? S'il était innocent et que la police bernoise vienne à l'arrêter, on n'osait imaginer le scandale! Or tous avaient une sainte terreur des colères du « vieux ». Sans oublier qu'ils pouvaient compter sur la générosité de leurs chers compatriotes de Lucerne et de Schwyz! On dauberait impitoyablement dans toute la Confédération sur les Bernois!

Une seule solution : que Studer prenne en charge l'affaire. Il avait accueilli chez lui le père blanc, l'avait laissé sous la garde de son épouse... Le moine était le personnage clef de toute l'affaire, le *nervus rerum*, comme dit Gisler, qui avait fait des études classiques.

On intima au jeune policier en faction dans l'antichambre de se mettre immédiatement en civil et d'aller surveiller l'appartement de l'inspecteur...

Une fumée épaisse emplissait la pièce, mais personne ne se souciait d'ouvrir une fenêtre. Les yeux dans le vague, ils réfléchissaient : comment faire pour que Studer ait ses coudées franches?...

On en savait assez — mais « on » se réduisait aux trois hommes que l'inspecteur avait persuadés. Trois hommes qui ne faisaient guère le poids : un commissaire de la police municipale, un brigadier-chef et un brigadier... Rien qui puisse influencer les hautes sphères. De modestes travailleurs, rien de plus. Intelligents, certes, connaissant leur métier — mais ça, on s'en fichait...

Ce fut M. Rosenzweig qui les tira d'embarras. Il ouvrit la porte, recula avec effroi :

« Quelles vapeurs m'offusquent le cerveau? » déclama-t-il, avant de se mettre à tousser.

Comme aucun des quatre hommes ne faisait mine de prendre en considération sa plainte mélodieuse, il prit lui-même les choses en main. Une bouffée d'air citadin, saturé de poussière, vint purifier l'atmosphère.

Une minute s'était à peine écoulée, cependant, que le commissaire Gisler exigea un retour au *statu quo* : ses pieds délicats ne supportaient pas le froid. Le petit Reinhard referma donc la fenêtre.

« J'ai appelé chez vous, inspecteur, mais on m'a répondu qu'il fallait que je vous cherchasse ici, dit M. Rosenzweig dans son langage fleurant assez peu le terroir. Je vous apporte un objet singulier. Très, très singulier. »

Murmann grommela qu'il fallait qu'on s'en doutât... Mais le vieil avoué ignora le brigadier-chef. Sortant deux feuilles de sa poche, il les tendit à Studer :

« Qu'en dites-vous ? » demanda-t-il.

Tous les sièges étant occupés, il s'adossa au mur. Studer prit les deux feuilles — l'une épaisse, l'autre fine — et les regarda. La plus épaisse était la courbe de température. L'autre était couverte d'une écriture serrée, et signée. Un timbre-quittance était collé en haut de la feuille. L'inspecteur Studer se mit à parcourir le document. Il se pencha sur la feuille, la relut plus attentivement, et sa lecture cette fois prit un bon moment.

Dans le bureau, l'air était clair et transparent. On entendait par la fenêtre les coups de klaxon des automobiles, auxquels se mêlait par instants le cliquetis des sabots de chevaux sur l'asphalte. Sinon, le silence régnait. Le commissaire Gisler s'était absorbé dans un dossier, le petit Reinhard avait rallumé une cigarette, Murmann bourrait posément sa pipe. Ils ne relevèrent la tête que pour souligner l'exploit vocal de l'inspecteur — qui venait, en une seule émission de voix, de soupirer, s'éclaircir la gorge et ravaler un juron.

« Que se passe-t-il ? » s'enquit le commissaire Gisler, jetant un regard surpris à Studer.

Adossé au mur, le vieux M. Rosenzweig faisait briller ses dents, ornées en maint endroit de plombages en or. Semblant estimer que son sourire avait suffisamment rayonné, il se mit à poser des questions, purement formelles, du reste, et se passant manifestement de réponses...

« Vous ne l'aviez pas prévu, n'est-ce pas, inspecteur ? On peut dire que c'est sensationnel, non ? N'est-ce pas encore plus unique que ma première empreinte digitale ? »

Il se tut. L'idée de piquer la curiosité des policiers le mettait en joie. Mais pas un ne voulut prendre la parole. Ils n'étaient pas bernois pour rien : leurs visages fermés excluaient toute idée de curiosité. Et le vieux monsieur dut continuer à pérorer.

« Naturellement, vous brûlez de savoir comment je suis entré en possession de ce document, monsieur l'inspecteur. Vous m'avez prié d'examiner la courbe de température, au cas où j'y trouverais des empreintes. Il y a deux méthodes : l'iode ou les rayons ultraviolets. J'ai décidé d'essayer avec mon appareil le plus moderne — et qu'ai-je vu apparaître ? Non seulement des empreintes digitales — rappelant du reste elles aussi celle qui inaugura ma collection — mais une écriture, oui, une écriture ! »

M. Rosenzweig attendit. Il espérait visiblement qu'un de ses auditeurs au moins manifeste quelque signe d'intérêt... Mais ils restaient impassibles.

Murmann se balançait sur un angle du bureau. Le petit Reinhard fixait l'extrémité incandescente de sa cigarette. Studer rallumait posément son Brissago, qui s'était éteint. Quant au commissaire Gisler, il inscrivait d'un air absorbé des notes dans les marges d'un document. Une certaine déception était perceptible dans la voix de l'avoué quand il reprit son récit :

« Une écriture ! D'où sortait-elle ? L'un des côtés de la feuille portait la courbe de température, et l'autre était vierge. Je tâtai la lisière... On avait collé ensemble deux documents. Un peu de vapeur d'eau, laisser sécher... Et le testament apparut... »

Cette fois, ils s'animèrent.

« Un testament ? » demanda Gisler.

« Sans blague ! » dit Murmann.

« Ça pourrait... » commença Reinhard, mais il s'interrompit.

Studer tendit le document au commissaire. Trois têtes se penchèrent en chœur, avec une attention religieuse ; le commissaire se mit même à psalmodier :

> « Mon testament
>
> Je soussigné Cleman Alois Victor, géologue, de Frutigen, Berne, prends les dispositions suivantes : je lègue mes biens, consistant en huit hectares de terrain autour du village de Gourama, Maroc méridional, pour moitié à ma fille, Marie Cleman, née le 12 février 1909 à Bâle, et pour l'autre moitié au canton de Berne. En recevant le legs, le canton de Berne s'engage à veiller à ce que les revenus procurés par le terrain susdit soient remis pour moitié à ma fille susnommée. L'achat du ter-

rain susdit a été effectué en conformité avec le droit français aussi bien qu'avec le droit islamique en vigueur à Gourama. J'ai constaté la présence de pétrole dans ce terrain, que les documents complémentaires décrivent plus précisément. Ledit terrain devrait représenter dans quinze ans une valeur approximative de deux à trois millions de francs. Les documents établissant mes droits sur lui sont enfermés dans une cassette de fer, laquelle est enfouie en un lieu que le document ci-joint permettra aisément d'identifier. J'ai pris des mesures pour que le document susdit soit envoyé avec mon testament quinze ans après ma mort à mon épouse, Mme Josepha Cleman-Hornuss, Bâle, Rheinschanze 12. Au cas où mon épouse serait décédée à cette date, il est prévu que ma fille entre en possession du document.

Fez, le 18 juillet 1917 sign. Alois Victor Cleman. »

Le commissaire Gisler se renversa dans son fauteuil, et se mit à jouer au xylophone sur ses dents à l'aide de son crayon. Murmann se redressa et croisa ses bras sur sa poitrine. Le petit Reinhard pêcha dans sa poche un paquet jaune canari, et tapota pensivement une cigarette sur l'ongle de son pouce. Le silence régnait dans la pièce. M. Rosenzweig le rompit en observant sèchement :

« Je ne sais pas si ces messieurs... — Il n'y avait que lui pour dire “ces messieurs” ! — savent que Shell ou Standard Oil se disputent aujourd'hui les gisements de pétrole avec autant d'âpreté que le diable et le bon Dieu, au Moyen Âge, se disputaient une âme... De sorte qu'on peut à bon droit supposer que la valeur du terrain acquis par M. Cleman dépasse amplement son estimation... Ce n'est pas sur deux millions qu'il faut compter, mais bien sur six ou huit... Et je compte en francs suisses... Ce qui rapporterait au canton de Berne trois ou quatre millions... Et cette somme sera encore augmentée par la commission que le canton peut exiger en tant qu'exécuteur testamentaire... On arrive ainsi à quatre millions et demi... Une somme coquette, n'est-ce pas ?

— Et le testament est valide ? demanda le commissaire Gisler.

— D'après le droit français, sans contestation possible. Il est olographe. Écrit de la main du testateur, daté, signé. Et comme, du point de vue international, c'est la position de la France qui sera ici déterminante, nous n'avons pas à nous faire de souci. Je crois que cet argent ne sera pas malvenu pour le canton...

— Pour sûr ! » grogna Murmann en allumant sa pipe.

Le petit Reinhard déclara que devant un tel document, le « vieux » devrait se rendre à la raison.

Studer gardait le silence. Des pensées vagues tourbillonnaient dans son esprit. Marie qui allait devenir riche... Et cette fable de l'âne qui, ne se sentant plus de joie, s'en va danser sur la glace — l'âne, c'était lui... Il songea encore à cette histoire de banque qui lui avait coûté sa carrière. Qu'il serait bon de prendre enfin sa revanche, en procurant au canton de Berne une petite fortune... Les mauvaises langues seraient d'un coup réduites au silence, et il serait sûrement nommé lieutenant... Mais d'ici là, il coulerait de l'eau sous les ponts de l'Aar ! L'affaire n'était pas dans le sac...

Des coups énergiques à la porte le tirèrent brutalement de sa rêverie. Le jeune policier venait au rapport. Il s'était rendu chez l'inspecteur Studer, déclara-t-il, et Mme Studer lui avait dit que le père Matthias était parti dès deux heures et demie, son accès de fièvre étant passé.

Le jeune policier fit son rapport les talons joints, en un garde-à-vous impeccable, le médius de chaque main pressé contre les passepoils bleus de son pantalon d'uniforme.

« Rompez ! » dit simplement le commissaire Gisler.

Mais Studer se leva. Sur le pas de la porte, il se retourna :

« Gisler, tu mets les choses au point avec le "vieux". Je voudrais lui parler demain matin. Dis-le-lui. Aujourd'hui, il me reste encore trop à faire. Et s'il te plaît, Gisler, veille aussi à ce que le bureau et le téléphone du lieutenant soient libres à six heures. J'aurai besoin de téléphoner pendant une bonne heure. Et comme tu es au mieux avec le lieutenant... »

Et la porte se referma. Le commissaire regarda pensivement ses pieds hypersensibles. Il se torturait l'esprit... C'était la première fois que l'inspecteur le tutoyait, et Gisler se demandait s'il devait se sentir flatté ou offensé. Il décida en faveur de la première hypothèse. Le tutoiement était sûrement un hommage à ses talents de diplomate. Et la pensée que le héros de *l'affaire* lui avait parlé en frère emplit son cœur de fierté. Pendant cinq minutes, il en oublia même son autre fierté : celle d'avoir des pieds d'aristocrate...

« *Sicuro*, dit le docteur Malapelle, médecin légiste. Acide barbiturique. Pas l'ombre d'un doute ! Une dose massive. Sans doute le somnifère dont vous m'avez parlé : l'estomac m'a paru exhaler une forte odeur d'anis. Ce qui permet d'identifier ledit soporifique... Du reste, la femme n'aurait pas vécu longtemps. Endocardite aiguë. Ou pour employer un langage plus à la portée du profane que vous êtes, inspecteur, le cœur de la vieille dame était faible, faiblissime. Une émotion forte — *e poi*... Oui... Si elle l'a absorbé volontairement ?... Peut-être, et même sans doute. *Veramente*, on ne peut exclure l'hypothèse du suicide. Mais vous pensez que c'est un meurtre ? Incorrigible romantique ! Si ça peut faire votre bonheur ! »

Studer lui parla alors de la cordelette et des traces au bord du trou de la serrure.

« *Fantasmagoria !* trancha le docteur Malapelle. Vous avez de l'imagination, et votre imagination s'emballe ! Redescendez sur terre ! »

Studer sortit alors de sa poche la courbe de température — il avait laissé le testament au commissaire — et la montra au médecin. Celui-ci fronça les sourcils et marmonna :

« Qu'est-ce que ça veut dire ? Soit le diagnostic est erroné, soit... Ceci n'est pas une courbe de malaria ! Ni fièvre tierce, ni... Et puis, *vede, ispettore* !... Il faut que l'infirmière ait été bien négligente... Au lieu d'indiquer les dixièmes des degrés, elle n'indique partout que les quarts, les demis ou les unités ! Voyez vous-même : 36,75 — 39,5 — 38,0. Ça ne rime à rien. Même en tenant compte du fait que cette courbe provient d'un hôpital colonial, tenu de surcroît par des médecins français... Quand même... *pure*... C'est curieux... *singolare*... Ce n'est pourtant pas plus fatigant de noter les dixièmes de degré... »

L'inspecteur Studer sourit dans sa moustache.

« Merci, *dottore*, dit-il, *mille grazie*... Puis-je aussi voir le corps de Sophie Hornuss ? »

... Un visage ridé... où se lisait la terreur. Boursouflé — et pas de verrue au coin du nez...

L'hôtel *Zum Wilden Mann*. Studer demanda au portier s'il pouvait parler au père Matthias. On lui répondit que le révérend père n'était pas encore rentré. Encore une preuve de la bonne éducation des portiers d'hôtel ! C'était clair : à un religieux, il fallait dire « révérend »... Et Hedy qui y allait de son « cher monsieur » !

Peut-être pourrait-il jeter un coup d'œil à la chambre que le révérend père occupait, insinua Studer en montrant sa carte de police. Précaution inutile. On le connaissait. Le réceptionniste en chef, qui se trouvait dans le hall, fort occupé à ne rien faire, fut appelé et ne trouva rien à redire à la requête de l'inspecteur. Premier étage, deuxième, troisième... Bien commode, cet ascenseur. On ménageait ses jambes, et ce qui vous restait de souffle...

Numéro 63. Le liftier accompagna Studer, attendit. Et l'inspecteur qui aurait tant voulu être seul ! Une pièce de dix francs fit des miracles : le groom disparut.

Sur la tablette, au-dessus de la cuvette en porcelaine, une brosse à dents solitaire montait la garde dans un verre. À côté, un morceau de savon à bon marché. Une serviette qui avait déjà servi. Et sur une chaise, trônait une mallette brunâtre. Studer l'ouvrit et y découvrit, soigneusement rangés :

Un imperméable bleu. Un complet de confection gris, de médiocre qualité. Une chemise blanche à col mou, qui avait connu des jours meilleurs. Une cravate à bon marché. Une paire de chaussures basses, noires...

Sur le lit, un pyjama bleu. Encore un fleuron du commerce moderne, d'un prix aussi modique que sa qualité était médiocre...

Studer sifflotait la *Marche bernoise*... Il se retourna en quittant la pièce. Soudain, il aperçut quelque chose de sombre, en bas du dossier du fauteuil, coincé dans la fente... Si bien coincé qu'il eut toutes les peines du monde à le dégager...

C'était un flacon de somnifères. Vide. Studer le fit disparaître dans sa poche de veston...

« Quand le père Matthias est-il arrivé ? »

Le portier ne put le renseigner. Sans doute dans la nuit, pensait-il. Son collègue devait être au courant, mais il dormait à cette heure. Y avait-il vraiment urgence ?...

Studer secoua la tête et quitta l'hôtel, flanqué du réceptionniste en chef. Ce dernier, obséquieux et brillantiné, l'adjura de ne rien ébruiter si jamais l'hôtel se trouvait mêlé à quelque histoire criminelle, de bien vouloir songer que la réputation de l'hôtel...

Studer endigua ce flot d'éloquence en se ravisant soudain : il voulait consulter le registre.

« Koller Max Wilhelm, né le 13 mars 1876, missionnaire. »

Missionnaire... Raide dans son raglan, Studer considérait ce nom qu'il avait déjà lu dans un passeport, le matin même.

Le père Matthias, alias Koller Max Wilhelm, avait un frère, Cleman Alois Victor. Un frère géologue, délateur à ses heures — et suisse. Un frère qui avait succombé à une mauvaise fièvre, à Fez, et avait disparu dans une fosse commune. Et qui ajoutait maintenant à ses talents, d'après les allégations du père blanc, le don de revenir d'outre-tombe. Par la bouche d'un caporal extralucide, il menaçait de tuer ses deux femmes, trois mois à l'avance. Et il mettait ses menaces à exécution. Et chaque meurtre s'accompagnait d'un sifflement... Le gaz s'échappait en sifflant, et le robinet, ouvert à moitié, formait un angle de quarante-cinq degrés... Une vieille femme à Bâle, une vieille femme à Berne... Sophie était riche, pourquoi le géologue avait-il donné plus d'argent à l'ex qu'à l'épouse légitime ? Pourquoi cette dernière avait-elle dû vivre misérablement avec sa fille, dans un appartement de poche, avec un boyau pour cuisine, tandis que l'ex menait une existence confortable — un deux-pièces aux meubles prétentieux, une cuisinière munie d'un gril et d'un four... ?

À Bâle, le modeste réchaud n'avait que deux brûleurs. Au-dessus, une étagère branlante abritait de vieilles boîtes en fer-blanc, dont l'émail s'était écaillé : « Sel », « Café », « Farine ». En ce monde, il fait mauvais être trop bon. La bonté est sans cesse dupée. Tandis que les malins, aux lèvres fines, aux yeux railleurs, mettent à profit ce qu'ils savent...

Josepha était sans doute incapable de tourmenter son mari. Mais Sophie ? Pourquoi ce divorce, après une seule année de mariage ? « Savoir, c'est pouvoir »... Et quel pouvoir vaut celui de l'argent ? Celui qui sait peut se procurer le pouvoir de l'argent — par un chantage habile, par exemple. Tout savoir *peut* motiver un chantage...

Toute action a un motif, et s'il n'apparaît pas

au niveau conscient, qu'on le cherche dans l'inconscient. L'inspecteur avait appris cette vérité jadis, lors d'une affaire se déroulant dans un asile. Un psychiatre s'était chargé de lui inculquer drastiquement la différence entre le conscient et l'inconscient.

Le portier de l'hôtel *Zum Wilden Mann* considéra avec étonnement ce policier silencieux, figé au-dessus du registre...

« Koller Max Wilhelm, né le 13 mars 1876, à Fribourg, missionnaire, venant de et retournant à Paris... »

Né le 13 mars 1876, et donc âgé de cinquante-six ans — on lui en donnait plus, au père Matthias, avec sa barbe de Petit Tailleur grisonnant. Le 13 mars. Une date porte-malheur. Il était entré à dix-huit ans chez les Pères Blancs, un ordre fondé par le cardinal Lavigerie pour convertir les musulmans. Une cause désespérée, de l'aveu même du petit moine. En 1917, il avait donc quarante et un ans... Et il était natif de Fribourg...

Fribourg... C'était aussi la ville où vivait Ulrike Neumann, cette jeune fille qui avait eu une liaison avec un inconnu, à Berne, avant de mourir en absorbant du cyanure. Et qui retrouvait son bien-aimé à l'hôtel *Zum Wilden Mann*...

Le portier à la raie impeccable, fleurant la brillantine, sursauta : l'homme silencieux ouvrait soudain la bouche et ordonnait d'une voix légèrement enrouée :

« Appelez-moi le directeur !

— Je ne sais pas si monsieur le directeur, pour le moment...

— Appelez-moi le directeur ! » La voix était sans réplique.

« Je vais voir s'il est possible...

— J'attends le directeur dans trois minutes. Menez-moi à son bureau ! »

L'inspecteur Studer avait pris son ton le plus officiel. Le portier disparut. Et Studer se dirigea tranquillement vers une porte en verre dépoli, sur laquelle un écriteau proclamait en lettres noires : « Bureau de la Direction ».

Deux minutes et trente secondes. Il n'en fallut pas plus pour qu'arrive un petit homme aux jambes arquées et à la bedaine généreuse, qui ne cessait de se frotter nerveusement les mains.

« Je désirerais consulter les registres des années 1902 et 1903, déclara Studer en répondant par un signe de tête distrait aux salutations empressées du directeur.

— Je ne sais si ce sera possible, commença le petit homme bedonnant. Je n'ai repris l'hôtel qu'en 1920, et il m'est donc... » Il fut stoppé net.

« Si ces registres ne sont pas dans un quart d'heure sur cette table — et Studer frappa de la main sur la table recouverte d'un tapis de peluche rouge, qui trônait au centre de la pièce — j'appelle la police municipale. Les recherches seront prises en main par mes hommes, et je vous garantis qu'*eux* finiront par trouver les registres en question. Malheureusement, nous ne pourrons éviter un petit scandale. Il faudra bien que vos clients apprennent que votre hôtel est le cadre d'une enquête policière. Quant à savoir dans quelle mesure un tel événement influera sur la bonne ou mauvaise réputation de votre établissement, je vous en laisse juge. Après tout, ce sera peut-être une excellente publicité... » Il se tut.

Le petit directeur se mit à pousser des gémissements à fendre l'âme. Studer avait posé sa grosse montre en argent sur la table. Au bout d'un instant, il déclara : « Il vous reste dix minutes. »

On entendit des jurons et des imprécations étouffés. Quelques noms menaçants défilèrent : les hauts personnages auxquels le directeur ne manquerait pas de...

« Sept minutes », dit Studer.

La porte en verre dépoli fut claquée avec fureur.

Cinq minutes plus tard, l'inspecteur avait devant lui trois registres poussiéreux. Il s'assit sur une chaise, et commença à tourner les pages. Janvier 1902 — rien. Février — rien. Mars — le 1er, le 2, le 3... Le 10 : Neumann Ulrike, 21 juin 1883, Fribourg... Une nuit. Pas de nom d'homme dans les parages.

Elle apparaissait de nouveau en avril, puis en mai, en juin, en juillet... Toujours seule.

Enfin, le 23 août, un nom d'homme venait juste après celui de la jeune fille. Koller Victor Alois, 27 juillet 1880, étudiant phil., Fribourg...

Même chose en septembre, et en octobre. En novembre, trois noms s'interposaient entre ceux d'Ulrike Neumann et de Koller Victor Alois. Même chose en décembre. En janvier 1903, on retrouvait la même écriture.

Puis, les mois suivants, le nom de l'homme disparaissait. Définitivement. On ne retrouvait pas non plus trace de son écriture volontaire, aux fioritures aisément reconnaissables. Ni le nom ni l'écriture n'apparaissaient en 1903. Au contraire, tous les quinze jours, on retrouvait le nom d'Ulrike Neumann. La dernière fois : le 27 juin. Puis plus rien.

Koller, Victor Alois... Point besoin d'être graphologue pour constater que l'homme qui avait signé le registre de l'hôtel était aussi l'auteur du testament... Ce testament qui partageait une fortune de plusieurs millions entre le canton de Berne et Marie Cleman...

Mais le plus singulier était que l'écriture du registre, pas plus que celle du testament, n'avait rien de commun avec celle de l'adresse : à « *Madame** Josepha Cleman-Hornuss, Spalenberg 12, *Bâle** ».

Volontaire, égoïste, cette écriture aurait plutôt évoqué celle qui indiquait dans le registre : « Koller Max Wilhelm, 13 mars 1876, à Fribourg, venant de et retournant à Paris ». L'écriture du père Matthias !

On se retrouvait devant des écritures qui se ressemblaient, et une mallette contenant : un imperméable bleu, un complet de confection gris à bon marché, une chemise blanche à col mou, passablement usée, une cravate de mauvais goût, une paire de chaussettes, une paire de chaussures basses, noires...

Et le père Matthias, alias Koller Max Wilhelm, avait disparu après son accès de fièvre. Il n'avait recouvré la santé que pour se volatiliser.

Sur le tapis de peluche rouge, la grosse montre en argent indiquait quatre heures et demie. Un téléphone attendait sur le bureau, près de la fenêtre. Dans un coin, le petit directeur se tenait coi, intimidé.

« Vous permettez ? » demanda Studer. Sans attendre de réponse, il alla au téléphone et composa un numéro.

« C'est toi, mon vieux ? » Studer avait abandonné son ton *officiel*. Après une pause, il reprit : « On n'aurait pas aperçu à la gare un moine, en froc blanc ?... Oui ?... Quand... Le train de 15 h 32, pour Genève ?... Aha !... C'est ça !... Pas de bagages... Un simple sac ?... Merci, mon vieux Fridu ! »

Le chef de la gare de Berne devait avoir fait une plaisanterie, car Studer riait. Mais son rire était forcé. Après avoir raccroché, l'inspecteur se tourna vers le directeur et l'informa d'une voix sèche qu'un de ses clients avait filé à l'anglaise. Oui, le missionnaire. Il n'avait pas payé sa note ?... Inutile de se faire du souci !... Le règlement arriverait sûrement dès le lendemain — par mandat, vraisemblablement — et avec un bon pourboire. Le père Matthias n'avait pas donné l'impression d'être un griveleur ?... Non, non, absolument pas. Il avait sans doute reçu un télégramme... On ne lui avait pas remis de télégramme à l'hôtel ?... Cela ne voulait rien dire. Le missionnaire l'avait sûrement reçu à une adresse privée...

Le manège du petit directeur amusait Studer. Se frottant les mains avec fièvre, il trottinait à travers la pièce. Il tournait autour du bureau, et à chaque tour se rapprochait du fauteuil caché derrière la silhouette massive de l'inspecteur, plus près, encore plus près... Enfin, il parvint à se glisser sous le bras de Studer, et se laissa tomber dans le fauteuil avec un soupir de soulagement.

« Il me semble, dit le directeur en sortant un somptueux stylo-plume de son étui, que j'ai suffisamment fait la preuve de ma bonne volonté envers les autorités. Puis-je vous prier, inspecteur, de quitter maintenant mon bureau ? »

Studer renâcla. Ce directeur, un vrai dictateur en chambre ! Son fauteuil à siège mobile était son trône, où sa bedaine revêtait soudain une majesté intangible... Son bureau directorial, non, royal, impérial, lui conférait dignité et assurance.

« Certainement, monsieur le directeur. »

Studer fit une profonde révérence, et disparut en

un clin d'œil. Le directeur n'eut pas même le temps d'entendre la porte se refermer en grinçant...

Le lieutenant était rentré chez lui, ce qui combla Studer. Il avait ainsi à sa disposition non seulement le téléphone, mais aussi le buvard du sous-main. Or on ne saurait téléphoner dignement sans avoir à portée de la main de quoi griffonner...

Studer entreprit de réduire au désespoir la demoiselle du téléphone. Cette occupation l'absorbait si profondément qu'il était sourd aussi bien au sifflement de la bise derrière la fenêtre, qu'aux coups répétés à la porte fermée à clef. Ses collègues pouvaient bien s'user les doigts contre la porte du sanctuaire inviolable du lieutenant, le vent pouvait arracher les tuiles de tous les toits de la capitale fédérale — l'inspecteur Studer tenait d'une main l'écouteur pressé contre son oreille, et de l'autre dessinait à la chaîne de merveilleux paysages imaginaires. Des palmiers... Encore des palmiers... Des animaux fabuleux qui étaient peut-être des chameaux, quoiqu'ils évoquassent plutôt des cochons bossus... Et des silhouettes enveloppées dans des vêtements flottants, et coiffées d'étranges pots de fleurs...

Dans le couloir, cependant, on murmurait : « Ce bon Jakob, toujours aussi fêlé... »

« La police municipale de Bâle, s'il vous plaît... C'est urgent... Numéro d'immatriculation BS 3437... Établir l'identité du propriétaire ou éventuellement du loueur... Attendez, mademoiselle, nous n'avons pas fini... Rechercher l'hôtel où le père Matthias — voyageant avec un passeport au nom de Koller Max Wilhelm — est descendu... Vérifier le jour de son départ... Interroger les garagistes, les chauffeurs de taxi, pour savoir si une voiture a été louée par un homme répondant au signalement suivant : petit, froc blanc, bonnet rouge, sandales, barbe poivre et sel... Adresser les réponses par téléphone à la police cantonale de Berne... Oui, mademoiselle, j'en ai terminé avec Bâle. Maintenant il me faut la Sûreté de Paris, en priorité... Vous essayez ?... Merci, mademoiselle... »

Liste des médecins... Tandis que l'inspecteur tourne les pages, il revoit la plaque d'immatriculation de la voiture BS 3437... Le père blanc a affirmé que Marie et le caporal extralucide se trouvaient dans cette voiture... S'est-il payé notre tête ?...

Liste des médecins, quartier de la Gerechtigkeitsgasse... Junkerngasse, Metzgergasse... Dr Schneider... Dr Wüst... Dr Imboden...

« Docteur Schneider ? Il est sorti ? Merci ! »

« Docteur Imboden ? — Ici la police cantonale. Avez-vous eu pour patiente une certaine Mme Hornuss, Gerechtigkeitsgasse 44... Oui ?... Insomnie d'origine nerveuse... Tendances dépressives... Qu'avez-vous prescrit ?... Des somnifères ?... Merci, docteur... À quand remonte la dernière ordonnance ?... Le 30 décembre... C'est bien ça, la femme qui s'est suicidée... Vous vous y attendiez ?... Je vous remercie, bonsoir, docteur... »

« L'église paroissiale ? Une question : un prêtre ordonné, même s'il appartient à un ordre religieux, est bien censé dire la messe chaque matin ?... Oui ?... Un certain père Matthias, de l'ordre des Pères Blancs, est-il passé... Ce matin ?... Je vois... À quelle heure ?... Six heures ? Merci, monsieur le curé, non, rien de cassé... »

« Vous êtes en communication avec Paris... — Merci, mademoiselle... Surtout ne coupez pas, ça risque de durer une bonne demi-heure... »

Enclenchement d'un mécanisme invisible : Studer passa automatiquement au français. À l'autre bout du fil, une voix grincheuse demanda ce qui se passait. Serait-il possible de parler au commissaire Madelin ? La voix grincheuse éclata d'un rire hystérique : Madelin ? Et qui appelait de... Berne ?... Studer vit rouge. Il se mit à hurler dans l'appareil. Le résultat ne se fit pas attendre. « On vous met en communication avec monsieur le commissaire. » Studer ne remercia pas.

Une pause... Quelque chose manquait à l'inspecteur : un Brissago ! Mais allumer un cigare se révélait des plus délicat. Du bras gauche, il fallait coincer l'écouteur contre son oreille, afin de dégager la main... Ses efforts finirent par être récompensés. Mais ces contorsions avaient été épuisantes, et deux gouttes de sueur tombèrent sur la feuille de ses griffonnages, où elles dessinèrent deux ronds. Lesquels devinrent à leur tour, au cours de la conversation, les yeux d'un visage. Quelques traits de crayon suffirent. Mais étrangement, le visage obtenu évoquait celui de Godofrey, l'encyclopédie vivante. Studer soupira quand il s'en aperçut. Il eut envie de revoir le petit homme. Et il se promit de proposer dès que possible la courbe de température à sa sagacité...

Madelin !

« ... Très bien, merci !... Mon vieux, j'ai besoin d'une date. Quand a-t-on signalé la disparition de Jakob Koller ? Oui, Koller... K comme Krishnamourti, L comme Lutèce, E comme Ernest, R comme Rome... Agent de change, oui... À la mi-septembre... Une certaine Marie Cleman, sa secrétaire... Au fait, sais-tu que ton père Matthias s'appelle lui aussi Koller ? Oui, comme l'agent de change qui a disparu. Tu as les données ? Bon, je note... » Et Studer sortit son calepin de Noël... Il murmurait tout en écrivant : « Spéculations sur des actions minières nord-africaines... Pertes massives lors du krach de la Banque Algérienne en juillet... Oui, oui, je comprends bien, continue... Dépose son bilan le 2 août... Ses dossiers sont saisis... Déposition de Marie Cleman, le 15 septembre : Mon chef était déprimé, m'a répété à plusieurs reprises qu'il n'en pouvait plus, m'a congédiée le 1er octobre... A quitté le 13 septembre au soir notre appartement commun... Leur appartement commun ? Ah... Aha... Non, non, excuse-moi, mon vieux, je me suis juste brûlé à mon cigare... Continue. Donc : a quitté leur appartement... Bon. Sans bagages ?... Sans bagages !... M'a laissé de l'argent... Combien... Quatre mille francs... Et tu as fait saisir les dossiers ? Godofrey est en train de les examiner ?... Non, non, pas la peine. Je vais sans doute venir moi-même à Paris. As-tu le signalement de Jakob Koller ? Oui ? Je note : 1,89 m, teint mat, glabre, cheveux blond pâle... Pas de photo ? Dommage... Aucun cadavre qui correspondrait ?... Ça résoudrait tout. Enfin... Attends, encore une chose : il faudrait savoir où se trouve actuellement le caporal Collani, 1er régiment étranger, 2e bataillon. Oui, comme Koller, mais avec un C, deux L, A comme Alphonse, N comme Nini, I comme Isidore... Sidi Bel-Abbès ? Tu le sais mieux que moi. Naturellement, si ça t'est possible. C'est sûrement plus rapide par télégramme. Il me faut une réponse détaillée : si Collani est toujours considéré comme déserteur, ce qu'on sait de lui — date de son engagement, curriculum vitae, etc. Non, pas par téléphone, envoie-moi un télégramme à mon adresse privée si tu penses pouvoir avoir la réponse dès ce soir... Attends, je voudrais aussi savoir qui t'a adressé le père Matthias... Comment ? Le ministère de la Guerre te l'a recommandé ? Et le ministre des Colonies ? Hum... Tu sais, il n'a pas raconté de blagues, l'autre soir, au restaurant... Les deux femmes sont mortes pour de bon. Une curieuse affaire... Au gaz, oui... Et ça ressemble fortement à un double meurtre... L'attitude du père blanc n'est pas claire, il a pris le premier train pour Genève... Non, ne crains rien, il ne m'échappera pas... Je le laisse courir pour le moment, je n'ai pas envie de me mettre le pape à dos, imagine-toi ! Quand je viens ? Je ne sais pas encore. Il me faut d'abord la bénédiction de mon chef... Haha... Le vouvray était bon, et la terrine de foie gras a fait très plaisir à ma femme, dis-le à Godofrey... Oui, mademoiselle, nous avons fini. Repassez-moi la police municipale de Bâle... »

« Oui ?... Je note... N° BS 3437... Une Buick... *Garage Agence Américaine**... Un homme petit, maigre, teint mat, imperméable bleu, cache-nez... Le 1er janvier, dix-huit heures... L'a ramenée aujourd'hui à quinze heures... En compagnie d'une dame... Merci... Oui ? Ah... M. Adrian, chauffeur de taxi, indique qu'un moine en froc blanc a frété son taxi à la gare de Bâle pour se rendre à Berne... À vingt et une heures... Bagages ?... Un simple sac... Le chauffeur déclare qu'il a été surpris qu'un homme qui n'a pas les moyens de se payer des chaussettes ait tant d'argent sur lui... Dans son sac, je comprends... Plusieurs billets de cent francs... Non, rien de spécial. Mais à votre place, je ferais autopsier le corps de Josepha Cleman-Hornuss, veuve, Spalenberg 12, victime d'une intoxication au gaz. Le médecin légiste devrait analyser le contenu de l'estomac et des intestins — il risque de trouver des traces de barbituriques... Oui, des barbituriques, des somnifères, si vous préférez... Mais... comment avez-vous fait pour aller si vite ?... Comment ? Je vois, mais la plaisanterie est éculée, usée jusqu'à la corde. Vous verrez que les Bernois montreront un jour aux Bâlois qu'ils sont plus lents, mais aussi plus malins qu'eux. Parfaitement !... L'appartement du Spalenberg ?... Mais pourquoi le faire garder ?... Enfin, si ça peut vous faire plaisir... Le loyer est payé jusqu'au 1er avril ? Alors... Merci... »

Accoudé sur la table, Studer contemplait le buvard. Sans s'en apercevoir il avait dessiné des montagnes, et le résultat n'était pas sans évoquer une courbe de température... Le buvard n'était plus qu'un vaste gribouillis, mais un coin restait libre. L'inspecteur se mit à y dessiner un petit bonhomme : un rond pour la tête, un trait vertical pour le tronc, deux horizontaux pour les bras, deux de travers pour les jambes...

Il contempla longuement son dessin, plongé dans une rêverie. Puis il murmura : « Résumons... »

Et les petits bonshommes se mirent à danser. Ils dansaient comme des ombres sur la feuille, des ombres dans l'espace, dans le temps...

Koller ou Cleman ? Cleman ou Koller ? Le petit danseur sur la feuille sautille, fait des révérences. Maintenant il s'est redressé. La barbe au menton, sur le nez des lunettes à monture d'acier, à la main un marteau, une petite pelle. Il laisse tomber marteau et pelle. Et voilà qu'il tombe lui-même à la renverse, l'étudiant en phil. Koller, le docteur en phil. Cleman... Il tombe, le voici sur un lit d'hôpital. Saisissant la tablette où est portée la température, audessus de sa tête, il se met à dessiner. Puis il écrit, longuement : « ... enfermés dans une cassette en fer, laquelle est enfouie dans un lieu que le document ci-joint permettra aisément d'identifier... » Il écarquille les yeux... Une fosse commune ! — Non ! Il est maintenant assis dans une cuisine, bat les cartes, commence à les étaler... Voici la première carte en haut à gauche : le valet de pique ! Le petit bonhomme fait une révérence, s'allonge, s'aplatit, se recroqueville avec le buvard...

Joseph Koller, lève-toi !... Des magasins — des magasins élégants... Choisir un manteau de fourrure, acheter des chaussures de daim, des bas de soie... Halte ! Ce n'est pas encore ton tour ! C'est inutile. Marie s'est levée. Elle marche au côté de Jakob Koller, elle habite le même appartement que lui... Lui ? Des cheveux blond pâle, le visage rasé de près... Dieu merci, le voici seul. Il se tient dans un hall immense, au milieu des cris, il crie plus fort que tous les autres : « 796 — j'achète... 800 — j'achète ! » Tous ces cris ! Puis le silence. Jakob Koller s'étire, et lui aussi disparaît, englouti par le buvard.

Brouillard. Des nappes de brouillard. Des figures perdues dans le brouillard. Deux hommes. Un petit, un grand. L'automobile BS 3437 roule sur la table... pas la table, le pont sur l'Aar. Marie se lèvera-t-elle aussi ? Non, elle est assise dans la voiture. Le brouillard s'épaissit.

Encore un qui veut se lever ? Le vent caresse une barbe grise, un froc blanc bat au vent... Studer lève la main, l'abat sur le buvard.

Et le spectre a disparu.

Pas encore. Pas tout à fait. Marie s'est levée. Un homme lui fait face, large d'épaules, massif, avec un visage maigre où pointe un nez fin. Une moustache recouvre la bouche. Une moustache déjà grise, bien trop grise... L'homme aux larges épaules s'incline devant Marie, sort son portefeuille, en retire une feuille de papier. Un chiffre est inscrit sur la feuille, suivi de tant de zéros que l'homme en a le vertige : 15 000 000. Quinze millions ! « Tiens, petite, c'est à toi ! dit l'homme. — Merci, cousin Jakob ! — Ce n'est rien, Marie... »

La main s'abat de nouveau sur la feuille. Et Studer se frotte les yeux... « Non, s'écrie-t-il à voix haute, ce n'est pas à Berne qu'on trouvera la solution ! Il s'agit de *millions* ! » Le mot l'enivrait...

L'abat-jour de la lampe de bureau était vert, aplati. Les tuyaux brûlants du radiateur craquaient. Dehors, la bise se déchaînait. Mais l'inspecteur était loin. Il voyait des plaines, des plaines à perte de vue. Et au bout, la mer. Pas une maison, pas une hutte, pas une tente ne venait rompre la monotonie grise des plaines. Soudain, des derricks surgissaient. Le pétrole jaillissait, les jets s'élevaient plus haut, toujours plus haut, et claquaient au vent comme des drapeaux noirs... Des millions... L'or noir... Augmentation générale des salaires à la police cantonale. Et tout ça grâce à qui ? À l'inspecteur Studer, cousin Jakob, ce fêlé...

Une sonnerie stridente. Studer décrocha.

« Cousin Jakob ! » cria une voix à l'autre bout du fil. Et avant que Studer ait pu dire un mot : « Aide-moi, cousin Jakob. Je t'en prie, aide-moi ! Tu dois m'aider ! »

Puis rien. L'inspecteur appuya nerveusement sur le commutateur, en vain. La communication était coupée. Il composa le numéro des renseignements : « D'où partait le dernier appel à la police cantonale ? — Un instant... Vous êtes encore là ?... De

Bâle, une cabine de la gare... » Studer oublia de dire merci.

Il se leva, s'étira. Un réservoir d'eau était suspendu à un angle de la pièce. Il se lava les mains, les essuya, lentement, minutieusement. Il contempla encore la feuille de buvard couverte de griffonnages. L'arrachant du bloc, il la plia et la mit dans sa poche. Les couloirs étaient vides. Les lampes à charbon versaient une lumière parcimonieuse.

Il alla dîner dans une brasserie, voir Hedy ne lui disait rien. Il engloutit quatre chopes de bière blonde — mais il ne pouvait chasser un souvenir.

Il voit la chambre de ses parents. Un thermomètre est accroché au mur. Studer a six ans, il se hisse sur une chaise pour voir de près le thermomètre, le décroche — et le laisse tomber. Le mercure se répand en gouttes minuscules sur le plancher. Le petit garçon saute de la chaise, part à la chasse des gouttes scintillantes : impossible de les attraper. Même en glissant un papier sous elles, on ne peut les garder tranquilles. Elles se réunissent, se divisent, inlassables...

C'était exactement l'attitude des protagonistes de l'affaire que Studer avait baptisée *in petto* : « La courbe de température et le caporal extralucide ». Ils étaient élastiques, glissants, miroitants, comme des gouttes de mercure. À commencer par ce père Matthias qui s'évanouissait quand on prononçait devant lui le nom d'une jeune fille morte depuis bien longtemps, qui frétait un taxi à Bâle à onze heures du soir, descendait à l'hôtel *Zum Wilden Mann*, et y laissait une mallette contenant un imperméable bleu, un complet gris, une chemise blanche... Et outre une brosse à dents au garde-à-vous dans un verre, on trouvait dans sa chambre un flacon de somnifères...

Le père blanc souffrait-il d'insomnie, lui aussi ? Et l'autre homme, l'homme à l'imperméable bleu, n'avait-il pas tout d'une goutte de mercure ? Insaisissable, inlassable... Il avait loué une Buick à l'Agence Américaine, à Bâle, à six heures. À neuf heures, le père frétait un taxi... Et que venait faire cet imperméable bleu dans la chambre dudit père ?

« Un café kirsch ! commanda-t-il à la serveuse qui flânait dans les parages.

— Ça marche, monsieur l'inspecteur... »

Marie !... Pourquoi avait-elle habité avec ce Koller ?... Hum ?

La serveuse n'eut que le temps de rejoindre l'inspecteur à la porte : « Ça fait vingt-trois francs, monsieur l'inspecteur, avec votre permission... Un dîner, quatre...

— Ça va, ça va ! »

Et Studer claqua la porte vitrée. Par miracle, elle ne se fracassa pas.

Onze heures. L'inspecteur traversa un pont désert, à pas lents, les mains dans le dos. Il n'avait pas boutonné son raglan. Il était retourné à l'hôtel *Zum Wilden Mann*. On l'avait informé que le matin même, à huit heures, une dame dont le signalement pouvait s'appliquer à Marie Cleman avait pris la chambre 64, qui jouxtait celle du père blanc. Elle avait quitté l'hôtel l'après-midi, à trois heures, en compagnie d'un homme en imperméable bleu, dont le visage disparaissait derrière un cache-nez...

À quelle heure le père Matthias avait-il fait son apparition dans l'appartement de Mme Hornuss ? À neuf heures. Quand avait-il quitté l'appartement de Studer ? À deux heures de l'après-midi. Et à trois heures, un monsieur vient chercher...

Thunstrasse. Le vent soufflait maintenant droit sur Studer. Il boutonna son manteau.

À cinq heures de l'après-midi, la Buick avait été rendue à l'Agence Américaine, à Bâle. Par un homme en imperméable bleu. Y aurait-il deux imperméables bleus ?

Car il y en avait un dans la chambre du père Matthias. Mais le petit moine avait pris le train de trois heures et demie pour Genève...

Trois heures et demie...

Des gangsters à Berne et une femme de bon sens

L'inspecteur Studer remonta lentement la Thunstrasse. Il marchait la tête baissée et le rebord de son chapeau était le seul horizon qui s'offrît à ses yeux.

Il entendit cependant un ivrogne qui avançait dans sa direction. L'ivrogne chantait, fait remarquable dans une ville comme Berne où l'on n'hésite pas à verbaliser pour abus d'alcool même de sobres citoyens. L'inspecteur leva donc la tête. Il put ainsi constater que l'homme non seulement chantait, mais titubait. L'ivrogne était grand et imposant, quoique son état nuisît à sa prestance. Soudain — trois secondes avant il était encore à cent mètres — il fut devant Studer. Brandissant son poing sous le nez de l'inspecteur, il dit d'une voix qui paraissait étrangement lucide — et il avait comme par miracle retrouvé son équilibre : « Attends un peu, mon salaud !... »

Il faut avouer que le mouvement que Studer effectua alors était un pur réflexe. Réflexe qui prouvait que l'inspecteur n'était pas encore mûr pour la retraite. Il lança une ruade, avec l'impétuosité d'un poulain. À vrai dire seul son pied gauche partit en arrière, cependant que son poing atteignait au même instant, non sans violence, le maxillaire de l'ivrogne juste sous l'oreille gauche. Le sac à vin s'effondra sans un bruit. Mais Studer entendit derrière lui un glapissement, et se retourna. Sur le sol, un petit homme se tordait de douleur, les poings pressés contre le ventre. À sa droite gisait un casse-tête... Studer hocha la tête. Pas mal imaginé. L'imposant ivrogne devait détourner l'attention par ses imprécations, donnant ainsi à son complice l'opportunité de jouer du casse-tête... Les deux gredins avaient simplement oublié qu'un policier suisse digne de ce nom a aussi des yeux derrière la tête...

« Des gangsters à Berne ! » La voix de Studer était sincèrement chagrinée. « Que t'imagines-tu, Blaser ? Tu n'es pourtant sorti de la cabane que depuis décembre ? »

Studer faisait ainsi allusion à la prison de Witzwil. Il connaissait le petit homme. Un habitué des mauvais coups.

« Qu'est-ce que ça veut dire, Blaser ? Est-ce que je n'ai pas été gentil, la dernière fois ? Je t'ai même payé à boire ! Quelles sont ces manières, veux-tu me le dire ? Et ton copain ! » Il se pencha sur le sac à vin. « Mais c'est Schlotterbeck ! Vous allez me faire le plaisir d'arrêter ce petit jeu ! »

Schlotterbeck : alcoolique invétéré, Sankt Johansen, Witzwil... La dernière fois, il avait écopé de deux ans à Thorberg, pour coups et blessures... Qui était derrière les deux lascars ?

« Bon ! » dit Studer après que l'alcoolique se fut péniblement remis sur pied. Il fixait sur l'inspecteur des yeux hébétés. « Pourquoi m'avez-vous attaqué ? » Studer saisit le petit Blaser par la peau du cou, le souleva et le remit brutalement sur les jambes. « Toi, raconte ! »

Ils racontèrent en chœur, et une histoire des plus

singulières. Blaser complétait de sa voix rauque les allégations angéliques de Schlotterbeck, protestant de son innocence...

Un homme avait pénétré à l'heure du déjeuner dans un bistrot mal famé de la vieille ville. S'asseyant à côté des deux compères, il avait payé une tournée. Puis il leur avait demandé s'ils avaient du cran. Eux de se récrier. L'homme leur avait alors déclaré que l'inspecteur Studer transportait dans sa poche un papier qui l'intéressait. Pourraient-ils le lui procurer ? Ils recevraient cinq cents francs chacun. Dont cent francs d'acompte...

« Nous vous avons guetté, inspecteur, mais vous ne vous êtes pas décidé à prendre le tram... Alors nous avons essayé dans la rue...

— Quand avez-vous rencontré cet homme ?

— À midi et demi.

— Portait-il un imperméable bleu ? »

Blaser fit oui de la tête, étonné.

« Où deviez-vous porter le papier ?

— Il nous a donné une adresse... »

Blaser fouilla dans sa poche de pantalon, en tira une feuille chiffonnée et la tendit à l'inspecteur. Studer déchiffra : « 30-7 *Poste restante. Port-Vendres**. »

Port-Vendres ? Où diable était-ce ? De la Méditerranée à l'Atlantique, les ports ne manquaient pas...

Les deux agresseurs considéraient l'inspecteur avec inquiétude. Il les regarda. Ils n'avaient pas de manteaux, et leurs mains étaient bleuies par le froid. Studer les aurait bien invités à prendre un grog brûlant avec lui. Car il n'était pas rancunier. Mais c'était peu envisageable : qu'aurait dit Hedy... Il leur proposa donc plutôt d'aller au diable.

En reprenant son chemin, l'inspecteur Studer

arborait un sourire satisfait. Il tirait de cette rencontre deux motifs de contentement. D'une part l'agression prouvait l'importance de la courbe de température. D'autre part, pour la première fois, deux Bernois pure race avaient joué un rôle dans cette affaire peu helvétique. Certes, il s'agissait de deux repris de justice, qui avaient de surcroît essayé de l'assommer... Ce n'en était pas moins réconfortant.

« Et comment as-tu trouvé le père blanc, Hedy ? » demanda Studer. Il était assis près du poêle vert, dans un fauteuil confortable. Il portait un pyjama gris, et ses pieds s'enfonçaient dans de moelleuses pantoufles.

« Un homme bien agréable, répondit Mme Studer, occupée à tricoter de minuscules pantalons blancs. Mais il m'a donné l'impression d'avoir peur. Je l'ai bien observé. Il aurait voulu te raconter quelque chose, mais le courage lui manquait. »

Studer approuva, tout en allumant son quatorzième Brissago de la journée. Il n'avait aucune envie de dormir, et avait décidé de passer la nuit à veiller. Non qu'il espérât trouver le fin mot de l'affaire, il lui manquait encore trop d'éléments. Mais il voulait attendre le télégramme de Madelin. Et il se proposait aussi de parler de l'affaire avec sa femme — ou plus exactement, de monologuer devant elle.

« Tu l'as revu ? demanda Mme Studer.

— Non.

— Pourquoi ? Il n'est pas allé te voir ?

— Il a pris le train de Genève, à trois heures et demie... » Studer ne regardait pas sa femme, mais la courbe de température qu'il avait étalée sur ses genoux. Il murmura : « Le 15 juillet, 36,5 le matin,

38,25 le soir. Le 16 juillet, 38,75 le matin, 37 le soir... Ce qui donne comme première suite de chiffres : 3653825387537... Le trois aurait-il une signification ?

— Que fabriques-tu, Jakob ? s'enquit Mme Studer.

— Rien, grommela Studer sans s'interrompre. On pourrait utiliser les fractions : 36 1/2, 38 1/4, 38 3/4... Bon Dieu...

— Pas de juron, Jakob », murmura Mme Studer.

Mais Studer vit rouge. Il avait quand même le droit de jurer chez lui si ça lui chantait ! Personne ne lui interdirait de jurer !

Mme Studer changea de sujet. « Le petit Jakob est malin comme un singe, déclara-t-elle. Il ressemblera à son grand-papa. »

Studer leva les yeux, car Hedy était une fine mouche... Entendait-elle se moquer de lui ? Mais elle était assise à la table, ses cheveux brillaient à la clarté de la lampe... Elle avait l'air jeune.

« Dis-moi, Hedy... » fit Studer. Et il s'éclaircit la voix. Lui avait-il déjà parlé de Marie Cleman ?

Mme Studer se pencha sur son ouvrage. Il ne fallait pas que son mari voie le sourire qu'elle ne pouvait retenir. Ça faisait trois fois que son Jakob répétait cette question, trois fois en une heure. Il fallait que cette Marie Cleman lui tienne à cœur. Son Jakob ! L'an passé, déjà, une jeune fille avait joué un rôle dans une affaire, la fiancée d'un prisonnier qui venait d'être libéré. Et naturellement, il avait fallu que Jakob Studer attrape une pleurésie en faisant de la moto avec la jeune fille sous une pluie battante. Pour ne rien dire de l'accident de voiture qui avait clos l'affaire. Et pourquoi avait-il risqué sa santé, sa vie même ? Pour prouver l'innocence du fiancé de cette petite. C'était sa nature, on n'y pouvait rien. Et l'affaire de la banque? Et celle de l'asile? À chaque fois, n'y avait-il pas une femme à la source de son dévouement? Parfois, Mme Hedwig Studer se disait que le corps massif de son époux abritait l'âme d'un preux chevalier, prêt à en découdre avec le diable en personne pour défendre l'innocence. Sans s'attendre à être remercié. Et maintenant, c'était cette Marie Cleman...

« Et qu'est-ce qui arrive à cette Marie, Papa?

— Je déteste que tu m'appelles "Papa"! » s'emporta Studer. Il était hors de lui. La journée avait été longue, fertile en événements. Il était compréhensible qu'il eût les nerfs à vif — et Mme Studer le comprenait...

« Cette Marie, donc... dit Studer en désignant la courbe de température du bout de son Brissago. Elle n'est pas à sa place dans cette affaire. Elle s'est enfuie à Paris, avec l'ancien secrétaire de son père — tu me suis, Hedy? — parce que sa mère était tireuse de cartes. Puis Koller a déposé son bilan. Koller, ils s'appellent tous Koller dans cette histoire... »

Il se tut, croisa les jambes. La courbe de température voltigea jusqu'à la chaise de Hedy, qui se baissa pour la ramasser.

Studer racontait. Et il lui semblait, au fur et à mesure, qu'un ordre se dégageait du chaos. Les différents Koller prenaient forme : le père Matthias, et l'autre, cet étudiant en philosophie qui retrouvait Ulrike Neumann à l'hôtel *Zum Wilden Mann*, en ces jours lointains de 1903... Et le troisième Koller, prénommé Jakob, qui était parti pour le Maroc comme secrétaire du géologue... Il était compréhensible que le deuxième Koller, prénommé Alois Victor, change son nom : il devait craindre d'être découvert. N'avait-il pas la mort d'Ulrike Neumann sur la conscience ?

Les idées affluaient au cerveau de Studer. Le père Matthias avait avoué que le géologue était son frère — son demi-frère, avait-il dit. Quoi qu'il en fût, leur parenté était donc avérée.

Une question restait ouverte : le caporal extra-lucide ne faisait-il qu'un avec le géologue ? Bien des éléments contredisaient une telle hypothèse. Pour quelle raison le géologue aurait-il changé de nom une seconde fois, et endossé la personnalité de Collani ? Et pourquoi aurait-il attendu quinze ans pour donner de ses nouvelles à sa femme, à Bâle ?

En revanche, si l'on admettait que le père Matthias ne faisait qu'un avec le géologue suisse décédé, Cleman alias Koller Victor Alois, et client de l'hôtel *Zum Wilden Mann*... Tout s'éclairait. Un jeune étudiant en philosophie assassine sa maîtresse. Pour échapper aux recherches de la police, il change de nom et de nationalité. Sous le nom étranger de Cleman, il parvient à acquérir de nouveau la citoyenneté suisse. Et sous son nouveau nom, il se marie. D'abord avec Sophie, à Berne. Mais il est hanté par la mort d'Ulrike Neumann. Il en parle à sa femme... Fine mouche, elle met à profit ce qu'elle sait pour pressurer son époux...

« Tu imagines, Hedy ! s'exclama Studer à ce point de sa reconstruction. Ce mariage ! La femme sait que son mari est un assassin. Elle réclame de l'argent, car Koller-Cleman gagne bien sa vie. Elle a son propre compte en banque. Et les nuits ! Tu imagines leurs nuits ? Tu n'as pas vu l'appartement de la Gerechtigkeitsgasse... Le vieil immeuble, aux murs pourris par la moisissure. Et leurs âmes aussi, peu à peu, pourrissent. Cleman ne peut ouvrir la bouche sans s'entendre dire : "Tais-toi, assassin !" — Combien de temps un homme peut-il supporter un tel mariage ? Un an ? Deux ans ? C'est l'époque des voyages au Maroc, du contrat avec les frères Mannesmann. Sans ces voyages, le mariage aurait tenu encore moins longtemps. Si tu avais vu les deux sœurs — leurs portraits, j'entends. À l'appartement de la Gerechtigkeitsgasse, ce matin, le père blanc m'a montré deux portraits datant de leur jeunesse. Sophie Hornuss — tu connais ce genre de femme : un corsage montant, un col à baleine qui soutient un menton pointu ! Même pour un joyeux Helvète, il y avait de quoi avoir froid dans le dos... »

Studer se tut. Sa femme restait assise, paisible, la courbe de température sous les yeux. Elle avait depuis longtemps cessé de tricoter. Elle se contentait d'approuver çà et là de la tête au récit de son mari.

L'horloge d'un clocher sonna. Quatre coups clairs, un coup sourd. Une heure. D'autres églises se mêlèrent au chœur, rejointes par l'horloge de l'école voisine, dont les coups se précipitaient comme la voix d'un écolier expédiant sa récitation. Et tous ces coups mélodieux semblaient venir cogner à la fenêtre, tout proches, avant de s'éloigner et de s'évanouir quelque part dans l'obscurité du ciel. Le silence, dans la pièce, en parut encore plus profond.

« Le divorce... murmura Studer. L'homme ne supporte plus ce mariage. Il se met à regarder Josepha, la sœur de sa femme. Ce sont des choses qui arrivent, n'est-ce pas, Hedy ? Deux sœurs peuvent être comme le jour et la nuit. Il semble parfois que l'une ait pris toute la bonté, et l'autre toute la méchanceté. Josepha était bonne... Koller l'épouse.

Il est heureux. L'autre laisse faire : n'a-t-elle pas obtenu tout l'argent qu'elle voulait ? Arrive la guerre. Le géologue aime sa petite fille — mais il faut qu'il gagne de l'argent. Il doit sans doute continuer de payer pour que Sophie garde le silence, et il ne peut procurer à Josepha et à sa fille la vie sans souci dont il rêverait pour elles. C'est alors que se présente une porte de sortie. Les frères Mannesmann se sont rendus coupables de trahison — il les dénonce. Il peut maintenant travailler pour son propre compte. Ce qu'il fait, et brillamment. Il constate la présence de gisements de pétrole. Il entend parler d'un projet gigantesque : on veut réaliser une ligne de chemin de fer qui relierait, en traversant le désert, Oran aux colonies françaises d'Afrique occidentale. Les besoins en carburant vont être énormes. Il achète des terrains... Toutes ses économies y passent. Puis il tombe malade, entre à l'hôpital de Fez... »

La flamme d'une allumette brilla — Studer rallumait son Brissago, qui s'était éteint.

« Il y a deux possibilités, reprit-il. Soit Koller, alias Cleman, parvient à se procurer les papiers de l'infirmier Collani au moment de l'épidémie de variole. Collani est mort, et le géologue s'est alors engagé dans la Légion étrangère. Soit le géologue a déliré sous l'effet de la fièvre, et a raconté son histoire à l'infirmier. Collani est ainsi entré en possession de la courbe de température, qui indique l'endroit où est enterrée la cassette. Dans ce cas, il y a encore une fois deux possibilités : Collani est l'exécuteur testamentaire du géologue meurtrier et magnat du pétrole en puissance, ou bien lui-même est encore en vie, et n'est autre que...

— Le moine !

— Exact ! Le moine, ou plus exactement le père blanc. »

Mme Studer se leva et se dirigea vers le petit chiffonnier près de la fenêtre. Après l'avoir mis sens dessus dessous, elle revint avec une feuille de papier et un crayon. Elle tira ensuite plusieurs illustrés de la bibliothèque, et se rassit.

Studer reprit son discours.

« Admettons que Collani soit bien Collani, c'est-à-dire un ancien infirmier. C'est la première hypothèse. Il a reçu pour instruction d'attendre quinze ans. Pourquoi quinze ans ? Parce que passé ce délai, il y a prescription. Le géologue n'a voulu prendre aucun risque. Le meurtre d'Ulrike Neumann — si meurtre il y a, car nous n'en sommes qu'à des suppositions — a eu lieu en 1903. Peut-être croit-il qu'après trente ans, on ne pourra plus rien contre lui. N'oublions pas qu'il est géologue, pas juriste. Si on le croit mort, sa fille entrera enfin en possession de son bien. Il a toujours aimé sa fille. Quant à Sophie, qui connaît son passé criminel, après trente ans, elle aussi ne pourra plus rien faire. Acceptons cette hypothèse — ce qui présuppose que le moine ne m'a pas mené en bateau. Koller, alias Cleman, est donc mort. Mais il a laissé derrière lui l'autre Koller, mon homonyme, Jakob, qui est son secrétaire et son confident. Jakob Koller a entendu parler du magot, de l'achat des terrains pétrolifères. Il disparaît de Paris en septembre. Quelques jours plus tard, on voit arriver un étranger à Géryville, une bourgade perdue du bled algérien. Pourquoi s'est-il rendu ainsi au bout du monde ? Pour parler à Collani. Et Collani, le caporal extralucide, disparaît. Ils se mettent tous deux en quête de la courbe de température. Collani l'a envoyée à Bâle. Ils partent donc pour Bâle. Et une vieille femme trouve la mort... Mais ils ne parviennent pas à mettre la main sur la fameuse courbe. C'est un inspecteur qui l'a trouvée, un inspecteur qui a la réputation d'être un peu fêlé... Que font les deux compères ? Ils louent une Buick et s'en vont à Berne. Peut-être Josepha a-t-elle remis la courbe de température à sa sœur ? On sait bien que les bonnes âmes se laissent toujours gouverner par celles qui ne le sont pas... Et de nouveau, une vieille femme meurt.

« Tout ça est possible, mais il reste des points obscurs, que je ne parviens pas encore à m'expliquer... Pourquoi s'y prendre de façon si compliquée pour commettre les deux meurtres, s'il s'agit bien de meurtres ? Pourquoi ai-je trouvé dans les deux cas un jeu de cartes étalé, dont la première carte est le valet de pique ? Pourquoi le père blanc a-t-il lavé la tasse contenant du marc de café et des restes de somnifère ? Et surtout : que vient faire la première empreinte de la collection Rosenzweig sur cette tasse ? Une empreinte de pouce avec une cicatrice ? Alors que le pouce du moine est absolument lisse ?...

« Tu vas m'objecter... ajouta-t-il, quoique Mme Studer n'eût jamais songé à objecter quoi que ce soit, ... qu'à l'époque où le vieux Rosenzweig a relevé l'empreinte sur un verre, à Fribourg, la technique de la dactyloscopie était loin d'être encore au point... Certes. Mais une cicatrice reste une cicatrice. Et le pouce du moine ne ressemble ni à celui du cliché de Rosenzweig, ni à celui dont l'empreinte est restée sur la tasse...

« Conclusion ?... Il faudrait enquêter sur le terrain. Jusqu'à présent, je ne puis me fonder que sur ce qu'on m'a raconté, des histoires à dormir debout... Peut-être le moine est-il digne de confiance. Mais qui me dit que ce n'est pas lui, le géologue ? Cette empreinte te chiffonne, Hedy ? »

Mme Studer secoua la tête. Elle écrivait des lettres sur la feuille blanche, en murmurant pour elle-même : « W, F, P, H, Z, I, T...

— Qu'est-ce que tu fabriques, Hedy ? » demanda Studer.

D'un geste impatient de la main, elle lui intima de ne pas l'interrompre. Il se leva et se dirigea vers la table. Se penchant sur son épaule, il regarda ce qu'elle faisait. Mme Studer avait posé à plat sur la table la feuille blanche, dans le prolongement de la courbe de température. Avec une règle, elle avait tiré un trait vertical au-dessus de chaque niveau de température. À chaque trait de la série ainsi obtenue, elle faisait correspondre dans l'ordre les lettres de l'alphabet. Suivant ensuite l'évolution de la fièvre du géologue d'après la courbe, elle écrivit à côté de chaque indication de sa température la lettre correspondante selon l'alphabet qu'elle venait d'établir. À sa température du matin du 12 juillet — 36,5 — correspondait la lettre W, et ainsi de suite. Quand elle eut achevé son œuvre, elle avait obtenu la série suivante :

« WFPHZITLFIZNZHHLXSVMV
ORVTVSLNNVILXSVIILFTV »

Studer fixa cette suite de lettres. Quelque chose lui semblait familier... Son coude pesait sur l'épaule de sa femme.

« Jakob, gémit Mme Studer. Tu m'écrases ! »

Mais Studer ne l'entendit même pas. C'était... c'était... le plus primitif des codes secrets, voilà ce que c'était !

L'alphabet renversé.

« Lève-toi ! » ordonna-t-il.

Mme Studer sourit, et lui céda la place.

Et sous les grandes lettres un peu gauches de sa femme, Studer écrivit de son écriture minuscule, qui ressemblait à du grec :

« DUKSARGOURAMASSOCHENE
LIEGEHOMMEROCHERROUGE »

Il répéta à mi-voix :

« Du ksar Gourama SSO chêne-liège homme rocher rouge... »

Un silence. Mme Studer posa sa main sur l'épaule de son mari, lut la suite de mots et demanda :

« SSO ? Qu'est-ce que ça signifie ?

— Sud-sud-ouest. La position sur la carte. Et "ksar" ? Si je ne me trompe, c'est un mot arabe qui désigne un village.

— Ah, ce Jakob ! Malin comme un singe !... »

Studer leva les yeux. Encore une moquerie ? Mais cette fois, il avait sa réponse toute prête. Il déclara que la femme avait déteint sur le mari. Et il eut le plaisir de voir Hedy rougir...

Puis l'inspecteur reprit sa place à côté du poêle vert, cet engin du diable. Confortablement assis, il tenait à la main la courbe de température et sa transcription, dont il ne pouvait détacher les yeux. Égoïste, comme tous les hommes, il oublia sur-le-champ la part qu'avait prise sa femme dans le déchiffrement du cryptogramme...

« T'ai-je déjà parlé de Marie Cleman ? » demanda-t-il.

Sa femme éclata d'un rire irrépressible. Les

larmes aux yeux, elle ne parvenait pas à se reprendre, même en entendant la voix irritée de l'inspecteur :

« Qu'est-ce qui te prend ?

— Rien... rien du tout ! » Elle sanglotait presque. « Donne-moi une cigarette ! » dit-elle quand elle eut repris son souffle.

Et comme Marie Cleman, Hedy aspira profondément une bouffée.

« Tu lui ressembles, dit Studer.

— Tiens, tiens... »

Mme Studer voulut savoir si monsieur l'inspecteur ne se serait pas amouraché de la demoiselle.

Amouraché ? Balivernes ! Studer avait rougi. Non, il n'était pas amoureux. Il aimait bien Marie Cleman, bien sûr, mais comme un père. Il se faisait du souci pour elle. Pourquoi l'avait-elle appelé le soir même ? Et de la gare de Bâle ? S'apprêtait-elle à partir en voyage ?

Dans l'appartement des Studer, le téléphone était installé dans la chambre à coucher. C'était le métier qui l'exigeait. Combien de fois la sonnerie avait-elle retenti au beau milieu de la nuit ! Et il fallait se lever, partir faire le guet des heures durant devant une maison inconnue, dans le froid... Studer se rendit dans la chambre. Il chercha dans l'annuaire le numéro de Josepha Cleman-Hornuss, veuve... Voilà... C'était bien ça : Spalenberg 12.

Il mit bien cinq minutes à obtenir la communication. Puis il entendit le bourdonnement monotone de la sonnerie, comme un appel à voix basse, qui s'enflait, expirait, reprenait. Et Studer revoyait l'appartement vide, la cuisine qui n'était guère qu'un boyau, et les boîtes jaunies sur l'étagère branlante : « Farine », « Sel », « Café »...

Il raccrocha tout doucement, prit le mouchoir sous son oreiller et se moucha bruyamment. L'appartement en résonna. Puis on sonna à la porte d'entrée...

Un télégramme :

> « Sûreté Paris Inspecteur Studer Thunstrasse Berne stop Collani Giovanni engagé en 20 Casablanca stop formation Sidi Bel-Abbès stop infirmier militaire Saïda de 20 à 23 stop 24 caporal 25 sergent stop dégradé en 28 pour absence non autorisée de 5 jours stop 28 caporal stop 29 fourrier Géryville stop engagé volontaire août 32 à Gourama — Maroc dans troupe montée stop déserte 28 septembre 32 stop aucune trace.
>
> Madelin. »

« Aucune trace... répéta Studer en regardant sa femme. Et le moine a affirmé avoir vu Collani ici, à Berne, en compagnie de Marie Cleman, dans une voiture immatriculée BS 3437. La voiture était une Buick appartenant à l'Agence Américaine de Bâle, où elle avait été louée par un homme... »

Mme Studer se boucha les oreilles.

« Arrête, s'écria-t-elle. Tu me donnes le tournis ! »

Mais Studer continua sans pitié, comme s'il avait récité une leçon :

« Par un homme de teint mat, le bas du visage dissimulé par un cache-nez. La voiture attendait devant l'immeuble, au 44 de la Gerechtigkeitsgasse — témoin Ernest Rüfenacht — près d'elle un homme de grande taille montait la garde... Or Madelin m'a informé aujourd'hui par téléphone que

Jakob Koller, agent de change, disparu sans laisser d'adresse, ce même Koller qui a emmené Marie avec lui à Paris, mesurait 1,89 m. 1,89 m — ça s'appelle une grande taille, n'est-ce pas, Hedy ?

— Pour ce que j'en dis !

— Peut-être... dit Studer en se grattant le front. Peut-être était-ce lui l'homme qui m'a nargué au téléphone, à Bâle... Mais quel est le rôle de Marie ? Vois-tu, Hedy, cette petite n'est pas à sa place dans cette affaire. J'ai du mal à croire qu'elle ne soit pas mariée à ce Koller... Ou peut-être est-il un parent éloigné ? Elle a vécu avec lui dans le même appartement, à Paris... Je t'en prie !... Je t'assure que c'est une fille bien, tu peux dire ce que tu veux... Une fille bien ! » répéta Studer avec force.

Il se tut. Mme Studer, qui avait repris sa place sous la lampe, gardait la tête obstinément baissée. De sorte que l'inspecteur ne pouvait voir le sourire qui s'épanouissait sur ses lèvres...

« Si Marie a vécu avec Koller, je veux dire Jakob Koller, c'est qu'elle avait ses raisons. Ce n'est pas parce qu'elle fume que... Toi aussi, Hedy, il t'arrive de fumer... » lança-t-il d'une voix belliqueuse.

Il laissa sa phrase en suspens, comme prêt à répondre à une contradiction...

Il n'y eut pas de contradiction. Simplement une question, posée d'une voix suave : L'inspecteur serait-il triste que son trésor ne lui ait pas répondu au téléphone ?

« Balivernes ! » tonna Studer. Mais il ne put empêcher le sang de lui monter aux joues. Debout, ses grandes mains glissées tant bien que mal dans les poches minuscules de son pyjama, il se balançait nerveusement tout en dardant un cigare menaçant : « Je suis grand-père, quand même ! »

Un bruit étrange s'éleva de la table. Et Studer constata avec étonnement que les épaules de sa femme tressaillaient. Il s'inquiéta. Hedy prendrait-elle la chose trop à cœur ? Peut-être pleurait-elle à la pensée que son vieux mari voulait partir loin, très loin, affronter des dangers que... Studer s'approcha de la table, posa sa main sur l'épaule tremblante. D'une voix rassurante, il lui dit de ne pas se faire de souci. Des millions étaient en jeu ! déclara-t-il. Il fallait aider la petite Marie !

À ce moment, Mme Studer leva la tête, et l'inspecteur constata avec dépit que Hedy s'était remise à rire. De si bon cœur, qu'elle eut peine à articuler les mots qui atteignirent Studer comme autant de flèches :

« Oh, Jakob ! s'écria-t-elle, haletante. Que tu es bête ! »

Elle enveloppa la layette dans du papier de soie. Elle hoquetait encore quand elle résuma d'une voix neutre : « Tu veux donc partir à la recherche de ce caporal Collani, et voir s'il ne fait qu'un avec le géologue... c'est ça ?... Tu espères retrouver Marie par la même occasion — mais pas avant d'avoir découvert les millions qui dorment sous le sable ? Tu connais déjà leur emplacement : SSO Gourama, chêne-liège, homme, rocher rouge... Et je vais encore te révéler un secret. Le trésor se trouve à deux kilomètres de Gourama, direction sud-sud-ouest... Item. Et c'est la raison pour laquelle tu as demandé audience au "vieux" ? Alors ? Je fais tes valises ? Si tu ne pars que demain après-midi, tu peux encore être à la maison pour le déjeuner. Je te ferai des saucisses avec des pommes au four, et de la soupe à l'oignon. Tu aimes bien ça... »

Studer grogna. Bien sûr, ce menu lui plaisait.

Mais il était dépité de voir que sa femme ne le prenait pas au sérieux. Il tomba dans un silence morose, et s'enfuit dans la chambre.

« Bonne nuit, Papa ! » lui cria Mme Studer.

Et en plus elle l'appelait « Papa » !

Les pantoufles volèrent à travers la pièce. Puis Studer éteignit. Puisqu'elle était si maligne, Hedy se débrouillerait sans lumière...

Le commissaire Madelin joue les filles de l'air

Le directeur de la police était un homme d'allure paisible, mais non pantouflarde. Son visage était bronzé par le soleil des montagnes, où il pratiquait l'alpinisme été comme hiver. Il avait une autre passion : l'élevage des chiens. Ce matin-là, il était de bonne humeur car l'une de ses chiennes, Mayfair III, avait mis bas quatre chiots. Studer dut écouter avec recueillement, durant un bon quart d'heure, une conférence sur les différences subtiles entre pedigrees.

Après quoi, il put exposer sa propre idée fixe : l'histoire du caporal extralucide et tout ce qui s'ensuivait.

Dans tout service de l'État, il existe un type d'homme qui est comme un luxe qui peut se révéler payant. Différents des autres, ces hommes ne sont pas soumis à la routine abrutissante. On leur épargne la monotonie des tâches quotidiennes — ou plutôt, ils s'arrangent pour les éviter. Ce n'est que dans les circonstances extraordinaires, en effet, qu'ils prennent tout leur prix. C'est alors qu'on a recours à eux, et qu'ils sont indispensables. Si leurs supérieurs ferment les yeux quand ces hommes paressent, durant les périodes creuses, ou vont se promener, c'est qu'ils savent qu'un jour ils leur seront plus utiles que tous les ronds-de-cuir. De tels hommes dénouent les situations les plus inextricables, et excellent à rabattre les prétentions d'un service concurrent, qui chercherait à faire de l'ombre aux autres. En somme, ces cigales viennent en deux heures à bout de problèmes qui occuperaient deux semaines durant toute une fourmilière de bureaucrates.

L'inspecteur Studer faisait partie de ces hommes à part. C'était l'une des raisons de la décision du directeur de ne pas s'opposer à ses projets de voyages. L'autre raison était aisée à deviner : le commissaire Gisler avait préparé le terrain. Il semblait à Studer que le visage du directeur était un livre ouvert, où il pouvait lire les pensées comme des pages tournées d'une main pesante. La première était : « Des millions ! » L'autre : « Ce Studer est fêlé. Mais s'il trouve l'argent, à moi la gloire. Dans le cas contraire, nous le mettrons à la retraite. » La troisième : « Que Studer fasse le lézard ici, ou qu'il parte pour des vacances qui peut-être lui permettront de ridiculiser les Bâlois, de mon point de vue, ça ne change rien. Du moment que je n'ai rien à débourser ! »

C'est à cette dernière pensée que Studer décida de raccrocher diplomatiquement la conclusion de son exposé :

« Je n'arriverai à rien en restant ici. J'aurais pu à la rigueur retenir le père blanc — mais il aurait fallu l'arrêter, ce que j'ai trouvé plus prudent d'éviter... » Il répéta sa plaisanterie sur le pape qu'il ne fallait pas se mettre à dos. « Les autres, je ne les connais pas. Ce n'est pas en téléphonant que je pourrai m'éclaircir les idées. Il faut que j'aille à Paris —

plus loin encore, peut-être. Je dois trouver Koller, le secrétaire, sans compter le caporal extralucide... Vous savez bien, monsieur le directeur, que rien ne peut remplacer les contacts sur le terrain. Je sais où se trouvent les millions — si millions il y a...

— D'une part, les millions... » commença son supérieur vénéré, qui aimait à émailler ses phrases de « d'une part — d'autre part ».

Studer ricana intérieurement en notant les efforts infructueux du directeur pour trouver un « d'autre part ». Qui finit pourtant par arriver : « D'autre part, la police bâloise... Nous allons leur montrer, à ces Bâlois, ce que valent les Bernois ! » Et il s'éclaircit la gorge.

« Exactement, monsieur le directeur ! Ces Bâlois qui envoient un ambulancier en guise d'enquêteur !...

— Eh bien, Studer, dit le directeur en se levant. Faites pour le mieux. Vous pouvez faire votre voyage. Si vous réussissez, vos frais seront remboursés. Si vous rentrez bredouille, vous paierez vous-même les pots cassés... Entendu ?

— Entendu ! » approuva Studer. Il s'attendait à ces conditions. Pendant la nuit, il avait calculé mentalement que ses économies suffiraient juste pour le voyage.

« Parfait ! dit le directeur en poussant doucement Studer vers la porte. Et si par hasard vous découvrez une nouvelle race de chiens — les Kabyles ont peut-être des chiens de berger ? — apportez-moi quelques chiots. Mais avec pedigree ! »

Des bergers kabyles ! pensa Studer. Avec un arbre généalogique, de surcroît ! Mais au lieu d'engager une polémique, l'inspecteur prit congé de son supérieur vénéré lequel, à son humble avis, avait tendance à prendre des vessies pour des lanternes...

Studer avait résolu cette fois de ne pas habiter chez Madelin. Il voulait avoir ses coudées franches. Il descendit donc dans un petit hôtel, qui portait un nom poétique : *Au Bouquet de Montmartre*, et était situé à deux pas de la station Pigalle.

Une nouvelle fois, il fut saisi par l'odeur du métro, ce mélange de poussière, de métal brûlant et de désinfectant. Comme toujours, quand il retrouvait cette odeur après une absence, il sentit son cœur battre plus vite. Paris était toujours l'aventure, même si l'on savait qu'on n'entreprendrait rien de ce que les bons bourgeois entendent par ce mot...

À la PJ, l'accueil du commissaire Madelin fut lapidaire : « Salut — Ça va ? — En virée ? » Il commença par envoyer le garçon de bureau chercher au plus vite une bouteille de vouvray au café voisin — il était huit heures et demie du matin — puis exigea des éclaircissements sur toute l'histoire, du coup de téléphone de l'inspecteur à sa venue à Paris.

Studer dut exposer toute l'affaire. Il le fit avec un tact si angélique, que Madelin ne s'imagina pas un seul instant que son ami Studer pût lui cacher quelque chose. L'inspecteur lui parla du père blanc, qui avait pris la clef des champs, de Marie Cleman, des deux vieilles femmes qui avaient trouvé la mort, réalisant ainsi les prophéties du caporal extralucide. Mais il garda le silence sur la courbe de température et son déchiffrement. Prudence, se dit-il. Prudence ! Ou les Français vont s'emparer du trésor à ton nez et à ta barbe.

Madelin écoutait, tout en l'interrompant de temps

à autre par des exclamations dans le style du clown Grock — « Pas possible ! », « Qu'est-ce que tu me racontes là ! » Quand Studer en arriva à l'agression dont il avait failli être victime, Madelin hocha sa tête décharnée : « C'est du propre, Studère ! La paisible Suisse ! Qu'est-ce que tu me racontes là ! Avec le temps, peut-être se hissera-t-elle à un niveau international — de criminalité, veux-je dire. Nous en sommes aux prémices ! »

Il se montrait sous son jour le plus facétieux et le plus amical, ce commissaire Madelin qu'une douzaine d'inspecteurs, qu'il menait à la baguette, appelaient avec une familiarité respectueuse « le patron ». Car il était une puissance. Il évoquait — tout en longueur, en maigreur, en grisaille — une statue au portail d'une cathédrale gothique. Une statue qui avait un goût prononcé pour le vouvray...

« Et que puis-je pour toi ? » demanda-t-il.

Studer réfléchit un instant. Tant de choses lui venaient à l'esprit qu'il ne savait comment les ordonner en questions précises. À Berne, il avait eu encore le temps de consulter les registres d'état civil, plus par acquit de conscience que dans l'espoir de trouver du nouveau. Le mariage entre Cleman Alois Victor et Hornuss Sophie était noté en bonne et due forme. Le géologue indiquait Frutigen comme commune d'origine. Renseignements pris, il s'avéra qu'il s'était installé là-bas en 1905. À l'époque, il avait produit des papiers d'identité belges. Quant à son frère, on ignorait à Frutigen qu'il en eût jamais eu un...

« Je voulais te demander, dit Studer, si tu as de bonnes relations avec le ministère de la Guerre.

— Hum... fit Madelin tout en roulant une cigarette avec une dextérité qui fit l'admiration de l'inspecteur. Couci-couça. J'ai quelques copains là-bas, qui me tiennent au courant en cas de besoin. Tu vois ce que je veux dire ? La politique est une vraie girouette chez nous, un jour le vent souffle à gauche, le lendemain à droite... Tantôt il faudrait apprendre Marx par cœur et emprisonner les royalistes, tantôt on est censé contrôler les communistes à coups de matraque et être assidu à la messe. Entretemps, le roi des chimpanzés et autres gorilles débarque à Paris, et on a des tracas avec Sa Majesté et sa suite... Il vaut mieux être couvert, tu me comprends... Enfin, tu vois, je suis au mieux avec le ministère de la Guerre !

— Il s'agit d'une affaire qui remonte au déluge, expliqua Studer avec circonspection. En 1915, si mes informations sont exactes, deux Allemands ont été passés par les armes à Fez. Les frères Louis et Adolf Mannesmann. Pourrais-tu te procurer le dossier, et me dire s'il y est aussi question de Cleman, le géologue ?

— Mais bien sûr ! Je connais bien l'archiviste, il me prêtera le dossier. À onze heures, je fais un saut au ministère et ce soir, nous nous donnons rendez-vous. Disons à huit heures, chez moi ? Ce serait le plus astucieux car j'aurai le dossier et tu pourras y jeter un coup d'œil. Maintenant, j'ai à faire. Adieu !

— Hé ! attends encore un peu ! C'est bien toi qui as mené l'enquête sur la disparition d'un certain Koller, un agent de change. Nous en avons parlé avant-hier au téléphone... Y a-t-il du neuf dans cette affaire ?

— Oui », dit Madelin, qui prit soudain un air sérieux. Il hésita un instant. « Tu parles bien de l'homme dont la disparition a été signalée par sa secrétaire. Sa secrétaire !... » répéta-t-il avec une inflexion lourde de sous-entendu.

On fut à deux doigts d'une dispute car Studer, dès qu'il s'agissait de Marie, se montrait d'une susceptibilité ridicule.

« C'était *vraiment* sa secrétaire ! » proclama-t-il. Et sa main s'abattit sur le bureau de Madelin. « Si je te dis que c'est une fille honnête ! En veux-tu la preuve ? Regarde ! » Et il sortit précipitamment de son portefeuille la lettre de Marie.

Le commissaire Madelin ricanait sans vergogne. Mais Studer ne s'en aperçut pas, occupé qu'il était avec cette écriture féminine. Les lettres dansaient un peu devant ses yeux, mais elles finirent par prendre leur poste et la traduction fut menée à bien sans trop de problème.

« D'accord, d'accord... conclut Madelin, conciliant. Cette fille est un parangon de toutes les vertus. Mais ce n'est pas d'elle que je voulais te parler, mais de son ancien patron, ce Jacques Koller qui a disparu. Je crois que nous avons une piste... Ce matin, j'ai reçu un télégramme du bureau de recrutement de Strasbourg. Le médecin militaire a lu par hasard le signalement du disparu que nous avons diffusé : 1,89 m, peau mate, glabre, cheveux blond pâle... Et il affirme qu'hier, le 4 janvier, donc, un homme correspondant à ce signalement s'est présenté au bureau de recrutement. Le médecin a cru de son devoir de communiquer ce fait à la Sûreté. Le suspect s'est engagé sous le nom de “Despine”. On lui a donné un billet pour Marseille, où il doit se présenter aujourd'hui, le 5. Nous ne pouvons exiger qu'on nous le livre : la Légion étrangère n'y consent qu'en cas de meurtre, ou de vol d'un montant supérieur à cent mille francs. Or Godofrey a examiné les papiers laissés par Koller, sans trouver trace de malversations. La faillite est le fruit de maladresses, non de malhonnêtetés... Que devons-nous faire, mon vieux ? Le laisser courir ? »

Studer était ramassé sur son siège, accoudé sur ses cuisses, les mains jointes. La Légion étrangère, pensait-il. Se pourrait-il que je ne meure pas sans la connaître ! Après un silence, il répondit avec empressement : « C'est ça, laisse-le où il est. Je vais... » Mais il ne termina pas sa phrase. Était-ce un pressentiment ? Il eut soudain l'intuition qu'il valait mieux ne pas confier au commissaire divisionnaire Madelin qu'il projetait de partir pour l'Afrique. Il se leva.

« À ce soir, donc, chez toi... » Et il lui serra la main. « Où habitait Koller, à Paris ? »

Madelin plongea ses deux mains dans un océan de paperasse, où il finit par pêcher une petite fiche :

« 18, rue Daguerre... Tout en haut de Montparnasse. Tu remontes le boulevard Saint-Michel, jusqu'au lion. La rue Daguerre est tout près. Adieu, vieille branche. Au revoir. »

Le soir même, à huit heures, Studer trouva l'appartement de Madelin vide. Pas de lumière. Personne ne répondit à ses coups de sonnette. Studer se dit qu'il avait dû mal comprendre le commissaire, et se rendit aux Halles, dans ce petit bistrot où il avait rencontré pour la première fois le père blanc. Derrière le comptoir, le patron était toujours en bras de chemise, et ses bras étaient toujours aussi gros que les cuisses d'un homme normal. Studer attendit, attendit. À minuit, il renonça.

Couché dans sa chambre d'hôtel, il chercha en vain le sommeil. L'abat-jour de la lampe, en verre blanc, était recouvert d'une soie violette d'où pendaient quatre boules de bois marron. Il rappelait à l'inspecteur la cuisine de Sophie Hornuss, à Berne.

Allongé dans son lit, les mains croisées sous la nuque, Studer fixait la lumière. Pour la première fois, il ressentait vivement la seconde particularité de l'affaire — la première étant son côté peu suisse, ou plutôt : suisse de l'étranger...

C'était une lutte contre des fantômes ! On n'entrevoyait que des ombres : l'homme qui l'avait nargué au téléphone, le caporal extralucide, le géologue qui peut-être — ça restait à prouver — ne faisait qu'un avec l'étudiant en philosophie de Fribourg. Tous des ombres, et d'abord ces deux vieilles femmes à qui la mort avait donné un si étrange rendez-vous...

Les objets eux-mêmes auxquels on avait affaire paraissaient fantomatiques : les millions enfouis à Gourama, les rangées de cartes qui commençaient à chaque fois par le valet de pique, et les lettres... Cette enveloppe jaune dans laquelle le caporal Collani avait envoyé la courbe de température — sans parler du billet de Marie. Fantomatique aussi la Buick BS 3437, que gardait cet homme de grande taille, la nuit, devant l'immeuble de la Gerechtigkeitsgasse. Et les pensées de Studer glissèrent de l'abat-jour de sa chambre d'hôtel aux boîtes de fer-blanc, toutes cabossées... Deux cuisines... Et il les revit en rêve.

Un rêve effrayant, oppressant, chargé d'angoisse. Studer se trouvait dans une oasis perdue — mais il savait qu'elle n'était pas déserte. Un être l'habitait. Homme ou bête, quiconque s'égarait dans les parages, l'être lui sautait à la nuque et le chevauchait, jusqu'à ce qu'il meure. L'inspecteur se glissait, courbé, craintif, parmi les palmiers d'un vert acide. D'un coup, le monstre s'était accroché à sa nuque. Ses cuisses décharnées étranglaient Studer, qui gémissait. Le père Matthias surgit, brandissant une croix et criant : « *Apage, Satanas!* » Mais l'être, ignorant ses adjurations, poursuivait sa chevauchée sur le dos de Studer, qu'il faisait aller au trot... L'inspecteur avait soif. Le père blanc avait disparu, laissant soudain la place aux deux vieilles mortes. L'une avait une verrue au coin du nez, l'autre pinçait ses lèvres minces en un sourire ironique. Elles entamèrent une danse furieuse, comme des sorcières... Studer tomba. Il ne tomba pas sur de la terre, non : des carreaux. Levant les yeux, il s'aperçut qu'il était dans la cuisine de la défunte Sophie. Tout y était : le fauteuil en cuir, la cuisinière, la table de cuisine recouverte d'une toile cirée. Mais dans le fauteuil, près de la cuisinière, Marie dormait. Penché sur la dormeuse, un homme à la barbe bouclée dit d'une voix caverneuse : « Je viens les chercher, je viens les chercher toutes ! » Il ne pouvait s'agir que de Cleman, le géologue. Ses mains décharnées dessinaient des cercles autour de la tête de la jeune fille, dont les cheveux blonds se hérissèrent. Puis ce ne fut plus Marie — une verrue poussa au coin de son nez — la cuisine se recroquevilla jusqu'à n'être plus qu'un boyau. Les deux brûleurs du réchaud à gaz sifflèrent un air de valse. Les boîtes se mirent à danser sur l'étagère, comme des paysannes rustaudes : « Farine », « Sel », « Café ». Et Studer, dans son rêve, se dit qu'elles avaient perdu leur émail à force de danser... « Victor Alois Cleman, dit-il d'une voix forte — et il gisait encore à terre — je vous arrête pour meurtre ! » Mais la cuisine, au moins en apparence, était vide. Une ombre sautillait sur le mur. Studer essaya de l'attraper avec l'ombre de ses mains. Et l'ombre se mit à rire, de plus en plus fort, d'un rire tonitruant...

Studer tressaillit. La fenêtre de sa chambre d'hôtel cliquetait, une lampe à arc versait sa lumière froide sur le mur. Dans la rue, un autobus tardif cahotait.

« Hélas, non, monsieur le commissaire n'est pas là, déclara le garçon de bureau, le matin suivant. Il a dû se rendre à Angers pour une enquête.

— N'a-t-il rien laissé au nom de l'inspecteur Studer ?

— Non, rien... »

Ce sont des choses qui arrivent. Un commissaire de police n'est pas toujours libre de ses mouvements... Mais Madelin aurait pu au moins laisser un mot pour moi, songeait Studer en descendant le long de la Seine, fouetté par un vent attardé du matin... Ce n'est pas bien de sa part, il sait bien que j'attends !... Enfin, autant en profiter pour faire une petite excursion à Montmartre, histoire de jeter un coup d'œil à la maison où Marie a vécu...

La rue Daguerre est une petite rue, qui donne sur l'avenue d'Orléans. À l'angle, Potin, le célèbre épicier, a ouvert un magasin. En devanture, on peut admirer des oies, des lapins, des légumes. À côté du magasin, une bouquetière propose des mimosas à moitié gelés. Le numéro 18 correspond à une cour au fond de laquelle se tapit une maison à un étage.

Oh oui, le boulanger dont le magasin faisait face au n° 18 se souvenait bien du couple Koller — ou plutôt : Kollère, à la française. « Une femme charmante, toujours polie, toujours de bonne humeur. Et elle n'a jamais perdu courage, même quand M. Kollère a disparu soudainement ! Et lui, un vrai savant !

Il recevait beaucoup d'amis. Il s'occupait de philosophie, voyez-vous, d'au-delà !

— D'au-delà ? » répéta Studer, surpris.

Le gros boulanger, dont les rares cheveux évoquaient par leur couleur un champ de carottes, gonfla les joues : « Voui, monsieur, d'au-delà ! M. Kollère savait lire dans l'avenir, et les morts lui obéissaient.

— Les morts ?

— Parfaitement ! Ils venaient vous faire la conversation : j'en suis témoin, j'ai assisté à une séance. C'était passionnant ! On pouvait parler avec les défunts, tantôt ils donnaient des coups dans la table, tantôt ils s'exprimaient par la bouche de M. Kollère. Oui, il s'en passe de drôles en ce bas monde — et dans l'autre ! »

Pauvre Marie ! Vivre avec un spirite ! Et ce balourd qui l'appelait un philosophe ! Mais la concierge du 18 se révéla plus consolante.

Jamais Marie n'avait pris part aux séances organisées par son époux — la concierge dit bel et bien : « son époux » ! Marie se réfugiait chez elle, assura-t-elle. Elle lui répétait toujours : « J'ai si peur, madame, si vous saviez ! »

Marie, avoir peur ? Balivernes ! Cette idée déplaisait souverainement à Studer.

Il prit congé de la commère, et se mêla à la foule bruissante de bavardages. Il avançait de son large pas. Midi approchait. Studer se sentait seul, abandonné, et les fantômes de la nuit passée ne s'étaient pas encore complètement dissipés dans son esprit. Peut-être son cauchemar expliquait-il aussi cette sensation désagréable qui raidissait sa nuque ? Un instant, il pensa que quelqu'un le suivait. Mais en se retournant, il n'aperçut que les silhouettes ordinaires de petites bonnes, d'ouvriers, de promeneurs des deux sexes...

Il reprit son chemin. Boulevard Saint-Michel... et de nouveau cette sensation... L'inspecteur s'arrêta devant un éventaire et observa la rue. Rien... Si ! Un homme coiffé d'un chapeau melon, flânant sur le trottoir d'en face, s'immobilisa à son tour devant une vitrine. Studer s'éloigna, il connaissait un restaurant chinois, dans une petite rue de traverse. Il y déjeuna de pousses de soja cuites, et d'un ragoût de porc si épicé qu'il avait l'impression que sa langue était en feu. Il accompagna le tout de mainte tasse d'un thé léger, rafraîchissant. En sortant du restaurant, il vit l'homme au chapeau melon, de l'autre côté de la rue, qui le regardait fixement. Studer fit mine de ne pas s'en apercevoir.

Il traversa la Seine, en direction du Palais de Justice, où il voulait une nouvelle fois s'enquérir de Madelin. Et toujours la sensation désagréable dans la nuque... Il se retourna. Sans même prendre la peine de se cacher, l'homme au chapeau melon le suivait, à dix pas en arrière. En rencontrant le regard perplexe de l'inspecteur, il se mit à ricaner sans vergogne...

« Monsieur le commissaire n'est toujours pas rentré d'Angers... »

Studer passa la soirée dans le petit bistrot des Halles. Il écrivit une carte postale à sa femme, et l'espace d'un instant se sentit moins seul. Après quoi, son sentiment d'abandon redoubla. Il lui semblait qu'il était la risée de tous les clients, que même le gros patron se moquait de lui.

De l'autre côté des baies vitrées, cependant, il voyait l'homme arpenter le trottoir, son chapeau melon planté sur la tête.

Cette nuit-là, l'inspecteur Studer entreprit de se saouler. C'est parfois un exutoire nécessaire à la fatigue, l'énervement, la colère. Mais l'ivresse se refusait à l'inspecteur. Elle restait à la surface, sans atteindre les profondeurs de son âme. Et l'âme était en proie au désordre et au chaos, et glacée par le désespoir. Livré à la solitude, Studer avait l'impression qu'on se jouait de lui, d'autant plus cruellement qu'il ne connaissait pas les règles du jeu.

Il n'émergea que tard dans la matinée. Étrangement il se sentait presque reposé, les idées claires. Et puisque le commissaire Madelin demeurait hors d'atteinte, il décida de faire une petite visite à Godofrey. Ce qui plongea dans l'embarras le garçon de bureau :

« Oui... peut-être... je ne sais pas... » Il s'éclipsa, on entendit des messes basses derrière la porte. Il paraissait pris au dépourvu.

« Salle 138, sous les toits. »

Studer remercia, avec une politesse qu'il jugea toute française.

Des couloirs interminables, des escaliers poussiéreux, encore un couloir... On était arrivé sous les toits. Aucune lampe ne trouait les ténèbres. Studer craqua une allumette, découvrit enfin le numéro qu'on lui avait indiqué...

L'accueil de Godofrey fut d'un enthousiasme touchant. Il portait une vieille blouse qui avait dû être blanche, en des temps reculés. C'était maintenant une vraie palette de peintre : rouge, bleue, jaune. Et le laboratoire puait — mais d'une puanteur moins désagréable que l'odeur de la poussière et du pétrole...

« Quel bonheur de revoir monsieur l'inspecteur à Paris ! Ce cher inspecteur Studère... J'ai bien souvent demandé de vos nouvelles, dit Godofrey tout en virevoltant autour de lui comme un oiseau bariolé. Mais depuis avant-hier, le “patron” est furieux contre vous, inspecteur... »

Studer répliqua qu'il l'avait remarqué. Madelin s'était brusquement volatilisé. Quelle mouche l'avait piqué ?

« La politique ! » souffla Godofrey d'un ton pénétré. Et baissant encore la voix, il ajouta que tout était la faute de Studer.

« Ma faute ? s'écria l'inspecteur. Et pourquoi, grand Dieu ? »

On soupçonnait Studer d'être un espion au service de l'Allemagne... L'inspecteur se mit à rire — mais son rire sonnait faux. Qu'est-ce que c'était que cette blague ?

Et c'était pour ça que l'homme au chapeau melon l'avait pris en filature ? Madelin le faisait surveiller, lui, l'inspecteur Studer ?... Incroyable !...

Godofrey se glissa jusqu'à la porte, écouta, l'ouvrit brusquement — on se serait cru au cinéma. Il referma la porte, s'approcha de Studer avec une mine de conspirateur. Docile, l'inspecteur se pencha vers le petit homme qui chuchota :

« Vous avez demandé des renseignements sur les frères Mannesmann. C'était assez... plus qu'assez... “Qu'est-ce que vous vous imaginez ? ont dit les gens du ministère à Madelin. Le dossier de l'affaire Mannesmann ? Pas question !... Et peut-on savoir ce que vous voulez en faire, monsieur le commissaire divisionnaire ?... Ah ! c'est pour un ami... Un policier suisse ? De Berne ?... Un Boche, évidemment ! Vous ne vous rendez pas compte, c'est absolument exclu !...” Et voilà comment le “patron” s'est fait moucher au ministère... »

Il se tut. Studer songeait qu'il avait mis le doigt dans un guêpier... Une situation peu plaisante...

Le petit Godofrey reprit son babillage.

« Asseyez-vous, inspecteur. Vous avez agi comme un enfant. Pourquoi n'êtes-vous pas venu me voir ? Godofrey sait tout. Godofrey est une encyclopédie vivante. Godofrey connaît toutes les affaires criminelles de France, de Navarre et d'ailleurs. De l'affaire Landru à l'affaire Riedel-Guala (en bon Français, il prononçait : "Riédèle-Güala"...) et j'aurais pu ignorer l'affaire Mannesmann ? Inspecteur, voyons ! Pourquoi avez-vous dérangé le "patron" avec cette histoire ? »

Studer alluma un Brissago avec volupté — il en avait besoin. Le plus malin était encore de laisser le petit homme discourir à son aise.

Godofrey poursuivit : un an auparavant, comme il s'occupait d'une affaire d'espionnage, il avait été amené à travailler au ministère de la Guerre. Et il était tombé par hasard sur le dossier Mannesmann. « Le nom me frappa : Mannesmann. Vous savez qu'on appelle ainsi les récipients où l'on peut conserver des gaz sous des pressions élevées. Je me suis demandé alors si les Mannesmann du dossier avaient un rapport avec celui de la chimie... Et je me suis mis à feuilleter. Je fus bientôt absorbé par ce que je lisais... Il s'agissait de deux frères, soi-disant suisses...

— Je sais tout cela, interrompit Studer. Ils étaient prospecteurs, à la recherche de plomb, d'argent, de cuivre... On les a fusillés pour crime de haute trahison...

— Exact, répliqua Godofrey. Mais vous ne savez pas tout : ces deux hommes voulaient acheter des terres, et transportaient toujours dans leurs bagages un véritable trésor de pièces d'or et d'argent. Il faut savoir que les Arabes se méfient des billets de banque... Bien. Les deux frères sont arrêtés, passés par les armes — on fouille leurs bagages. Impossible de mettre la main sur le trésor. »

En acteur consommé, Godofrey fit une pause.

« Ils n'avaient pas de compte à la Banque Algérienne. On supposa donc qu'ils avaient caché l'argent. Un officier du Deuxième Bureau — vous savez qu'on appelle ainsi notre service de renseignements — se déguisa en Arabe et se mit en campagne. Il devait entrer en relation avec Cleman, un géologue qui avait travaillé avec les frères Mannesmann. C'était lui, en fait, qui les avait dénoncés. Il faut dire que Lyautey ne décolérait pas, car il avait besoin d'argent pour sa colonie. Il hurlait qu'on avait été trop vite en besogne, qu'on aurait dû procéder à un interrogatoire — mais c'était trop tard. Il fallut deux mois à l'officier du Deuxième Bureau pour retrouver Cleman. Vous savez que c'était un de vos compatriotes, inspecteur... Oui ?... Bon. L'officier lia connaissance avec le géologue, mais n'en obtint rien. Cleman travaillait alors dans la région de Gourama. Il cherchait du pétrole et du charbon, et s'occupait aussi de plusieurs fours à plomb, que les frères Mannesmann avaient installés. On ne trouva rien à lui reprocher. Il avait un passeport suisse, et aussi des papiers belges. Or, les Belges étaient nos alliés. Cleman expliqua qu'il s'était établi en Suisse pour pouvoir se rendre en Allemagne sans être inquiété. Il prétendait qu'il ne pouvait se procurer les machines dont il avait besoin qu'en Allemagne. Comme c'était lui qui avait démasqué les frères Mannesmann, l'officier prit toutes ses déclarations pour argent comptant. De plus, Cleman était très aimé des Berbères de la région... Bref, l'officier du Deuxième Bureau revint bredouille.

« Le géologue resta encore un an à Gourama, puis rentra en Suisse. Lyautey le fit rappeler et envoyer de nouveau à Gourama. Cleman avait su s'insinuer dans les bonnes grâces du général... Quand il tomba malade, il fut transporté à Fez en avion, sur ordre de Lyautey. C'est là qu'il mourut, en pleine épidémie de variole, d'une crise de paludisme. Son secrétaire, un certain Jacques Koller, s'établit à Paris comme agent de change. Il engagea pour l'aider — comme secrétaire, si vous voulez — la propre fille de son patron, le défunt géologue.

« Et puis ? Et puis voici que cette histoire, après avoir dormi des années durant dans les cartons du ministère de la Guerre, semble redevenir d'actualité. Jacques Koller disparaît. La deuxième femme de Cleman trouve la mort à Bâle, dans des circonstances mystérieuses. Je le sais par Madelin, à qui vous l'avez raconté. Et vous voici, vous, inspecteur. Vous arrivez sans crier gare à Paris, et demandez à consulter le dossier Mannesmann... N'est-ce pas suffisant pour éveiller la méfiance ? Pouvez-vous tenir rigueur au gouvernement français de vous soupçonner de n'être venu que dans le but de retrouver le magot des frères Mannesmann ? Il s'agissait quand même de deux cent mille francs d'avant-guerre... Le tout en pièces d'or et d'argent ! Peut-être Cleman a-t-il enterré cette fortune ? En tout cas, il est naturel qu'on pense que vous êtes parti à la chasse au trésor, et qu'on cherche à vous mettre des bâtons dans les roues. Et a-t-on tort de le penser ?... »

Studer gardait les yeux baissés. Il s'était assis sur

une table, parmi les éprouvettes, les tubes, les becs Bunsen, les flacons... Une lucarne laissait couler un maigre rayon de lumière sur son dos. Godofrey sautillait à travers la pièce. Il s'arrêta, les mains dans le dos, et se mit à regarder fixement Studer : on aurait dit l'Oiseau de la Sagesse...

« Ma femme vous remercie de tout cœur pour le foie gras », dit Studer, sautant apparemment du coq à l'âne. Le petit homme parut charmé : la bouche en cœur, il émit un sifflement discret. S'approchant à petits pas raides de hibou, il se pencha à l'oreille de Studer et chuchota :

« N'oubliez pas de déposer mes hommages aux pieds de madame votre femme ! » Il gloussa. « Moi, Godofrey, je vais vous aider. Nous allons jouer tous les deux un tour au "patron". Je sais qu'il ne le prendra pas mal, car ce n'est pas après vous qu'il en a, mais après ce maudit ministère. Il faut que vous disparaissiez, inspecteur. Si vous cherchez à vous rendre au Maroc, on trouvera un prétexte pour vous arrêter à Marseille, et on vous expulsera comme un étranger indésirable. Or une expulsion peut prendre du temps, et en attendant vous risquez fort de croupir dans un cachot humide... Non, nous allons procéder autrement. Vous saurez bien vous débarrasser de votre ombre ?... »

Godofrey fixa sur l'inspecteur son regard candide, sans comprendre pourquoi son ami avait sursauté à ce mot d'« ombre ». L'ombre ! Cette affaire était hantée par des ombres !... Sans s'en rendre compte, Studer secoua la tête. Godofrey poursuivit :

« Le brigadier Beugnot, qu'on a chargé de vous suivre comme votre ombre, n'a pas inventé la poudre... » Il se tut, et reprit sa promenade sautillante.

Assis sur la table, tassé sur lui-même, Studer semblait absorbé dans la contemplation de ses pieds ballants. Pouvait-on se fier à ce Godofrey, qu'on ne connaissait pas plus que cela ? Peut-être... À cinquante-neuf ans, on commençait à avoir une petite idée de la nature humaine. On avait déjà eu affaire à des hommes du genre de Godofrey. La criminologie devait être pour lui un remède à l'ennui. Il avait soif d'activité. On l'imaginait priant tous les matins : « Accorde-nous aujourd'hui notre problème de ce jour... » La police n'a pas l'exclusivité de ce type d'homme. Ils peuvent être aussi bien philosophes, psychologues, médecins, juristes... En somme, ils sont plutôt sympathiques ! Un peu fatigants, peut-être, à la longue. Studer se décida : Tentons le coup ! Il s'adressa au petit homme d'une voix douce, caressante :

« Et comment voulez-vous m'aider, mon cher Godofrey ? »

Incroyable mais vrai : Godofrey en avait les larmes aux yeux. Le pauvre, pensa Studer, il doit se sentir bien seul. Personne ne lui témoigne d'amitié, et son cher « patron » n'est bon qu'à l'exploiter, qu'il le mène à la carotte ou au bâton...

D'une voix qui tremblait, Godofrey répondit : « J'ai ici le passeport d'un ami. Il vous ressemblait, monsieur Studère. Nous avons travaillé ensemble à Lyon, où il était inspecteur de police. Il y a un an, il a été tué lors d'une rafle. Je vais vous donner son passeport. Il faudra simplement que vous vous rasiez la moustache. Vous devrez aussi vous acheter un manteau de couleur sombre, avec un col de velours. Il faudra également mettre un col dur, et ne pas oublier que dorénavant vous portez le même nom que le ministre de l'Empereur...

— L'Empereur ?

— Vous pensez bien que je ne parle pas de Guillaume II, le reprit Godofrey d'un ton sévère. Il n'existe qu'un Empereur : le Petit Caporal, Napoléon Ier ! Son ministre s'appelait... Dois-je vraiment croire que vous ignorez le nom de cet homme de génie ? »

À vrai dire, le lycéen Studer avait toujours eu tendance à confondre les cours d'histoire et les heures de sieste. L'inspecteur haussa donc les épaules, et interrogea Godofrey du regard...

« Son Excellence Joseph Fouché, de Nantes, duc d'Otrante...

— Quoi ? Je me retrouve duc, de surcroît ? s'affola Studer.

— Vous vous payez la tête du pauvre Godofrey, inspecteur ! Vous ne serez que Joseph Fouché, inspecteur de la Sûreté de Lyon. Il nous reste à compléter ce passeport... »

Il sortit d'un placard un carnet d'aspect passablement crasseux, et se mit à fouiller avec fièvre dans son capharnaüm. Il finit par en extraire un flacon d'encre verte. Il s'en servit pour couvrir l'avant-dernière feuille du carnet d'hiéroglyphes bureaucratiques. Retournant à son placard, il y dénicha un tampon lisse qu'il graissa avant de le presser sur un document qu'il venait de sortir. Il appliqua ensuite ce cachet improvisé sur l'avant-dernière page du carnet. De nouveau, l'encre verte entra en action. La plume de Godofrey dessinait dans l'air des cercles élégants avant de fondre sur le papier, comme un faucon qui vient d'apercevoir un poulet. Après quoi, le petit homme agita le passeport enfin parfait, souffla sur l'encre encore humide... et consentit à remettre à l'inspecteur son chef-d'œuvre :

« En mission spéciale pour le compte du ministre de la Guerre. » Suivait une signature illisible, comme il convient, et un cachet qui constituait comme le point d'orgue.

« Épatant ! Prodigieux ! s'exclama Studer.

— À quoi bon être criminologue si l'on n'est pas un peu faussaire, susurra Godofrey, modeste. Pour la bonne cause, naturellement, cher inspecteur Fouché !

— Je vous remercie, Godofrey ! Je ne sais qu'ajouter, mais si jamais vous avez besoin d'aide, vous pouvez compter sur moi.

— Allons, allons, inspecteur, ce n'est rien du tout... dit le petit homme. Dans la vie, il faut bien s'entraider... »

Studer prit le carnet, le feuilleta, et tomba sur la photographie d'un homme, dont on ne voyait que le buste. Large d'épaules, un visage maigre, d'où surgissait un nez fin, pointu... La bouche ? Depuis qu'il portait la moustache, l'inspecteur ne savait plus à quoi ressemblait sa propre bouche.

« Et vous êtes sûr que cet homme me ressemble ? demanda-t-il.

— Comme un jumeau !... Vous n'avez qu'à raser votre moustache, vous coiffer d'un chapeau melon — et vous pourrez voyager l'esprit en paix. »

Studer voulut glisser le passeport dans sa poche — et une nouvelle fois, sentit la courbe de température se froisser sous ses doigts.

« Regardez, Godofrey, dit-il en lui tendant le document. Êtes-vous capable de déchiffrer ça ? »

Godofrey se précipita sur la feuille, repoussa ses lunettes d'écaille sur son front. Deux yeux délavés, papillotants, firent leur apparition. Le nez sur la feuille, le petit homme l'examina, la retourna dans tous les sens, jusqu'à ce que l'axe de la courbe de température se trouve à l'horizontale. De petits cris s'échappaient de ses lèvres :

« Enfantin... Absolument enfantin !... Du travail d'amateur !... Une écriture de francs-maçons... Ça se déchiffre au premier coup d'œil... »

Il sautilla jusqu'à la table, s'assit et commença à lire :

« WFPHZI...

— Assez, Godofrey, assez ! » s'écria Studer, qui commençait à s'inquiéter. On pouvait sans doute se fier à ce nain perspicace... Malgré tout : il était Français...

Mais Godofrey ne se troubla pas, et continua à transcrire les lettres à la file. Après quoi il marqua un arrêt.

« L'alphabet renversé, scanda-t-il. Rien de plus. Je ne voudrais pas m'immiscer dans vos petits secrets... Mais avez-vous réussi à le déchiffrer vous-même ?

— Non, dit Studer, subitement embarrassé. C'est ma femme qui a trouvé la solution.

— Ah, *madame Studère* *... Je n'en suis pas surpris. Un homme comme vous, inspecteur, a toutes les chances. C'en est injuste. Il fallait que vous ayez une épouse habile, intelligente. Il suffit de vous regarder pour le savoir. Mme Studère... répéta Godofrey. Me sera-t-il permis un jour de déposer mes hommages à ses pieds ? »

Studer répondit d'une voix sèche : « Je crois que ma femme apprécie davantage le foie gras que les hommages.

— Vous n'êtes qu'un matérialiste, inspecteur Fouché ! s'esclaffa de bonne grâce le petit homme. Mais je n'oublierai pas le foie gras. Et maintenant, bonne chance. Soyez prudent. Voici encore une plaque d'identité de la police française... »

Studer et la Légion étrangère

Godofrey n'avait pas menti. Le brigadier Beugnot, chargé de surveiller l'inspecteur bernois, n'était pas une lumière. À moins que son attitude ne s'expliquât par sa conviction que les Suisses en général, et l'inspecteur Studer en particulier, n'étaient que des balourds ?

À la sortie du Palais de Justice, ledit brigadier attendait Studer. Il monta dans le même métro, descendit avec lui à la station Pigalle. Il lui emboîta le pas quand il rentra dans l'hôtel pour régler sa note. Il n'hésita pas à le suivre jusqu'à la gare du Nord — ce qui coûta au gouvernement français le prix d'une course de taxi — et à attendre sur le quai que le train pour Bâle s'ébranle. Studer se sentait de bonne humeur. Se penchant à la fenêtre de son compartiment, il fit de grands signes d'adieu avec son chapeau, et éclata de rire en voyant le malheureux brigadier lever machinalement le bras pour lui répondre. Il faut avouer que l'étonnement stupide qui se peignit à ce moment sur le visage du policier français n'était probablement pas prévu par le règlement... Il s'agit d'être prudent, pensa Studer, tandis que sous ses yeux les banlieues lépreuses étalaient leur misère. Prudent ! — Une semaine plus tôt, le trajet avait été bien différent ! Il voyageait en compagnie d'une jeune fille : chaussures de daim, bas de soie, veste de fourrure... Studer se secoua. Qu'est-ce que la prudence exigeait ? De ne pas rentrer chez lui. Les douaniers suisses le laisseraient passer sans problème, mais comment quitter le pays, ensuite ? Passer la douane française avec ses faux papiers ? Trop risqué !

Studer décida de suivre l'exemple d'autres protagonistes de cette affaire fantomatique : disparaître. L'idée de ne pas même prévenir sa femme était un crève-cœur. Mais cette fois, il ne pouvait se permettre aucune imprudence — et c'en aurait été une que de confier une lettre aux postes françaises...

Il descendit à Belfort et passa la nuit dans un hôtel du centre de la petite ville, à une distance respectable de la gare. Il s'acheta une nouvelle valise, un chapeau melon, un manteau de couleur sombre et une paire de robustes souliers jaunes. Puis il alla chez un coiffeur se faire couper la moustache, et teindre en noir ses cheveux qui grisonnaient sérieusement aux tempes... L'insigne que lui avait donné Godofrey fit merveille. Le coiffeur sourit d'un air flatté et mystérieux. Le patron de l'hôtel s'empressa de lui ôter des mains la fiche qu'il lui avait donnée à remplir. Studer n'avait que deux mots à dire : « Mission spéciale ! » Il posa les doigts sur les lèvres. Le patron se mit au diapason : « Je comprends, vous pouvez compter sur moi ! »

L'inspecteur suisse, métamorphosé en policier français, continua son voyage par Bourg, où il prit la correspondance pour Bellegarde. À Bellegarde, il attendit le train de nuit qui reliait Genève à Port-Bou via Grenoble. Un peu avant Port-Bou et la frontière espagnole, se trouvait Port-Vendres, la ville que leur mystérieux employeur avait indiqué aux deux « gangsters » de Berne...

Et c'est à Bellegarde, encore, qu'en attendant le train de nuit l'inspecteur Studer dit adieu à son plus fidèle compagnon de route : sa vieille valise en cuir fatigué... Adieu muet, mais non dépourvu d'émotion. Les objets ont souvent plus de cœur que les hommes, et la vieille valise plissa toutes les rides inscrites dans son cuir par tant d'années d'usage. Mais elle ne pleura pas. Les valises ne pleurent pas. Elles se contentent de prendre un air épuisé de chagrin et lourd de reproches...

Port-Vendres... L'un des côtés du port, qui se réduisait à un vaste bassin fétide, s'ornait d'un gigantesque hôtel, vide les trois quarts du temps. Là aussi, le charme de l'insigne officiel opéra. Mais ce n'était rien auprès de l'effet qu'il produisit sur la petite demoiselle du bureau de poste.

Studer s'approcha du guichet et lança, sur un ton qu'il avait copié sur Madelin : « *Police!** » — il convient ici de noter que l'accent de Studer n'avait rien de teuton : Nyon était la patrie de sa mère... Dans sa main ouverte, l'insigne jetait mille feux.

Débordante de zèle et de complaisance, la timide demoiselle hocha la tête. Elle se leva à demi de sa chaise, et resta ainsi, les genoux fléchis et le buste ployé...

« Que... que puis-je... faire pour vous, monsieur l'inspecteur ?

— Je voudrais voir les envois en poste restante qui sont arrivés ces dernières semaines, dit Studer, aussi gêné que la demoiselle. Je veux dire ceux qu'on n'a pas retirés, ma petite... »

La « petite » rougit, ce qui tourna à la catastrophe car le rouge de ses joues jurait terriblement avec celui dont l'art avait pourvu ses lèvres...

« Les... les envois en... poste restante... Bien... bien sûr, monsieur l'inspecteur ! »

Il n'y avait que cinq missives. « Fleur fidèle 28 », « Mimosa 914 », « Violette solitaire aux souffles du printemps », « Rudolf Valentino 69 » et — enfin ! — « Port-Vendres 30-7 ». Cette écriture !...

« Il me faut cette lettre ! » Studer essaya vainement d'affermir sa voix tremblante, mais la petite demoiselle ne s'en aperçut même pas. « Dois-je vous signer une décharge ?

— Une... une décharge ? Si... si vous vouliez bien... si je puis me permettre... un récépissé, mon... monsieur l'inspecteur ! »

Le vent venait de la mer. Il était chargé d'humidité et d'une légère odeur de varech et de poisson. Studer respira profondément. Puis il déchira l'enveloppe.

Cher cousin Jakob,

Je sais que tu trouveras cette lettre, car tu es un homme de ressource. *Lui* est furieux que l'agression n'ait rien donné, mais je n'ai fait qu'en rire. L'instant de panique est passé — quand je t'ai appelé, j'avais perdu la tête. Maintenant, je l'ai retrouvé — je veux dire, mon sang-froid. Je suis très heureuse que tu fasses le voyage, car je ne pourrai pas me tirer d'affaire toute seule. Et ce n'est pas le père Matthias qui pourra m'aider... Pourquoi ? Tu sauras tout ! Tu devras prendre d'abord la route de Géryville — quand je dis route, c'est un bien grand mot... Mais c'est à Gourama que je te donne rendez-vous. J'aurai absolument besoin de toi là-bas. Sois ponctuel ! Mais il ne faut pas que ce soit avant le 25 janvier. Et ne t'inquiète pas si tu ne m'y trouves pas en arrivant : je me montrerai au moment voulu. En attendant, tu pourras profiter de la compagnie du commandant de la garnison. Il s'appelle Lartigue, et est natif du Jura. Peut-être trouverez-vous un troisième pour jouer au

« Zugere[1] » ? Mais ne gage jamais plus de dix centimes français à la fois ! Jusqu'à présent, tu as eu du flair. Ne t'arrête pas en si bon chemin, et reçois toutes les amitiés de ta nièce adoptive.

Marie.

« Ach... » commença Studer. Il se reprit aussitôt : il aurait été fâcheux qu'on surprenne un son aussi germanique sur ses lèvres ! Mais non. Le quai était désert, Dieu merci. Il lut donc la lettre une seconde fois, puis la rangea avec soin dans sa poche, avec la courbe de température. Puissent-elles faire bon ménage ! pensa-t-il. Mais un nuage assombrit bientôt la satisfaction et la joie que lui avait procurées la lettre de Marie. Un nuage, ou plutôt une rafale : le vent arracha le chapeau melon de sa tête. Tous les jurons de l'inspecteur ne purent empêcher le couvre-chef... d'amerrir dans le bassin. Studer s'acheta donc un béret. En sortant de la boutique, il jaugea son reflet dans la vitrine. Vraiment, il n'avait plus rien de suisse, avec son visage glabre, maigre, son corps massif comprimé dans le pardessus sombre et cintré... Son béret lui donnait même un petit air d'aventurier. Et l'inspecteur Studer éprouva une joie enfantine à s'être coulé dans une nouvelle peau... Il ne pouvait savoir que cette joie paisible, qui frémissait en lui, ne durerait pas. Que pendant trois semaines, à vrai dire, il ne connaîtrait plus un instant de joie... Et il est des semaines qui paraissent aussi longues que des années.

Deux fois par semaine, un bateau relie Port-Vendres à Oran. Un de ces bateaux partait justement

1. Forme bernoise du jass, jeu de cartes très populaire en Suisse. *(N.d.T.)*

le lendemain, et Studer se réjouit de quitter le port miniature, qui commençait à lui taper sur les nerfs. Les relents de tan et de noix espagnols, en particulier, lui levaient le cœur. La mer était sale. Ses vagues ressemblaient à de vieilles femmes obèses, qui portaient sur leurs cheveux gris et gras un fichu de dentelle d'une propreté douteuse — le fichu flottait au vent, tandis que les vieilles avançaient péniblement, en une procession ondulante... La mer était donc une déception, et cette mauvaise impression ne se dissipa pas sur le bateau. Ils traversèrent un de ces coups de vent dont le golfe du Lion est coutumier, où la neige se mêlait aux grêlons. Studer échappa au mal de mer. Mais il ne se sentait pas satisfait pour autant : en tant qu'inspecteur français, il ne pouvait se permettre de fumer des Brissago. Les Français ignorent cette géniale invention, ils fument des cigarettes, ou à la rigueur la pipe. Studer s'était acheté une pipe. Sur le bateau, il s'entraîna à ne pas la laisser s'éteindre. Ce qui n'allait pas de soi. Au bout d'un moment, cependant, il se surprit à y prendre goût. Il finit même par jeter dans l'écoutille un de ses derniers Brissago, qu'il avait allumé furtivement dans sa cabine. Tout d'un coup, il lui avait trouvé un goût de colle...

Il n'avait rien à chercher à Oran. Il prit donc sans attendre la route de Sidi Bel-Abbès.

Un monde différent l'attendait. Le choc fut tel qu'il en eut le vertige...

À peine descendu du train, il était ailleurs ! Une douzaine d'hommes attendaient, vêtus de capotes vertes maintenues à la taille par une écharpe de flanelle gris clair. Les baïonnettes de leurs fusils luisaient d'un éclat sombre. Une foule d'hommes en uniforme mais sans armes s'écoula d'un wagon, situé derrière la locomotive. Ils se disposèrent en rangs de quatre et s'ébranlèrent, encadrés par les porteurs de baïonnettes. Studer les suivit. Une longue route parmi des champs où poussaient des bouts de bois rabougris. C'étaient des ceps, mais la vigne ici n'était pas cultivée à la manière vaudoise... Dans le ciel, une lune d'une blancheur irréelle tentait en vain d'écarter de son museau plat les nuages qui ne cessaient de l'importuner.

Une porte monumentale, en briques rouges... Une large avenue... Une grille à l'entrée, gardée par un factionnaire lui aussi en capote vert pâle... Et derrière la grille, la cour de la caserne, entourée de façades désolées qui rappelaient les maisons lépreuses de la banlieue parisienne dont Studer, dans le train, avait regardé le cortège misérable.

Il se dirigea vers la sentinelle et demanda à parler au colonel. Le soldat le laissa s'exprimer, impassible, puis désigna du menton un point vague derrière lui. Studer s'impatienta. À qui devait-il s'adresser, s'enquit-il d'une voix rogue.

« Au sergent », dit le soldat.

Et il fit glisser son fusil de son épaule dans un bruit de tonnerre. Effrayé, Studer fit un saut en arrière. Mais l'homme avait déjà fait passer l'arme dans sa main gauche, tendue à l'horizontale. Studer comprit alors qu'il présentait les armes : un officier passa, au bras de sa femme, et salua négligemment.

« Comment ? reprit Studer, une fois que le fusil fut de nouveau à son poste sur l'épaule du soldat vert pâle.

— Vous devez vous adresser au sergent ! » répéta le légionnaire.

Sa voix était tranchante. Mais quelque chose dans le timbre, l'accent... Pas de doute ! L'homme du désert avait dû naître à Berne. Studer le regarda. Un vers lui passa par la tête : « Mais quelle épaisse nuit... » L'écho de la mère patrie dans cette voix inconnue rendait tout encore plus fantomatique. Et un vent froid soufflait, au goût de terre et de sable...

Le sergent responsable du poste de garde était russe, et très bien élevé. Il s'efforça de ne pas trop faire sentir l'aversion que lui inspirait la police. Mais ses regards étaient éloquents... « Si jamais je te coince dans une rue obscure ! » semblaient-ils proclamer. Les policiers n'étaient guère aimés dans la Légion.

Le colonel Boulet-Ducarreau était dans son appartement. Cependant, on conseillait à monsieur l'inspecteur Fouché de se présenter plutôt le lendemain matin...

Studer s'éloigna en soupirant. Encore un jour d'attente ! Mais quoi, il avait tout son temps. Du moment qu'il se trouve le 25 janvier à Gourama ! On n'était que le 11. Il dîna dans un restaurant illuminé, où il ne mangea pas plus mal qu'à Paris. Le vin était moelleux, mais traître. À un moment — l'inspecteur, qui portait sa fourchette à sa bouche, se piqua les lèvres — une main encercla sa cheville. Il se voyait déjà démasqué, enchaîné... D'une main tremblante, il souleva la nappe. Un tout petit garçon arabe lui sourit de ses dents blanches comme la neige — un cireur de chaussures !

Pour représenter le plus fidèlement possible le colonel Boulet-Ducarreau, il aurait suffi de peindre un fromage d'Edam en équilibre sur un énorme ballon bleu. Le fromage était la tête, le ballon le tronc — quant aux jambes, elles étaient cachées sous la table.

« Engagé à Strasbourg ? souffla-t-il bruyamment.

Despine ? Oui, oui... Je vois, je vois... Dès qu'il a touché sa solde, le gaillard a déserté. Quand ? Attendez. Nous sommes samedi, n'est-ce pas ? La solde est versée le jeudi. 250 F. Le soir même, Despine avait disparu. Nous ne sommes pas parvenus à le retrouver, cherchez-le vous-même. En tout cas, il ne s'est pas embarqué à Oran. Mon secrétaire en sait peut-être plus que moi... Vanagasse ! » coassa-t-il.

Vanagasse était sergent et avait les jambes arquées, comme le directeur de l'hôtel *Zum Wilden Mann*.

« Accompagnez l'inspecteur Fouché, il nous est recommandé par le ministre de la Guerre et recherche cet homme, Despine... Vous m'avez bien dit qu'il avait déserté ?

— Déserté ! À vos ordres, mon colonel !

— Perdez une bonne fois l'habitude stupide de répéter “à vos ordres” ! Despine n'a pas déserté “à mes ordres” ! Quand je demande : “Despine a-t-il déserté ?” vous devez me répondre : “Oui”... À vos ordres ! Absurde ! » Et le colonel souffla avec exaspération.

« Retirez-vous, maintenant ! Tous les deux ! J'ai à faire ! S'il fallait que je perde un quart d'heure chaque fois qu'un soldat déserte, je ne m'en sortirais plus. Je suis un homme occupé, monsieur l'inspecteur, vous pourrez en informer le ministre de la Guerre quand vous le reverrez... Si du moins vous le reconnaissez ! »

Studer frémit. Le colonel l'avait-il percé à jour ? Mais non ! Ce gros fromage monté sur ballon voulait seulement plaisanter. Il conclut jovialement : « La France change de ministres comme moi de lames de rasoir. Adieu, adieu ! »

Vanagasse ne semblait pas partager les préventions de la Légion envers le personnel de la police. En fait, il s'avéra qu'il était presque un collègue : du moins raconta-t-il à Studer qu'il avait été le directeur de la police de Kiev sous les tsars. Ils traversèrent la cour de la caserne, où le vent s'en donnait à cœur joie. Le secrétaire était d'une courtoisie qui pouvait remonter aussi bien à une éducation soignée qu'à un passé d'escroc... Studer ne parvenait pas à cerner cet homme. Il paraissait savoir quelque chose sur le nommé Despine, mais ne se décidait pas à passer aux confidences. Quatre verres d'anisette — qui ressemblait fort à de l'absinthe, et non frelatée — finirent par dégeler le sergent Vanagasse.

Il avait tout de suite remarqué Despine, quand ce dernier était arrivé avec son détachement de Strasbourg. Il n'avait pas été pour rien douze ans dans le métier ! Il avait eu de quoi exercer ses talents de physionomiste... Despine ? On l'aurait repéré entre mille. Entre mille, je vous dis !... Pourquoi ? C'est simple : il respirait l'angoisse. Il devait en avoir lourd sur la conscience. Vanagasse était prêt à parier que c'était un assassin : le regard fuyant, les mains tremblantes, il sursautait quand on lui adressait la parole. Un drôle de paroissien ! Pas étonnant qu'il ait déserté. Bien sûr, la Légion ne livrait pas ses hommes, quand il s'agissait de péchés véniels... Mais un meurtre ? C'était une autre affaire. Car il était bien question d'un meurtre, demanda innocemment Vanagasse, dans l'espoir que son interlocuteur se couperait. Studer était sur ses gardes. Cependant, il ne put résister à l'envie de faire son petit effet :

« De deux meurtres ! » dit-il d'une voix grave. Le sergent Vanagasse, ancien directeur de la police de Kiev — ou grand menteur devant l'Éternel — émit un sifflement prolongé.

« *Tchortovaïamat' !* » s'écria-t-il.

Et Studer s'étonna : « Pardon ?

— Ce n'est rien. » Le sergent insista pour payer une tournée. En fait, il voulait simplement changer le billet de cent francs que Studer lui avait glissé sous la table. Puis il se leva et se dirigea vers la porte. Mais non : il se frappa bruyamment le front, et revint sur ses pas. La main devant la bouche, il chuchota avec ostentation : « J'ai de bonnes oreilles, inspecteur. Vous ne trouverez personne qui en sache plus que moi. A-t-on parlé, à Paris, de la disparition d'un certain caporal Collani ? Collani, oui, il stationnait à Géryville avec le 2e bataillon. On disait que c'était un voyant, un extralucide. Il a disparu de Géryville en septembre, ou plutôt : il a été enlevé. Par un étranger, en voiture. » Vanagasse parlait d'une voix saccadée. Le sujet semblait lui tenir à cœur. « Nous avons réussi à obtenir le signalement de l'étranger, par l'hôtelier de Géryville, et par un mulâtre que Collani fréquentait. De plus le propriétaire d'un garage d'Oran l'a reconnu d'après ce signalement. Malheureusement, à chaque fois nous sommes arrivés trop tard. Sauf pour le garagiste, soyons justes : on a retrouvé la voiture qu'il avait louée, à Tunis, et il a pu la récupérer. Mais quant à l'inconnu et au caporal Collani, ils s'étaient volatilisés. Ce que je voulais vous dire... encore un vermouth ? Non ? Sans façon ? Patron ! Deux Cinzano !... Ce que je voulais vous dire... À votre santé, inspecteur ! Oui, ce que je voulais...

— Me dire ! coupa Studer. Dites-le-moi une bonne fois pour toutes ! Croyez-vous que j'aie du temps à perdre ? » L'inspecteur exagéra à dessein son ton furieux.

« À vos ordres ! lança le sergent Vanagasse, en

plissant les yeux. À vos ordres ! *Daïté mné papirossou !* Donnez-moi une cigarette ! »

Aucun doute : le secrétaire du colonel Boulet-Ducarreau était ivre mort. Dès que Studer lui eut tendu sa blague à tabac, cependant, le Russe se roula une cigarette à toute allure, puis dit d'une traite :

« Le signalement de l'étranger de Géryville concordait trait pour trait avec celui de Despine. Allez à Géryville, inspecteur ! À vos ordres, très honoré, au revoir ! » Il gagna la porte en oscillant légèrement, comme un funambule, les bras tendus et la main ouverte tenant quelque invisible balancier...

« Elle est belle, la Légion étrangère ! » murmura Studer. Puis il déjeuna et repartit pour Oran, où il passa la nuit. Le lendemain matin, il prit le train reliant Oran à Colomb-Béchar. Bouk-Toub, la gare la plus proche de Géryville, se trouvait sur cette ligne. Louer une voiture aurait coûté une fortune. Un tel luxe était réservé aux détectives des romans policiers. Un inspecteur de la police bernoise, lui, devait lésiner...

Le village de Bouk-Toub consistait en exactement vingt-cinq maisons. Studer prit la peine de les compter, tout en s'enquérant d'un moyen de transport susceptible de le mener à Géryville. La contrée était désolée. Difficile de comprendre pourquoi vingt-cinq feux s'étaient allumés dans ce paysage lunaire.

Studer éprouvait envers les chevaux une méfiance atavique. Et que dire de la selle singulière qu'on lui proposait ? Une planche devant, une planche derrière, et au bout d'une petite courroie des étriers aussi longs et larges que ses pantoufles, qui reposaient près du poêle vert, dans l'appartement de Kirchenfeld... Que Kirchenfeld était loin ! Et le café, avec la table verte du billard... Et que faisait Hedy ? Riait-elle ? Pleurait-elle ?... Et le notaire Münch, son partenaire obligé au billard ?...

Studer trouva enfin un mulet. Mais là aussi, avant que l'inspecteur Joseph Fouché ait pu monter sur l'animal, il fallut d'interminables palabres, où ni l'insigne officiel ni la recommandation du ministre de la Guerre ne se révélèrent d'aucune utilité. Il dénicha aussi une selle, et des jambières d'une antiquité si vénérable qu'il fallut acheter en sus quatre lanières de cuir. Les précieuses jambières destinées à protéger les mollets de l'inspecteur étaient, en effet, complètement pourries...

Quant au mulet, c'était un joyeux drille. Chaque fois qu'il retroussait ses lèvres, il avait l'air d'un plaisantin qui vient d'en raconter une bien bonne et attend que les autres rient pour faire chorus à son tour. Ses lèvres étaient grises, tachées et douces comme de la soie. Il conquit aussitôt la confiance de Studer, qui afin de se concilier ses bonnes grâces lui offrit trois morceaux de sucre. Ce qui provoqua un hennissement de rire.

« À soixante kilomètres d'ici, dit le propriétaire du mulet, vous atteindrez une ferme. C'est exactement à la moitié du chemin. Passez-y la nuit. Vous arriverez à Géryville le lendemain soir. »

C'est ainsi que Studer, le matin suivant, dit adieu aux vingt-cinq maisons de Bouk-Toub. Les premières heures furent sans nuages. Le mulet se comportait en personne qui connaît le monde. Il avançait de son pas cliquetant, poussait de temps en temps des soupirs, secouait la tête comme pour chasser des pensées futiles. Mais au bout de quarante kilomètres, Studer était moulu. Il tint vaillamment le coup jusqu'au soixantième kilomètre, et trouva même la ferme, au fond d'une petite vallée. Dans la soirée, il pansa les plaies de son corps avec du talc, et celles de son âme avec du vin rouge. C'était un breuvage épais, qui provoqua quelques protestations de la part de son estomac. Quant au ragoût de mouton qu'on lui servit, il n'était pas moins incendiaire que celui du petit restaurant chinois, à Paris... Le crépuscule répandit une lumière verdâtre, puis la nuit tomba sous un ciel étranger : un ciel aux ténèbres limpides, que ne troubla que plus tard, bien plus tard, la lueur tremblante des étoiles. Studer était installé dans la cuisine, sur un lit d'alfa. Des moutons bêlaient, la voix mouillée d'un agneau semblait la plainte d'un enfant... « Petit Jakob salue le vieux Jakob »... Hedy tricotait-elle toujours de petits pantalons blancs ? Elle fumait sûrement une cigarette avant de s'endormir, en se demandant ce que fabriquait ce vieux Jakob, ce vieux fêlé de Jakob...

Le trot d'un mulet peut avoir des vertus assoupissantes. Mais quand il fait froid, de plus en plus froid à mesure qu'on approche du haut plateau, l'envie de dormir ne résiste pas plus que la neige au soleil printanier... Et les pensées commencent à s'agiter. C'est un tourbillon pénible, qui donne le vertige... La route est uniformément jaune, et bordée de steppes d'alfa bruissant. Au ciel, les nuages noirs donnent des idées de mort, de deuil... Quoi d'étonnant si les pensées s'attardent sur les vieilles femmes endormies dans leur fauteuil d'un sommeil éternel ?... Et la chevauchée continue, au long de la journée étrangère...

Le père blanc... Le caporal extralucide... Le géologue... Le secrétaire... Le père blanc et le géologue. Deux frères. Et pourquoi Koller, l'agent de change, engagé dans la Légion sous le nom de Despine, ne serait-il pas aussi leur frère ? Trois frères, donc : le père Matthias, Cleman alias Koller, Koller alias Despine... Et deux sœurs : Sophie et Josepha, toutes deux tireuses de cartes... Des tireuses de cartes... Attention ! Il y avait encore un caporal extralucide, nommé Collani, qui organisait des séances de spiritisme. Sans oublier que l'agent de change, lui aussi, s'adonnait à ces sottises ! Comment avait dit ce Poil de Carotte, le boulanger de la rue Daguerre ?... « il s'occupait d'au-delà ! » M. Koller avait ouvert un bureau de placement pour défunts... Ils donnaient des coups dans les tables ! Mais encore une fois : attention ! Ne nous moquons pas ! Il restait un fait certain : cette affaire grouillait de frères et sœurs. Les frères Mannesmann, les frères Koller, les sœurs Hornuss... Mais où diable caser le caporal extralucide ? Un quatrième frère Koller ? Dans ce cas, on rétablirait la parité...

Baliverne ! Qu'avait dit le docteur Malapelle : « *Fantasmagoria !* » Et que répétaient le vieux Murmann, à Berne, et tous les collègues, du directeur de la police au dernier des brigadiers : « Ce vieux Jakob, il est fêlé ! »

Et il faudrait rapporter un couple de chiens de bergers kabyles à son vénéré supérieur — avec pedigree, bien entendu ! Monsieur le directeur ferait une drôle de tête, s'il savait que son vieux Studer s'était métamorphosé en inspecteur Fouché. Mais quoi, c'était bien dans le ton de l'affaire. Tous les protagonistes y prenaient des noms d'emprunt : Cleman s'appelait Koller, et Koller s'appelait Despine, quand il n'entrait pas dans les ordres sous le nom de père Matthias... Que dirait le directeur si on lui rapportait deux bergers mâles, ou deux femelles !... Ça aussi ce serait dans le ton de l'affaire ! Des frères ! des sœurs ! Hé hé hé !...

Il n'était pas facile de rire, avec ce froid qui lacérait les lèvres, qui du reste étaient depuis longtemps gercées. Machinalement, Studer caressa la place où naguère sa main rencontrait les poils soyeux de sa moustache... Il ne trouva que sa peau nue...

« Hooo ! » cria Studer, et le mulet s'arrêta. L'inspecteur descendit de sa monture. Il était midi, l'heure de songer au déjeuner. Il s'assit donc sur le talus pierreux, et s'attaqua à une pièce de mouton des plus coriaces tout en regardant autour de lui.

Des plaines, encore et toujours des plaines, et très loin à l'horizon des montagnes, des sommets enneigés... Mais rien à voir avec la Suisse. Là-bas, même au pied des sommets, on trouve des hôtels avec le chauffage central et l'eau chaude... Et des refuges ! Des refuges où l'on peut se chauffer ! Ici, c'était le vide. Pas une maison, pas un arbre à la ronde... Au bout des plaines brillaient les lacs salés, aussi toxiques que des acides dans leurs flacons...

Frères et sœurs... Dans le ciel aussi, on voit des étoiles appariées. Et Marie était une comète. Mais non, ça ne marchait pas ! Marie n'était pas un astre errant, comme sont les comètes. Elle n'avait rien d'une vagabonde, d'une bohémienne... Elle avait dû être mariée à ce Koller, cet agent de change saisi par la fièvre de l'or noir...

« Allons-y, Fridu ! » lança Studer au mulet, qu'il avait décidé de naturaliser suisse. Mais le mulet resta sourd à son nouveau nom. Il continua de brouter, ne s'interrompant de temps en temps que pour tirailler les rênes enroulées autour du poignet de Studer. L'inspecteur tira alors quelques morceaux de sucre de sa poche. « Regarde ! » dit-il. Le mulet se rapprocha, allongea le cou... Studer sentit son souffle chaud sur sa main, ça faisait du bien. Fridu saisit délicatement le sucre avec ses lèvres si douces, le mâcha posément, roula des yeux modestes, et émit soudain un son qui donna la chair de poule à l'inspecteur. Un mélange monstrueux de braiment et de hennissement — mais la pauvre bête n'y pouvait rien... Elle chantait de sa plus belle voix ! Studer se leva. Il se sentait courbaturé, et plein de nostalgie pour son bureau sentant le pétrole et la poussière mais où le radiateur diffusait une douce chaleur...

« Allons-y, Fridu », recommença Studer. Son nouvel ami ayant reçu un nom suisse, l'inspecteur trouva tout naturel de lui parler dans sa langue maternelle : « Tu sais, cette Marie... Veux-tu bien ne pas manger cette herbe ! C'est mauvais pour ta santé, je te donnerai plutôt un morceau de pain... Enfin ! Marie... Quand... Enfin, quand... Eh bien, elle dira : "Merci, cousin Jakob !" Et tout sera bien... Oui, tu es un brave, Fridu ! Mais viens, maintenant... »

Le temps de fumer encore une pipe, d'enfoncer le béret jusqu'aux oreilles, et en selle ! Studer avait emporté avec lui un sac de couchage, où il avait réussi à faire tenir un pyjama, deux chemises, deux paires de chaussettes, des affaires de toilette... À cinquante-neuf ans, il se sentait prêt à rivaliser avec les légionnaires... Dieu merci, la tempête ne se déchaîna qu'après leur arrivée à Géryville. Le mulet connaissait son métier. Il s'était lancé dans un galop aussi confortable pour son cavalier qu'un tour de montagnes russes... Il s'immobilisa net devant une maison, qui était manifestement l'hôtel de Géryville. Studer descendit de sa monture. Il ressemblait à un père Noël neigeux, qui aurait rasé sa barbe par inadvertance. Il était mort de fatigue... Il faillit s'endormir en dînant, et ne se réveilla un peu qu'avec un verre de vin. Après quoi ses oreilles commencèrent à bourdonner. Le patron de l'hôtel semblait habitué à recevoir des clients dans cet état. Il le mena, à moitié inconscient, dans une chambre de l'étage supérieur, le débarrassa de son manteau humide, empila sur lui des couvertures... Le lendemain matin, lorsque Studer s'éveilla tout habillé, il apprécia les attentions de l'hôtelier. Les punaises n'avaient pu s'attaquer qu'à ses mains, et à un tout petit bout de son front...

Le caporal extralucide se rapproche

Il semblait qu'une loi mystérieuse obligeât les officiers supérieurs de la Légion étrangère à arborer un embonpoint généreux. Le commandant Borotra, qui présidait aux destinées du 2e bataillon du 3e régiment, et dont le képi s'ornait de quatre galons dorés, n'avait que son nom en commun avec le champion de tennis. C'était un doux mastodonte, auquel un duvet blond et clairsemé tenait lieu de moustache.

« Collani ? demanda-t-il. Vous cherchez Collani ? Qu'est-ce qui peut pousser un policier de la Sûreté de Lyon à s'intéresser à mon caporal ? Mon caporal extralucide ? »

Studer prit un air mystérieux, et désigna du doigt la signature imitée du ministre de la Guerre. Borotra rougit. Cette signature possédait des vertus magiques...

« Allez voir notre médecin, conseilla le gros officier. Le docteur Cantacuzène. Il pourra vous renseigner. Après quoi, j'espère que vous nous ferez le plaisir de partager notre déjeuner au mess. Nous sommes naturellement heureux... » Il se racla la gorge. « ... dans la mesure de nos moyens, de rendre service à monsieur... » Un raclement prolongé. « ... le ministre de la Guerre, mais nous espérons que vous n'omettrez pas de dire à Son Excellence, dans votre rapport... » Cette fois le raclement était interminable.

« Ce n'est même pas la peine d'en parler », rétorqua Studer, qui se faisait l'effet d'un maréchal de l'Empereur promettant la Légion d'honneur à un préfet. Joseph Fouché n'avait-il pas été duc d'Otrante ? Studer aussi pouvait se comporter en duc. Il arrive que la démocratie soit la meilleure école pour se forger des manières aristocratiques...

Le Dr Cantacuzène avait l'air d'un feuilletoniste matois, qui aurait eu du mal à faire croire en ses origines aryennes. Il portait un lorgnon aux verres épais, qui ne cessait de lui glisser du nez et qu'il rattrapait au vol, comme un jongleur, du bout du doigt, ou sur le dos de sa main. Il réussit même, une fois, à le rattraper avec le bout de sa botte...

« Un hystérique, déclara le Dr Cantacuzène, après avoir signalé d'emblée qu'il était d'origine grecque. Votre Collani était un cas typique d'hystérie masculine. Ce qui n'exclut pas que des facultés occultes sommeillassent en lui... À vrai dire, la plupart des expériences que j'ai entreprises avec lui se laissent élucider sans aucun recours au surnaturel... » Il leva opportunément son genou gauche, où le lorgnon put savourer un instant de repos. « ... Et de toute façon, il est évident que cet homme avait un lourd passé. Collani était probablement hanté par le souvenir d'*un* événement en particulier, mais il n'a jamais abordé ce sujet avec moi. Pendant un moment, il a été très proche d'un prêtre, un père blanc. Mais en ce qui me concerne, je n'ai pas voulu m'immiscer dans les secrets du confessionnal... » Le lorgnon tomba sur le tapis.

« Il fumait du kif, continua le médecin, ce qui était très nuisible à sa santé, car il n'était pas de constitution robuste. Vous savez ce qu'est le kif ? Du hachisch. *Cannabis indica*... Il y a de fortes présomptions que Collani ait été enlevé par un inconnu. Mais en ce qui me concerne, je crois qu'il est allé faire un tour, et a fumé plus qu'il ne le devait. Un petit collapsus, voilà l'explication de sa disparition... »

Non, ce n'était pas la bonne explication. Car lors du déjeuner au mess des officiers, le commandant Borotra annonça joyeusement que Collani était arrivé sain et sauf à Gourama, dans la compagnie montée du 3e régiment. Cette nouvelle lui avait été communiquée le matin même, par le capitaine Lartigue, qui commandait la garnison de Gourama. Collani affirmait ne pas savoir où il avait passé les derniers mois, et Lartigue le croyait. Le capitaine le ferait examiner par un médecin, puis le caporal extralucide pourrait quitter le service. De toute façon, il avait droit à la retraite.

« Il n'existe pas de portrait de ce Collani ?

— Je ne crois pas, inspecteur Fouché, dit Borotra. Mais nous pouvons parfaitement vous le décrire. N'est-ce pas, messieurs ? »

Trois capitaines, deux lieutenants et six sous-lieutenants répondirent en chœur : « Oui, mon commandant ! »

Suivit une sorte de charade, où ils donnèrent chacun à leur tour une définition :

« Petit — Maigre — Tour de poitrine : 65 — Cheveux gris — Glabre — Oreilles décollées — Aplaties — Sans rebord — Teint olivâtre — Yeux bleus. »

— Merci, dit Studer. C'est suffisant. Si j'ai bien compris, ses oreilles sont décollées, aplaties et sans rebord ?... Oui ?... Merci encore. Et quelle était la taille de Collani ? »

Un petit lieutenant leva la main, comme à l'école.

« Mon lieutenant ?

— 1,61 m... »

Géryville semblait peu animée, en hiver. Les officiers ne se levèrent pas de leurs sièges avant quatre heures. Ils ne voulaient pas lâcher Studer. En tant qu'étranger, l'inspecteur fut fêté et invité à trinquer avec eux. Grâce à Dieu, aucun des officiers n'était de Lyon. Mais après tout, peut-être se serait-il tiré même de ce mauvais pas, notre inspecteur suisse portant abusivement le nom d'un ministre de la police français, et impérial de surcroît...

Enfin, Studer put prendre congé de ses hôtes. Il voulait rendre visite au dénommé Ahmed, le mulâtre chez qui, d'après le récit du médecin grec, le caporal extralucide passait ses soirées à fumer du kif.

Cet Ahmed était un géant, qui aurait pu sans rougir s'exhiber pour de l'argent dans n'importe quelle foire. Sa peau avait la couleur du meilleur chocolat, garanti d'origine suisse...

Il fumait une pipe en terre, dont la tête n'était pas plus grosse qu'un dé à coudre. Il s'en dégageait un parfum qui rappelait celui des cigarettes pour asthmatiques. Il reçut Studer assis sur un tapis, les jambes croisées, comme un roi oriental. On oubliait la chambre misérable, sans meubles, baignée d'une lumière crue que déversait une lampe à acétylène.

Aucune méfiance vis-à-vis du visiteur étranger... Un enjouement paisible, plein de retenue...

Le caporal Collani ? C'était un bon ami. Très calme, très silencieux. Il ne s'était lié avec personne, et ainsi venait chaque soir chez lui, Ahmed. Fumait deux pipes de kif. « Non, inspecteur. À cette dose, il n'y a pas de risque de délire. Que croyez-vous ! » Ahmed parlait couramment français, et Studer aurait été curieux de savoir d'où il tirait sa culture. « Après deux pipes, expliqua Ahmed, on s'endort aisément. Or le caporal souffrait d'insomnie. Il soupirait souvent — pas comme un homme accablé, mais comme quelqu'un qui a perdu une perle de prix, et la cherche partout... Il allait particulièrement mal cet été. Une fois il a même pleuré, vraiment pleuré, comme un petit garçon à qui on a volé sa bille favorite... »

Un mulâtre ! Un homme simple, pauvre de surcroît. Et pourtant, quelle pénétration, quel don d'évoquer les mouvements secrets de l'âme !

« J'ai essayé de le réconforter, poursuivit Ahmed. Je l'ai prié de se confier à moi... en vain. Il ne cessait de répéter : “Si j'ouvre cette lettre, là !...” (et il me la montrait) “alors je serai repris par le passé — et lui viendra me prendre ! — Qui viendra te prendre, caporal ? voulais-je savoir. — Le démon, Ahmed ! Le vieux démon ! Je l'ai tué, mais le démon est immortel, nous ne pouvons jamais savoir quand il se réveillera !...” Et il a fini par expédier la lettre, le 20 juillet de l'année dernière. Il me déclara le lendemain : “J’ai encore une copie de cette lettre, mais je ne la trouve plus. J’ai mis toutes mes affaires sens dessus dessous, mais sans résultat... Après tout, tant mieux !...” Deux mois plus tard, le 28 septembre, un étranger est venu chez moi, et s’est enquis du caporal Collani. Il a attendu. Ce soir-là, le caporal est arrivé très en retard. Sans prêter attention à la présence de l’étranger, il m’a dit : “Je sais où est la copie. Je l’avais cousue dans la doublure d’une vieille veste de laine. Je viens de m’en souvenir. — Où t’es-tu attardé avant de venir, caporal ? lui ai-je demandé. — Chez le prêtre”, répondit-il. C’est alors qu’il aperçut l’étranger... »

Ahmed se tut. Il leva un regard candide sur Studer, qui était adossé au mur, près de la lampe dont le gaz sifflait. Les yeux marron du mulâtre étaient si sombres qu’ils paraissaient noirs...

Il existait donc une copie de la courbe de température !... Où fallait-il la chercher ? Et si elle était tombée entre les mains des mystérieux adversaires de Studer dans cette affaire, où chercher ces adversaires ? Cependant, s’ils possédaient la copie, pourquoi avaient-ils chargé deux mauvais garçons de Berne de voler le document que Studer avait dans sa poche ?

Soudain, l’inspecteur eut l’impression que quelque chose s’enclenchait dans sa tête — une impression singulière. Un engrenage tourne à côté d’un autre qui, lui, est immobile. On baisse un levier — et les dents de l’engrenage en mouvement s’insèrent dans celles de celui qui est immobile — et les deux engrenages se mettent à tourner... Le phénomène eut lieu à la suite d’une vision soudaine : la carte qui à Berne comme à Bâle se trouvait en tête de la première rangée du jeu — le valet de pique. La carte porte-malheur, la carte de la mort ! Étrange, pensa Studer, comme notre mémoire fonctionne parfois... Nous engrangeons des images, puis les oublions. Et d'un coup, elles resurgissent, comme des photographies enfin développées, tirées — absolument nettes...

Assis en tailleur dans son coin, Ahmed exhalait des nuages de fumée. Et l'inspecteur Studer était si absorbé dans ses pensées qu'il n'eut même pas conscience de se laisser glisser lui aussi au sol — mais sans réussir à s'asseoir correctement sur les talons. Il tendit la main — trop songeur pour bourrer lui-même une pipe — tendit la main puis se mit rêveusement à fumer, aspirant profondément, puis exhalant à son tour des nuages... « Une autre, murmura-t-il.

— Frère, l'instruisit Ahmed, tu dois dire : *Amr sbsi* — c'est-à-dire : bourre-moi la pipe... »

Et Studer répéta docilement : « *Amr sbsi !* »

La fumée irritait un peu la gorge, mais dans sa tête les couleurs commençaient à danser.

« *Amr sbsi...* » Ahmed souriait. Ses dents étaient larges. La chambre était blanchie à la chaux, et blanche la lumière diffusée par la lampe à acétylène. Mais si l'on regardait à travers les paupières mi-closes, toutes les couleurs de l'arc-en-ciel dansaient la sarabande.

« *Mlech ?* » demanda Ahmed.

Studer hocha la tête. Il avait l'impression de parler arabe à la perfection. « *Mlech* » — ça voulait dire évidemment : « C'est bon. » Il hocha encore la tête, avec enthousiasme, et répéta : « *Mlech, mlech !* »

À un moment, il eut un éclair de lucidité et tenta de se rappeler quel jour on était. Il voulut poser la question en arabe, mais les mots de son dialecte natal s'interposaient. Mais eux non plus n'arrivèrent jamais jusqu'à ses lèvres. À leur place, il émit un bredouillement qui devait être interrogatif — en tout cas, Studer était persuadé d'avoir ainsi posé clairement la question qui lui tenait à cœur.

Un étonnement souriant se peignit sur le visage d'Ahmed. Puis il fit trois gestes, qui bouleversèrent toutes les conceptions occidentales de Studer vis-à-vis du temps. Il tendit ses mains ouvertes, puis leva les bras et laissa retomber les mains sur ses genoux. Il leva alors la main droite, le poing fermé mais l'index dégagé. Ensuite, il porta l'index à ses lèvres, puis le pointa en direction du ciel...

Et ces mouvements étaient si éloquents, que Studer n'eut pas de peine à les interpréter :

« Homme ! Mon frère ! Comment veux-tu tenir le temps dans tes mains ouvertes ? Si tu songes à l'éternité, le désespoir te saisira... Mais Lui, l'Éternellement Silencieux, sur Son trône céleste, qu'a-t-Il à faire du temps quand l'éternité Lui appartient ? »

L'inspecteur songea sombrement qu'après avoir vu et compris ces gestes, il lui serait à jamais impossible de reprendre ses fonctions dans la police bernoise. Il se vit le matin : il se levait, se rasait... L'appartement sentait bon le café. Déjà sept heures et demie. À huit heures, il devait être à son bureau... Mais soudain : deux mains s'ouvrent, un index se pointe vers le ciel... Aller au bureau ? À quoi bon ? Le bureau, le service, les bienfaits de la culture occidentale — l'activité, le temps de travail, le salaire à la fin du mois — qu'en restait-il ? À quoi bon tout cela ? Au nom d'Allah, à quoi bon ?... On sombrait dans l'océan d'éternité, on mourait. Pourquoi agir ? Pourquoi se donner de l'importance, voyager avec de faux papiers, rechercher des disparus, déterrer un trésor ? On n'était qu'une goutte infime dans le brouillard de l'humanité — une goutte qui s'évaporait...

Le mulâtre faisait toujours face à l'inspecteur. Son visage paraissait celui, jeune pour l'éternité, d'un dieu étranger...

« *Amr sbsi*... Bourre-moi la pipe ! »

Et la pipe en terre, à la tête minuscule, fut bourrée comme il convient. Et une tasse, comme par magie, se trouva à portée de main de l'inspecteur. Des effluves parfumés s'en dégageaient. Mais Studer n'était plus en état de constater que ce breuvage céleste était un simple thé où flottaient quelques feuilles de menthe. Il but à longs traits...

D'où venait cette musique ? Il entendait se déchaîner une danse frénétique, il voyait des femmes lancer leurs jambes loin au-dessus de leurs têtes... Puis un parfum de rose se répandit. D'innombrables roses jaunes. L'inspecteur se coucha sur la mousse humide, un jardin s'étendait autour de lui. Un jardin qui sentait la terre et la pluie d'orage. De nouveau, il sentit la pipe se glisser dans sa main. Cette fois des étoiles s'élancèrent sous ses yeux, dessinant des cercles infinis... Et la musique ? Cette musique qui résonnait ?

Comme un écho de la *Marche bernoise* jouée par des légions célestes...

... Plus tard, Studer entreprit souvent, par exemple en jouant au billard avec le notaire Münch, de dépeindre les délices du hachisch. Mais bientôt, les adjectifs lui faisaient défaut. Et il devait se rabattre sur l'expression qui était pour lui la quintessence du superlatif :

« Du nanan ! disait-il. C'était du nanan ! »...

Ahmed, le mulâtre, souriait. Il étendit deux housses à chevaux sur le sol, prit Studer par le bras — soulever les quatre-vingt-dix-huit kilos de l'inspecteur était un jeu pour lui — et l'installa confortablement sur cette couche improvisée, de manière qu'il ait bien chaud. C'est ainsi que l'inspecteur dormit dans une chambre misérable, bien loin de la capitale suisse, au fond d'un pays perdu qui ne figurait peut-être même pas sur la carte, comme il n'avait jamais dormi. Ce fut le meilleur, mais aussi le plus animé des sommeils : débordant de couleurs, de sons et de parfums...

Son crâne douloureux, le lendemain matin, rappela à Studer que tout se paie en ce bas monde. Tout au long de la route qui le ramenait à Bouk-Toub, il se sentit d'autant plus reconnaissant pour le tact dont faisait montre sa monture. Fridu posait ses minuscules sabots, sur le sol glacé, avec toute la délicatesse requise. On aurait dit qu'il savait qu'une épouvantable migraine tourmentait son cavalier... On n'entend pas impunément la musique des anges...

Il y a tant de blabla sur le désert, ses horizons infinis qui donnent le frisson... Une grave déception attendait Studer à Colomb-Béchar. C'est sûr, le sable était abondant et doré. Mais une étrange flore s'y épanouissait : des boîtes de conserve, naguère remplies de sardines, de thon, de corned-beef. Avec leurs couvercles dentelés, elles évoquaient d'improbables cactus... L'horizon était brumeux, les palmiers vert acide semblaient sortir d'une carte postale mal coloriée. Et il faisait froid, monstrueusement froid. Studer se sentait floué. Naturellement, sa chambre n'était pas chauffée. On lui adjoignit un brasero, bravant ainsi toutes les mesures de santé publique. On sait en effet que les charbons ardents dudit brasero dégagent de l'oxyde de carbone, gaz éminemment toxique. Par chance, le commandant de la garnison de Colomb-Béchar donna à monsieur l'inspecteur Fouché l'autorisation de reprendre la route dès le jour suivant. Ou plutôt, la nuit suivante : un convoi de camions partait justement pour Midelt, en passant par Bou-Denib et Gourama. L'inspecteur demanda ensuite au commandant — qui avait en commun avec Borotra non seulement son grade, mais sa corpulence — si un certain caporal Collani ne s'était pas présenté à lui en passant par Colomb-Béchar.

« Eh bien oui, gronda l'officier. Le caporal Collani s'est effectivement présenté ici. Il a eu cette insolence. Quand on pense qu'il a quitté son poste trois mois durant, il aurait été de mon devoir de mettre ce déserteur sous les verrous. Mais l'homme était si malade, il m'a prié si instamment de le laisser continuer sa route vers Gourama, que j'ai fini par donner mon autorisation.

— Était-il en uniforme ?

— Oui. Mais après son départ, un Arabe m'a raconté qu'il avait changé de tenue chez lui. Je voulais voir ses vêtements civils, mais ils avaient été revendus depuis belle lurette...

— À quoi ressemblait le caporal ?

— Il était petit, plus petit que vous, inspecteur. Dites-moi, se serait-il rendu en Europe après sa désertion ? A-t-il fait un mauvais coup là-bas, pour que vous vous lanciez ainsi à ses trousses ? »

Studer posa un doigt sur ses lèvres. C'était le meilleur moyen de répondre à peu de frais.

Et à minuit, il repartit. Il se raccrochait au souvenir de Marie, la seule bouée de sauvetage qui lui restât, coincé entre des légionnaires en armes, dans ce camion cahotant sur des routes qui n'étaient que des fleuves de glaise jaunâtres... La nuit était claire, la lune brilla jusqu'au petit matin. Ensuite vint le soleil, et avec lui un peu de chaleur. L'inspecteur était juché sur un tonneau à vin, et ses jambes s'ankylosaient à tour de rôle. Il fumait sa pipe en silence. Ses compagnons portaient ces capotes vert pâle qui ne paraissent pas assez pittoresques aux cinéastes américains, qui préfèrent les remplacer par des uniformes plus conformes au romantisme de la Légion... Leurs armes étaient rouillées, et il se demanda si elles étaient vraiment en état de servir. C'était bien la pagaille française !... L'inspecteur se mit à songer à ses lointains souvenirs de « bleu », et se réjouit de trouver matière à s'irriter. C'était un moyen d'estomper l'image d'Ahmed, le mulâtre, qui en quelques gestes avait démontré la vanité d'agir... Cependant des montagnes pelées surgissaient des deux côtés de la vaste plaine. Des villages apparurent au milieu d'olivaies, et des poules squelettiques grattaient le fumier. Des petits enfants au crâne rasé se torchaient le nez avec les doigts, sans que leurs mères y trouvent rien à redire. Des femmes menaient des ânes qui n'avaient que la peau sur les os. Elles n'étaient pas voilées, et l'on apercevait sur leur front les points bleus disposés en croix.

Et ce fut Gourama...

Le capitaine Lartigue

Le fort avait la forme d'un carré, entouré d'une muraille et de trois rangées de barbelés. Sur l'un des côtés, la gueule d'un canon de 75 mm était visible au-dessus de la muraille. Les barbelés s'écartaient à l'entrée du fort. Et un homme était adossé à l'un des piliers du portail. Il portait un uniforme kaki tout fripé, et un képi de policier qui avait connu des jours meilleurs se tenait de travers sur sa tête ronde. Entre son pantalon trop court et ses sandales, on apercevait des chaussettes de laine grise.

« Pourrais-je parler au capitaine Lartigue ? » demanda Studer.

On entendait encore les salves tirées par les soldats des camions, qui s'éloignaient dans des tourbillons de poussière.

L'homme ne bougea pas. Il se contenta de lever les yeux, et de jauger du regard longuement le nouveau venu. Il demanda « Pour quoi faire ? » et fit claquer sa langue.

Une gazelle apparut derrière la muraille. Elle les épia d'abord timidement, s'enhardit, gambada vers eux et finit par frotter son museau contre le piteux uniforme kaki.

Studer s'éclaircit la voix. L'accueil lui déplaisait — aucune discipline ! — et l'homme lui tapait sur les nerfs. Quatorze heures de trajet dans un camion ne contribuent guère à adoucir les mœurs. L'inspecteur sortit son insigne. « *Police!* * » lança-t-il d'un ton rogue. L'homme en kaki haussa les épaules et caressa la tête de la gazelle. Studer exhiba son passeport, posa le doigt sur la recommandation du ministère de la Guerre — l'homme se mit à ricaner avec impudence.

« Conduisez-moi au capitaine ! rugit Studer.

— Et si c'est moi, le capitaine ?

— Dans ce cas, vous êtes sacrément mal élevé !

— Vous voulez m'apprendre la politesse ?

— Je pense que ça ne vous ferait pas de mal ! Vous n'êtes qu'un malotru, monsieur !

— Et vous un espion !

— Répétez !

— Vous êtes un espion !

— Et vous un imbécile !

— Voilà un mot que seul un boxeur peut se permettre ! Savez-vous boxer, espèce de tas de graisse ? »

Cette dernière allusion piqua l'inspecteur au vif. Son pardessus vola dans les airs, jusqu'au barbelé où il s'accrocha — peu importait à Studer. La veste prit le même chemin. Puis l'inspecteur Studer — alias Fouché — fit une chose qu'il n'avait pas faite depuis sa jeunesse héroïque. Il se mit à retrousser ses bras de chemise.

Et il se mit en position de combat.

Il avait conscience de manquer d'entraînement. Mais il avait fait mordre la poussière à bien d'autres adversaires que ce morveux d'officier français qui ne portait même pas ses galons !

Soudain, l'homme éclata de rire. Un rire agréable. « Pardonnez-moi, inspecteur. Je suis d'une humeur de chien, aujourd'hui. Vous m'avez montré votre passeport. Inspecteur Fouché, n'est-ce pas ? De la police lyonnaise ? Moi-même, je suis de Lyon. Je me rappelle parfaitement votre nom, on parlait souvent de vous de mon temps. À vrai dire, est-ce qu'on ne vous disait pas mort ? Abattu lors d'une rafle ? Il semble que non, puisque vous voici devant moi. Remettez votre veste et votre manteau, ou vous allez nous faire une pneumonie. J'ai déjà suffisamment de malades sur les bras dans la garnison. Venez plutôt boire quelque chose. »

Une vraie douche écossaise ! Studer avait eu froid

dans le dos quand l'homme avait dit qu'il était de Lyon. Puis il s'était senti tout réchauffé à l'idée de boire un verre. Son visage, cependant, resta impénétrable quand il demanda :

« Ah bon, vous êtes de Lyon ? On m'avait dit que vous étiez originaire du Jura, et donc un compahem... et donc à moitié suisse... Mais c'est Lyon, en fait, le berceau de votre famille ?

— Si l'on veut, dit le capitaine Lartigue. Mes parents étaient originaires de Saint-Imier, mais mon père a fondé une horlogerie à Lyon. Il m'est arrivé d'aller en Suisse, cependant. Et regardez où je me retrouve... Mais vous devez avoir faim. Venez ! »

Des cours bordées de baraques... Des toits en tôle ondulée, si lisses qu'ils réverbéraient les rayons du soleil comme des miroirs géants. Des hommes vêtus de toile bleue passaient furtivement, portaient une main indolente à leur front — on ne savait si c'était un salut militaire ou un signe amical...

Un de ces hommes se planta devant le capitaine et dit, sans se mettre au garde-à-vous : « J'ai de la fièvre ! »

Le compagnon de Studer s'arrêta, saisit le poignet de l'homme. Au bout d'un moment, il le relâcha, réfléchit puis tapa sur l'épaule du soldat qui attendait :

« Va t'aliter, mon petit, je t'envoie la sœur... »

Au mot de « sœur », l'inspecteur Studer sursauta. Et si... et si... Mais il écarta cette pensée d'un geste qui lui était propre : sa main chassa de son visage des mouches invisibles...

Le capitaine Lartigue reprit son chemin. Studer le regardait de biais : quel genre d'homme était-ce ? Sa voix pouvait se faire douce comme celle d'une mère...

« Nous avons beaucoup de malaria dans le fort, dit le capitaine avec tristesse. La région est insalubre. Il arrive que la moitié de la garnison soit sur le flanc... Ce n'est pas une forme ordinaire de paludisme. La quinine est presque impuissante... Une vraie calamité ! Si le résident de Fez ne nous avait pas envoyé une infirmière de la Croix-Rouge... »

Studer respira. Marie était sténodactylo, pas infirmière. Mais... il y avait un mais. Si un inspecteur bernois avait pu endosser la personnalité d'un policier français, pourquoi Marie n'aurait-elle pas réussi à se métamorphoser en infirmière de la Croix-Rouge ?

« Cette infirmière, demanda Studer, sans parvenir à maîtriser le tremblement de sa voix. Cette infirmière qu'on vous a envoyée... Est-elle capable ? »

Le capitaine regarda Studer. Son regard manquait d'aménité...

« Très capable, répondit-il sèchement. Mais qu'est-ce qui vous amène dans ma garnison perdue, inspecteur Fouché ? »

Ce regard... Cette façon d'insister sur son faux nom... Béni soit le béret qui dissimulait son front, où des gouttes de sueur commençaient à perler !...

« C'est une longue histoire, dit l'inspecteur bernois.

— Les plus longues ne sont pas toujours les plus belles, rétorqua le capitaine. Personnellement, je préfère les histoires qui ne durent pas trop longtemps. »

Ils marchèrent en silence. Au milieu du fort, se dressait un édifice qui ressemblait à une tour particulièrement large. Un escalier casse-cou permettait de gravir son mur extérieur.

« Je vous montre le chemin, inspecteur Fouché. Inspecteur Jakob Fouché, n'est-ce pas ?

— Non, Joseph. Joseph Fouché.

— C'est cela, Joseph. Excusez-moi. Donc, je vous précède, monsieur Joseph Fouché. Cette fois, je n'écorche pas votre nom ?

— Non, c'est bien ça. » Vite, pendant que son tourmenteur lui tournait le dos, Studer se précipita sur son mouchoir. L'intérieur du béret était trempé. Et ce mouchoir !... Voilà ce qui arrivait, quand on avait une femme modèle, qui brodait comme une fée — le monogramme sautait aux yeux, dans un coin : J.S., Jakob Studer... On ne peut pas penser à tout.

L'escalier ne comportant pas de main courante, l'ascension se révéla des plus éprouvantes... Ils arrivèrent au sommet dans une pièce très haute et lumineuse, en forme de carré, blanchie à la chaux... Elle rappelait l'appartement du Spalenberg...

En face, une immense porte vitrée donnait sur une terrasse sans balustrade. La porte était ouverte, et le soleil inondait la pièce. Les murs étaient recouverts de tapis marocains, rouge, noir, blanc... Et au-dessus de ces tapis, des livres s'alignaient sur des étagères...

« Asseyez-vous, inspecteur Fouché. Joseph Fouché, c'est bien ça ? Je suis heureux d'accueillir ici un Lyonnais. Comment va Locard ? »

Étant donné que Locard est une étoile au firmament de la criminologie, Studer ne fut pas pris de court. Sa dernière conversation avec lui remontait à un an.

« Il va bien, toujours égal à lui-même... » Et Studer se lança dans une histoire qu'il tenait de Locard.

« Vous n'avez pas du tout l'accent lyonnais », dit Lartigue sans lever les yeux. Il remplit deux verres.

« Oui... c'est vrai... bredouilla Studer. J'ai été

détaché à Lyon, mais en fait je suis originaire de Bellegarde. Voilà...

— Ah ! mais alors vous êtes tout à fait voisin de la Suisse, constata le capitaine.

— Absolument... » La réponse jaillit un rien trop vite.

« C'est bon... Et que désire apprendre Son Excellence le ministre de la Guerre ? Il faut que vous sachiez que je suis très mal noté. D'où mon affectation dans ce trou perdu. Mais naturellement, si je puis vous être de quelque utilité...

— Il s'agit... » commença Studer, qui demeura court.

Le silence se prolongea. Enfin, le capitaine eut pitié de son hôte. « Vous devez être épuisé, inspecteur, dit-il d'un ton d'où était bannie toute ironie. Vous savez, le mieux que vous ayez à faire est de vous accorder un petit somme. Mon lit est à votre disposition, en attendant qu'on vous en ait déniché un autre. J'ai à faire, maintenant, je vous laisse. Dormez bien. »

... Et voilà, le piège était refermé. C'était écœurant, il n'y avait pas d'autre mot. Écœurante, cette nécessité d'assumer une identité mensongère. On se sentait oppressé, entravé, privé de sa liberté de mouvement. Et quoi de plus écœurant, aussi, que de mener en bateau ce capitaine Lartigue. Car c'était un chic type... Studer n'avait pas été chercher sa connaissance de l'humanité dans les livres. Son savoir ne s'intitulait pas physiognomonie, graphologie ou phrénologie. L'inspecteur savait simplement s'ouvrir aux autres, accueillir leur influence — après quoi, il se fiait à son instinct...

Quel homme, ce Lartigue ! Rien que la façon dont il avait parlé à ce légionnaire, en l'appelant « mon petit... » Et son défi, à l'entrée du fort !...

Il avait une tête ronde, couverte de cheveux blonds et courts. Et des yeux bleus dans un visage large, au menton volontaire.

L'appel prolongé d'un clairon troubla le silence. Trois notes graves, une note plus élevée, encore quatre notes graves... La dernière s'attarda longtemps avant de se dissiper, laissant une impression de tristesse...

Studer se releva et sortit sur la terrasse. Un instant, l'absence de balustrade lui donna le vertige. Mais il l'oublia bientôt, captivé par le spectacle qui se déroulait dans la cour.

La compagnie y était réunie au grand complet. Un homme à la barbe bouclée, qui se tenait au milieu de la cour, cria un ordre quand il vit le capitaine apparaître à l'angle d'une baraque. Les légionnaires s'immobilisèrent, muraille impassible. Ils portaient des tenues de toile bleue, une écharpe de flanelle grise leur serrait la taille. Le capitaine Lartigue leva la main, et prononça un bref discours dont le vent du nord, descendant des montagnes rouges, emportait l'écho. L'impassibilité des soldats se relâcha. La gazelle en profita pour se faufiler jusqu'au capitaine, dont elle quêta les caresses. Soudain, les soldats éclatèrent de rire. Une boule de poils noirs accourait dans un tourbillon de poussière. Avec des jappements frénétiques, la boule noire bondit sur le capitaine, et renifla la gazelle en remuant la queue, avant d'éternuer bruyamment. Un scottish-terrier...

Le capitaine parcourut les rangs, et Studer ne comprit pas tout de suite ce qu'il faisait. Il s'arrêtait devant chaque homme. Le soldat ouvrait la bouche, et le capitaine y glissait une petite pilule blanche. Puis il passait au suivant...

Un ordre bref. La muraille humaine se figea. Un signe de la main — elle se disloqua.

« Que leur avez-vous fait avaler, capitaine ? » demanda Studer quand le capitaine le rejoignit dans la tour, le terrier gigotant sous son bras.

« De la quinine... Je nourris mes hommes à la quinine. Deux grammes par jour... Ils ont tous des bourdonnements d'oreille, et impossible de s'en débarrasser...

— De la quinine », répéta Studer. Et soudain, il se frappa bruyamment le front.

« Que se passe-t-il, inspecteur ?

— Rien, ce n'est rien », dit Studer d'un air absent. Il revoyait la courbe de température : quelle était l'annotation du 20 juillet ?

« *Sulfate de quinine 2 km*.* »

Depuis quand prescrivait-on des kilomètres de quinine ? Mais l'annotation précédait ou suivait immédiatement la mention SSO ! C'est-à-dire que le trésor était enterré près d'un chêne-liège, à proximité d'un rocher rouge en forme d'homme, à deux kilomètres au sud-sud-ouest de Gourama...

« Avez-vous une boussole ? » demanda Studer, sans même s'apercevoir qu'il arpentait en gesticulant cette pièce étrangère... Il finit par s'arrêter, gêné, et rencontra les yeux indéchiffrables du capitaine. Étaient-ils railleurs ? Ou compatissants ?...

« Vous voulez une boussole, inspecteur Jakob... pardon : Joseph Fouché ? »

Que lui voulait cet homme avec son « Jakob » ? Savait-il quelque chose ?

« Oui, s'il vous plaît, dit Studer, mal à l'aise.

— Voici. Je vois que vous avez envie de faire un petit tour. Ne vous gênez pas pour moi. Vous pouvez aller manger un morceau à la cantine, demandez à un soldat de vous la montrer. Et ce soir, vous dînerez chez moi. Maintenant, il est temps que je dorme un peu. Au revoir ! »

Sur ces mots, Studer fut congédié. Il redescendit l'escalier périlleux, pénétra dans la première baraque qu'il vit et demanda une pelle. Puis il s'enquit de la route du ksar.

La pelle avait un manche court, et sa palette de fer était enveloppée dans un étui de cuir. Un outil bien conçu.

Le ksar était en fait le village indigène. Il dressait ses maisons en briques crues, qui ressemblaient à des tours, à environ un kilomètre du fort. Sortant du ksar, l'inspecteur prit la direction sud-sud-ouest. Étant donné que ses pas couvraient à peu près quatre-vingts centimètres, pour parcourir deux kilomètres il ne lui faudrait pas moins de deux mille cinq cents pas... Heureusement Studer put arrêter ses calculs au millième pas : il apercevait un chêne-liège. Près de l'arbre, un rocher rouge évoquait de loin un homme au garde-à-vous. Mais la pelle si bien conçue se révéla superflue. Le rocher surplombait un trou béant — et vide.

Conclusion ? Quelqu'un l'avait pris de vitesse. Une conclusion si évidente qu'elle donnait envie de hausser les épaules... Mais qui était ce quelqu'un ? Pour le moment, c'était sans importance. Un autre fait était plus préoccupant : le capitaine Lartigue était manifestement au courant. Sa façon d'insister sur son prénom était suffisamment éloquente : « Inspecteur Jakob... pardon : Joseph Fouché. »

Eh bien, on s'appelait Jakob, et alors ? On naviguait sous un pavillon d'emprunt... Et ça, c'était plus ennuyeux. Le vin était tiré : l'heure était venue de le boire. Objectivement, l'inspecteur n'avait encore jamais eu à faire face à une telle situation. En Suisse, il avait toujours une porte de sortie. Des amis à la police, et l'appui des autorités pour couvrir ses arrières... Mais à Gourama ? À Gourama, il ne pouvait compter que sur lui-même. Il était acculé. Par exemple, le sympathique capitaine Lartigue pouvait parfaitement le faire arrêter si ça lui chantait, et l'envoyer sous bonne escorte à Fez. À moins qu'il ne préfère un procès expéditif, et le peloton d'exécution... Dans le cas d'un procès en règle, un autre horizon s'ouvrait : le pays du poivre, Cayenne... L'inspecteur se réjouissait déjà des articles de la presse suisse : « Nous apprenons avec regret qu'un inspecteur émérite de la police cantonale de Berne, à la suite de ce que le gouvernement français a qualifié de grave violation du droit international... Les démarches entreprises à Paris par notre plénipotentiaire au nom des autorités fédérales sont malheureusement restées infructueuses. Le Conseil fédéral, lors de sa séance du 2 février, a décidé de nommer une commission chargée d'examiner les mesures à prendre dans ces circonstances regrettables. La commission se réunira dans les semaines à venir, et en attendant désignera un comité qui chargera un expert reconnu du droit international d'examiner toutes les modalités de cette triste affaire... Dernière heure. Nous apprenons que la commission s'apprête à confier à une sous-commission les premières investigations. On espère que ce fâcheux incident sera réglé dès l'an prochain... » C'est ainsi que les choses se passaient : à coups de commissions, contre lesquelles on ne pouvait rien... Mais peut-être serait-il inutile de constituer une commission ? Peut-être était-il à deux doigts d'être tiré d'affaire ?

Un point surgit à l'horizon, une forme minuscule. Studer sortit ses jumelles de sa poche. Un mulet ! Et sur le mulet, une tache blanche. Peut-être sa planche de salut ?

C'est dans cet état d'esprit que Studer arriva au fort, qui sommeillait sous les rayons obliques du soleil. Le soir était proche. Près du poste de garde, l'inspecteur vit deux lourdes portes de bois. Manifestement, c'était là qu'on enfermait les prisonniers. Peut-être un policier suisse dormirait dès cette nuit derrière l'une de ces portes ?...

Studer restitua la pelle à son propriétaire. Puis il repartit à l'assaut de l'escalier de la tour. En haut, personne ne répondit quand il frappa à la porte. Il entra. Sur un divan, dans un coin de la pièce, le capitaine Lartigue dormait. Blottis entre son corps et le mur, la gazelle et le scottish-terrier étaient couchés paisiblement l'un contre l'autre. Ils levèrent tous deux des yeux endormis sur l'inspecteur. Le chien redressa un instant la tête, puis la laissa retomber sur ses pattes. Studer s'assit doucement dans un fauteuil, prit un livre ouvert sur une table basse et commença à lire. C'était des vers, en français, d'une tristesse mélodieuse. Ils s'harmonisaient avec son humeur. Seul un prisonnier avait pu les écrire.

Le ciel est, par-dessus le toit,
Si bleu, si calme !
Un arbre, par-dessus le toit
Berce sa palme.

Ses paupières se firent lourdes, il s'endormit...

Et le sommeil qu'ils partagèrent tissa entre ces quatre êtres comme un lien invisible. Quand ils s'éveillèrent, au bout de quelques heures, ils paraissaient heureux de se retrouver ensemble.

Le capitaine dit : « Alors, inspecteur, vous aussi vous avez fait un petit somme ?

— Que diriez-vous d'un vermouth, mon capitaine ? » répliqua Studer.

La gazelle et le chien jouaient à cache-cache autour du fauteuil de l'inspecteur. Soudain ils s'arrêtèrent, et fixèrent sur Studer des yeux amicaux. La gazelle avait un regard humide, comme une fille amoureuse. Le chien, lui, ressemblait à un très vieux nègre. L'atmosphère était d'une intimité délicieuse.

Et dehors le soir s'étendait, frais et rose. On aurait dit une glace à la framboise ! Par la porte ouverte de la terrasse, une brise soufflait. Entre des nuages moelleux comme de la confiture, on apercevait quelques étoiles aussi rondes, blanches et luisantes que la chair des noisettes. La lune vint dissiper cette fantasmagorie pour pâtissier.

Une lune blanche, immense. La lumière qu'elle répandit sur les baraques et les cours évoquait des draps fraîchement lavés. Au loin, un clairon recommença sa plainte. Ce fut une suite de trilles, d'ornements — et comme un grand chanteur italien, il prolongea si exquisément l'avant-dernière note qu'on redoutait le moment où reviendrait la note initiale... Mais à peine se fut-elle dissipée, qu'un chant assourdi s'éleva... Un chant qui s'accordait au soir, à la plaine, à la clarté de la lune. Parfois une voix d'homme se détachait, aiguë, du chœur des voix profondes qui l'accompagnaient...

« Ce sont les Russes qui chantent », murmura le capitaine.

Studer écoutait avec recueillement. Il éprouvait

une émotion inconnue, si loin de sa vie quotidienne... Voilà donc ce qu'était la Légion, la Légion étrangère : le chant du rêve profond, de la nostalgie des chevaux, des montagnes, des plaines et de la mer.

Lartigue gisait sur le divan, les mains sous la nuque... Il respirait ces chants comme un parfum capiteux... Soudain, les voix se turent. Le capitaine sauta sur ses pieds.

« Vous êtes à la recherche de Collani, le caporal extralucide... Ne dites pas le contraire, inspecteur ! » Lartigue se dirigea vers la petite porte ouvrant sur l'escalier, et siffla. En bas, des pas s'approchèrent. Le capitaine donna un ordre à voix basse. Puis il ferma la porte, et enflamma avec une allumette le bois empilé dans la cheminée. Une odeur de thym se répandit dans la pièce.

« Dois-je allumer une lampe ? À moins que la lune ne vous suffise ? »

Studer hocha la tête. Il se sentait incapable de parler. Le capitaine dut comprendre l'état d'esprit de son hôte, car il remplit en silence deux verres d'un liquide incolore. Studer vida son verre. C'était fort à vous arracher la gorge, mais ça réchauffait...

« C'est de la liqueur de datte, expliqua le capitaine. Le Juif qui me fournit en troupeaux de moutons m'en a donné trois bouteilles. Un petit bakchich... Il a bien fait, d'ailleurs, sans quoi je l'aurais occupé à mouler des briques pendant deux mois, pour lui apprendre à vouloir me rouler. Ses moutons n'avaient que douze kilos en poids vif, c'est nettement insuffisant... Mais je vous ennuie, inspecteur Jakob... pardon... Joseph Fouché... »

Au contraire ! C'était exactement le genre de choses qui intéressaient Studer. Toutes ces tâches qui incombaient à un commandant de garnison ! Il fallait être à la fois médecin, marchand de bestiaux, chef de guerre, administrateur inflexible et confident paternel...

« Qui est votre supérieur hiérarchique, capitaine ? demanda-t-il. De qui recevez-vous vos ordres ?

— Moi ? » Un sourire satisfait s'épanouit sur le visage du capitaine. Un sourire qui ne respirait pas précisément la bienveillance. « Moi ? répéta-t-il. Je suis un petit roi. Je n'ai de compte à rendre à personne, sinon au résident, à Fez. Officiellement, ma compagnie fait partie du 3e régiment. En fait, elle est considérée comme un bataillon. Et puis, le colonel du 3e régiment est si loin... À Rabat, vous imaginez... Quatre cents kilomètres à vol d'oiseau. Je suis donc chef de bataillon, et commandant de la place. Et la campagne qui nous entoure est également soumise à mon autorité. Vous voyez donc, cher inspecteur Fouché... c'est bien ça, Joseph Fouché — n'est-il pas curieux que vous portiez le nom même du ministre de la police de l'Empereur... vous voyez donc que rien ne m'oblige à prendre des gants avec vous. »

Bienveillant ou non, le sourire s'était effacé des lèvres du capitaine. Sa bouche était serrée, ses lèvres avaient pâli.

« Ce monsieur qui arbore le nom d'un ministre du Premier Empire — à bon droit, nous voulons le croire — si je le fais passer par les armes sans autre forme de procès, personne ne trouvera rien à redire à cette opération de salut public. Car c'est le terme qui convient à l'exécution d'un espion, vous me l'accorderez... Pour respecter les formes, peut-être convoquerais-je une petite cour martiale : un lieutenant, deux sergents, deux caporaux. Cinq hommes...

et moi-même, à la fois instructeur et juge du procès ! Vous seriez chargé de votre propre défense. Naturellement, le réquisitoire me reviendrait : “Vous avez devant vous un homme qui circule dans un territoire occupé, grâce à de faux papiers. Je le soupçonne d'espionnage. Nous n'avons aucune escorte disponible pour le transférer à Fez. C'est donc à nous de le juger. Nous y sommes autorisés par la loi. Étant donné qu'il s'agit d'une affaire d'espionnage, et que je ne puis produire publiquement les pièces à conviction — les intérêts de la France sont en jeu ! — il n'y a qu'une seule sentence possible : la mort.” Que répondriez-vous à cela, inspecteur Jakob — pardon, Joseph Fouché ?

— Ai-je le droit de fumer une pipe ? » demanda Studer, impassible. Il sortit sa blague à tabac, et commença à bourrer sa pipe, posément, en tassant le tabac avec son pouce. Il se leva, et se tint un instant au milieu de la pièce, géant immobile. Puis il se dirigea d'un pas lourd vers la cheminée, se pencha et alluma sa pipe à une brindille enflammée. Revenu à son fauteuil, il s'assit et souffla un nuage de fumée au visage de Lartigue : « Après que le tribunal aurait répondu à ma première question, je poursuivrais ainsi : “Messieurs ! Il est vrai que je voyage avec de faux papiers. Mais je ne me suis jamais livré à l'espionnage. Je suis un policier suisse. J'ai été chargé d'enquêter sur un double meurtre, et je suis bien résolu à... à...” Studer cherchait un verbe pour terminer élégamment sa phrase, mais ne trouva rien de mieux que : “... à le résoudre. Voilà.” »

Il se tut, et ses doigts tâtonnèrent au-dessus de sa lèvre supérieure, à la recherche de sa moustache... Tripoter sa moustache l'avait toujours aidé à garder son calme lors d'entretiens pénibles. En désespoir de cause, il dut chercher refuge dans un long raclement de gorge. Il reprit enfin : « Du reste — je veux jouer avec vous cartes sur table, capitaine — je représente ici non seulement les intérêts de mon pays, mais ceux d'une jeune fille, dont le père, non loin d'ici... Mais je crains que tout ça n'intéresse guère votre tribunal. Pour parler un langage qu'il comprenne, j'exigerais donc en premier lieu d'être traité en tant que représentant de la Confédération helvétique. Et comme j'ai peu de chance d'obtenir satisfaction sur ce point, je me permettrais de recourir dans mon cas à la légitime défense. À ce propos, deux brownings permettent de tirer seize coups, si je sais encore compter.

— Magnifique ! s'écria le capitaine Lartigue. Vous êtes bien tel que Marie vous a décrit.

— Mar... » commença Studer.

Mais une voix féminine l'interrompit :

« Bonsoir, cousin Jakob ! »

Studer attrapa la bouteille contenant la liqueur de datte. Il remplit son verre, le vida, le reposa.

« Bonsoir, ma petite ! » Sa voix était tranquille.

Une matinée au fort de Gourama

« Cousin Jakob, demanda Marie, as-tu la courbe de température ? »

Studer hocha la tête à plusieurs reprises. On aurait dit un poussah qui ne pouvait plus s'arrêter. Marie s'était assise sur le divan, où le capitaine avait dormi si profondément avec le chien et la gazelle. Et Studer restait enfoncé dans le fauteuil où lui aussi avait senti le repos l'envahir et ses yeux se fermer. Sur la table basse, le livre était toujours ouvert à la page du poème :

Le ciel est, par-dessus le toit,
Si bleu, si calme!

Mais depuis l'instant où Marie était entrée dans la chambre, l'atmosphère avait changé. La jeune fille portait un tablier blanc d'infirmière, et ses cheveux étaient recouverts d'un voile qui encadrait son front. Sur la bordure du voile, une croix rouge sautait aux yeux. Le maintien de la belle infirmière était modeste : les coudes sur les genoux, les mains jointes. À côté d'elle, dans son uniforme fripé, le capitaine Lartigue était presque couché en arrière, les épaules appuyées sur un coussin bleu foncé. Le chien et la gazelle s'étaient couchés à ses pieds, confondus en une pelote de laine beige et noire. Oui, dit Studer, il avait la courbe de température... Ou plus exactement, il en avait la moitié. L'autre moitié était en sûreté à Berne, dans une étude de notaire.

Ce fut au tour de Marie de hocher la tête. Et elle aussi semblait ne plus pouvoir s'arrêter. Enfin, elle sortit de sa torpeur : N'y avait-il aucune cigarette dans cette chambre? Le cousin Jakob — elle le nomma en français : Jacques — fumait la pipe, et elle alors?... Studer soupira. Depuis le début de cette affaire diabolique, que de noms différents il lui avait fallu endurer! Pour Madelin il était « Studère ». Pour la dame qui enseignait la danse : « Stioudeu ». Murmann l'appelait « ce vieux Jakob », et son passeport indiquait : « Joseph Fouché ». Hedy s'amusait à l'appeler « Papa », et Marie l'avait baptisé « cousin Jakob ». Mais « Jacques » !... C'était trop! Et tandis que le capitaine Lartigue sortait de sa poche un paquet bleu et le tendait à Marie — un paquet identique à celui qui gisait, dans le compartiment de l'express Paris-Bâle, à côté d'une jeune inconnue... — l'inspecteur Studer, de la police suisse, entreprit d'exprimer à haute voix sa révolte silencieuse.

Mais il aurait pu tout aussi bien jodler : ils ne l'entendaient même pas. Il eut un petit pincement de cœur. Lartigue regardait Marie, et elle n'avait d'yeux que pour le capitaine. Et lui était le « cousin Jacques »... On disait jadis en français, *faire le Jacques**. Ce qui revenait à peu près à « être l'idiot du village ». Et l'inspecteur, Dieu sait pourquoi, ne parvenait pas à se sortir de la tête cette expression désuète...

Que leur importait, à ces deux bienheureux sur le divan, la courbe de température ou le trésor enfoui près du chêne-liège ! Qu'est-ce qu'avait à faire le capitaine Lartigue, ce petit roi, de deux vieilles femmes qu'une mort misérable attendait dans leur cuisine ? Comment deux amoureux auraient-ils pu penser à « l'affaire du siècle », cette chimère qui fait battre le cœur de tous les criminologues ? Studer soupira, et comme tout en soupirant il tapait sa pipe contre un cendrier pour la débourrer, les deux tourtereaux levèrent enfin les yeux sur lui. Il était temps.

« Attendons demain, dit le capitaine Lartigue, pour passer aux choses sérieuses. Vous avez eu une journée fatigante, monsieur l'inspecteur. Nous allons dîner, après quoi vous pourrez dormir tout votre saoul. Demain, nous aviserons à régler au mieux nos affaires. »

« Nos affaires », disait ce jeune gommeux. C'est ça ! Nos affaires !... Encore heureux que le dîner fût inclus dans « nos » affaires. La chère était abondante, et l'atmosphère se détendit. L'ordonnance du capitaine, un Hongrois à la barbe de patriarche, assurait le service.

Côtelettes d'agneau. Risotto garni de foies de volaille. Artichauts à la mayonnaise. Salade. Fromage. Le tout accompagné d'un vin, appelé « kébir ». Kébir, expliqua le capitaine, signifie « le grand » en arabe. En l'occurrence, un nom bien porté.

On avait dressé un lit de camp dans une chambre d'officier vacante. Peu importait que le lit fût étroit : l'inspecteur Studer ferma les yeux, et sombra dans un profond sommeil. À son réveil, la pendule posée sur une chaise à côté de son lit indiquait cinq heures. Il se leva, et sortit de la chambre. Le ciel paraissait tendu de soie grège. Çà et là, des plis sombres marquaient l'étoffe lumineuse...

Au premier abord, le fort semblait plongé dans une paix de cimetière. Aucune fenêtre ne s'ouvrait dans les façades des baraques, au centre desquelles surgissait la tour du capitaine. Studer foulait presque sans bruit le sol de sable, il avait chaussé des babouches dont la semelle de cuir étouffait ses pas. Il essayait de se repérer. La sortie devait être de ce côté... Il se dirigea vers elle, dans la pensée de sortir du fort afin de tenter une nouvelle fois sa chance au pied du chêne-liège.

Il arriva à la sortie. Sur une bouteroue, un légionnaire était assis, son fusil appuyé contre la muraille. Le visage enfoui dans les mains, il dormait. À droite de la sortie, une baraque sautait aux yeux. Elle était pourtant bâtie sur le même modèle que les autres : murs blanchis à la chaux, toit de tôle ondulée... Mais ses deux lourdes portes de bois étaient munies de verrous impressionnants, dont les extrémités s'encastraient dans le mur. Et surtout, elle avait deux fenêtres. Deux fenêtres ! Soigneusement grillagées...

Profitant du sommeil du garde, Studer se glissa jusqu'à une de ces fenêtres. Elle était si haute qu'il dut se hisser sur la pointe des pieds, mais enfin l'intérieur de la baraque s'offrit à ses yeux.

Une cellule... Elle devait faire tout au plus 2 m de long sur 1,50 m de large. Dans un coin, un bloc de ciment en guise de lit. Un homme était assis sur ce bloc. La cellule était si obscure qu'il était malaisé de discerner ce qu'il faisait. Studer se pencha, tout en s'appliquant à ne pas projeter d'ombre avec sa tête. Il n'aurait pu dire lui-même pourquoi il lui paraissait si important de ne pas être repéré par le prisonnier. Maintenant, il le voyait distinctement : l'homme tenait à la main des cartes crasseuses. Il les battit, les posa à côté de lui, coupa... Puis se mit à les disposer en rangées.

Quatre rangées, on les distinguait clairement. Quatre rangées de neuf cartes. Puis l'homme secoua la tête, ramassa les cartes, les battit de nouveau, coupa — de la main gauche — et commença un nouveau jeu solitaire.

Il sortit trois cartes, en choisit une, et mit les deux autres de côté. Il recommença, et cette fois écarta les trois cartes. La fois suivante, de nouveau, il choisit une carte, mit les deux autres de côté. Il continua ainsi jusqu'à la dernière carte. Après quoi il prit le tas des cartes qu'il avait mises de côté, les battit, coupa — et se livra au même manège. Les cartes qu'il avait choisies étaient disposées de façon étrange — elles semblaient dessiner une croix.

Le garde était toujours plongé dans son sommeil. Mais le fort, lui, sortait de son assoupissement. On entendait au loin des bruits de casseroles. Des mains invisibles tiraient le rideau de soie grège. Et le ciel apparut, d'un bleu de vitrail.

L'inspecteur tressaillit. À trois pas de lui, un clairon faisait retentir son chant matinal à travers le fort... Était-il caché derrière un mur ? Studer quitta son poste d'observation, et découvrit effectivement un uniforme vert pâle. Le légionnaire dirigeait son instrument vers le soleil terne et fatigué, qui venait de se hisser au sommet des montagnes rouges... C'était comme si le matin recevait cette musique en plein visage.

Le silence était rompu. On entendit dans les baraques tousser, jurer, pester... D'un coup, l'air paraissait saturé d'arôme de café. Des silhouettes se faufilaient, chargées de seaux remplis d'une mixture noirâtre. Leurs visages étaient maigres et poussiéreux. À plusieurs reprises, l'inspecteur fut poussé sans ménagement par ces porteurs de café, qui semblaient avancer en aveugle. Mais Studer ne prêta pas attention à ces bourrades. Une image le hantait : un homme seul dans sa cellule. Il tire les cartes pour lui-même, après une nuit d'insomnie sur un bloc de ciment, sans couverture pour le protéger du froid... Profitant des premières lueurs du matin, il tente de soulever pour un instant le rideau qui lui dissimule l'avenir.

... Des cartes à Bâle, des cartes à Berne. Qu'en était-il du caporal extralucide ? De ce Giovanni Collani, qui avait déserté le 28 septembre, à Géryville, pour resurgir sain et sauf le 15 janvier, à Gourama, auprès de la compagnie montée à laquelle il appartenait ? Cette ombre dans une cellule, qui mettait à profit la pâle lumière d'un nouveau jour pour tirer les cartes — qui était cette ombre ? Dans n'importe quelle armée, une absence de plus de trois mois signifie qu'on est déserteur, et puni en conséquence. Certes, dans le cas du caporal extralucide, on prendrait son état de santé en considération. Il y avait un nom scientifique tout trouvé pour le caractériser, un nom bien ronflant : l'amnésie ! Studer se félicita d'avoir trouvé le mot juste. Ce n'est pas parce qu'on n'est qu'un modeste policier helvétique, qu'on ignore les beautés de la science...

L'amnésie !... Un beau mot. Mais l'inspecteur avait constaté de ses propres yeux que le caporal extralucide était sous les verrous ! Même en admettant que ledit caporal ne fît qu'un avec Victor Alois Cleman, alias Koller, meurtrier d'Ulrike Neumann, comment aurait-il pu se rendre à l'emplacement du trésor, près du chêne-liège ? Comment ? Rien de plus simple.

Il avait un complice.

Mais une nouvelle question s'imposait alors : comment ledit complice et lui-même comptaient-ils monnayer le trésor ?

D'un côté, Cleman, le géologue devenu ou non le caporal extralucide, aidé de son complice... Bien ! De l'autre, le canton de Berne et Marie Cleman, représentés par l'inspecteur Jakob Studer. La partie était égale. Ou plus exactement, elle l'était si l'on faisait entrer en ligne de compte un troisième homme dans le premier camp. Un troisième homme... un dernier homme, plutôt. Afin de ne pas faire mentir le proverbe : rira bien qui rira le dernier.

Qui était ce dernier ?...

Studer avait fait sept fois de suite le tour de la même baraque, en heurtant au passage beaucoup plus de sept malheureux justement courroucés... Ils juraient, sans qu'il daignât s'en apercevoir. Ce n'était pas quelques jurons qui pouvaient arrêter le cours olympien de ses pensées...

Au huitième tour, il rentra dans quelqu'un qui ne jura pas, ce qui fit sortir sur-le-champ l'inspecteur de ses méditations. Ce quelqu'un était tout de blanc vêtu, et portait un voile. Et une douce voix disait : « Déjà levé, cousin Jacques ? »

Si Studer détestait quelque chose au monde, c'était bien les questions stupides. Il grommela donc que dans la mesure où il était en train de marcher, on pouvait supposer qu'il était levé.

« En voilà une manière de saluer les dames ! » — Les dames ? L'inspecteur se récria. Il avait bien remarqué une jeune insolente, mais pas de dame. Du reste, il fallait qu'une chose soit dite une fois pour toutes : il ne s'appelait pas Jacques. Autant dire nigaud, en bon français ! Il n'avait pas besoin qu'on lui rappelle qu'il n'était qu'une vieille bête, il était assez grand pour s'en apercevoir tout seul... Sur ces paroles acerbes, l'inspecteur voulut s'éloigner dans ses babouches. Mais Marie s'accrocha à son bras : il fallait qu'il lui pardonne, elle n'avait pas pensé à mal. D'ailleurs, rien ne tournait comme elle avait pensé. Elle avait prévu d'abord de ne venir à Gourama que beaucoup plus tard. Ensuite, elle avait espéré y retrouver son oncle Matthias, le père blanc. Mais comme l'homme ne faisait que proposer en ce bas monde, elle avait dû attendre cette nuit pour voir arriver son oncle. Si tard, du reste, vers une heure du matin, qu'elle avait prié le capitaine Lartigue de ne pas troubler le sommeil du cousin Jakob...

Les mots moururent sur les lèvres de Marie. Studer l'avait attrapée par le bras, et la regardait fixement. Effrayée, elle lui demanda ce qui se passait. Il la soumit alors à un tel feu croisé de questions, d'une voix douce mais impérieuse, qu'elle en avait le vertige.

« Essaie de te rappeler exactement ! Combien de fois le père Matthias a-t-il rendu visite à ton père ?

— Mais jamais, pas une fois !

— Pourquoi ?

— Parce que l'oncle Matthias s'est converti au catholicisme.

— Ce n'est pas une raison.

— Je n'en connais pas d'autre !

— Quel âge avais-tu, quand ta mère a reçu la lettre annonçant la mort de ton père ?

— Huit ans.

— Tu es sûre ?

— Sûre et certaine !

— En quelle année es-tu née ?

— 1909 !

— Sûr ?

— Mais évidemment ! »

Les questions s'interrompirent un instant. Studer revoyait la cuisine de la Gerechtigkeitsgasse, le père blanc jouant avec sa chéchia... Il s'entendait demander : « Quand votre frère a-t-il divorcé ? — En 1908. Il s'est remarié l'année suivante, et en 1910, Marie est née... » En 1910 ! Pas besoin du calepin de Hedy : la date était gravée dans la mémoire de Studer. 1910 ! Et Marie disait : 1909. Elle était quand même bien placée pour le savoir ! Le père Matthias se serait-il trompé ? Mais comme lapsus, c'était un peu fort...

« D'accord, en 1909. Quand as-tu vu ton oncle pour la première fois ?

— Après la mort de mon père.

— La même année ?

— Il me semble.

— Mais tu n'en es pas sûre ?

— N... non.

— Il est venu une fois, deux fois, davantage ?

— Une fois par an.

— Et il a toujours maintenu ce rythme ?

— Non, depuis cinq ans, il avait interrompu ses visites. Il nous écrivait.

— Et ta mère n'a rien remarqué dans ses lettres ?

— Si... une fois. Elle a dit qu'on voyait que l'oncle Matthias vieillissait. Son écriture tremblait de plus en plus. »

L'écriture du registre de l'hôtel *Zum Wilden Mann* ne tremblait pas du tout ! Tiens, tiens... Continuons.

« Et quand tu as revu ton oncle à Paris, tu l'as reconnu tout de suite ?

— Il... il m'a...

— Parle donc, petite !

— Il m'a paru un peu changé. Dans mon souvenir, l'oncle Matthias était plus grand. Son visage aussi était différent...

— Où ta mère conservait-elle les lettres de ton oncle Matthias ?

— Avec les souvenirs de mon père. »

Studer lâcha Marie si brusquement qu'elle manqua tomber. Mais même après avoir retrouvé son équilibre, elle ne parvenait pas à revenir de son étonnement devant l'expression du visage de l'inspecteur. Il faut dire que ce dernier s'essayait à siffler tout en arborant un large sourire — que ceux qui ne voient pas le problème essaient devant un miroir, sans rire si possible. Marie, quant à elle, ne put résister à cette vision grimaçante : elle éclata de rire.

« Ris donc, petite ! Tu sais, au bureau, à Berne, ils disent tous que ce vieux Jakob est fêlé. Nous allons leur montrer s'il est fêlé ! Et ton histoire avec le capitaine ? Vous êtes fiancés ? Oui ? Et il t'aime ? Encore une question stupide... Comment ne t'aimerait-on pas, Marie ? »

Marie ne rougit pas, ne se crut pas obligée de se donner une contenance en jouant avec son tablier ou son voile... Elle dit tout simplement :

« Si vous, vous m'aimez, cousin Jakob, et si Louis m'aime, que demander de plus ? Les autres ?... »

Elle haussa les épaules. Et Studer remarqua d'une voix brève qu'elle était bien gentille de l'avoir cité avant son fiancé... Tout allait s'arranger. Il ne fallait pas qu'elle se fasse de souci !

Marie répliqua qu'elle ne se faisait aucun souci, du moins pour elle-même. Mais lui, son cher cousin Jakob, n'était-il pas en danger ? Seul dans un pays étranger, avec en plus cette histoire de trésor sur les bras... Elle en avait entendu parler, et se disait qu'il valait peut-être mieux tout laisser tomber. Après tout, si elle épousait Louis, sa solde suffirait pour eux deux... Et puis, l'argent ne fait pas le bonheur ! Au contraire, il le corrompt !

Studer n'écoutait que d'une oreille. À la fin, il observa acidement que s'il n'y avait que Marie en cause, il ne lèverait plus le petit doigt. Mais il s'agissait de l'intérêt national. L'intérêt national ! répéta-t-il, en menaçant la jeune fille du doigt.

Marie partit en courant. Mais l'inspecteur, les mains dans le dos, ne bougea pas. Il secoua la tête, longuement, comme un cheval que des mouches tourmentent...

C'était une honte. S'être laissé ainsi mener en bateau ! Mais l'inspecteur avait des circonstances atténuantes. Il n'avait encore jamais eu à lutter contre un tel adversaire. Et il se serait fait battre à plate couture, si au dernier moment un impondérable — Impondérable ! Le mot favori d'un homme qui lui avait beaucoup appris, autrefois — oui, un impondérable n'avait changé la face des choses. C'était si simple : il suffisait que le commandant du fort de Gourama fût tombé amoureux d'une jeune fille...

Studer était bien parti pour prendre racine, mais la voix de Lartigue le tira de ses pensées :

« Que se passe-t-il, inspecteur ? Vous faites votre petite gymnastique matinale ? C'est pour assouplir votre cou que vous dodelinez de la sorte ? »

Studer leva sur lui son regard le plus obtus.

« Juste une question, capitaine ! Comment avez-vous connu Marie, si ce n'est pas trop indiscret ?..

— Nous nous sommes connus à Paris, où je passais un congé. Connaissez-vous Bullier ? »

Studer hocha la tête. Il connaissait le célèbre bal de Montparnasse.

« Nous y avons dansé ensemble... Et nous avons continué de nous voir les jours suivants, jusqu'à la fin de mon congé...

— Bon... Mais comment se fait-il que Marie soit à Gourama ?

— Le 2 janvier, j'ai reçu un télégramme... » Il sortit de sa poche un portefeuille, d'où il tira une feuille qu'il tendit à l'inspecteur. En dehors de l'adresse, il n'y avait que quatre mots : « Besoin cinq mille. Marie. »

« *Suumeitschi !* » murmura Studer.

Lartigue, peu familier des dialectes suisses, demanda des éclaircissements.

« Une bonne petite, traduisit l'inspecteur.

— Sûr, confirma sobrement le capitaine. J'aurais quand même aimé assister à l'entrevue qu'elle a eue à Fez avec le directeur des services de santé... Bien sûr, j'avais déjà réclamé à plusieurs reprises une infirmière. Mais le directeur a rang de général, et est connu pour sa misogynie... »

Studer se mit à rire, en se tapant bruyamment les cuisses. Le capitaine l'examinait du coin de l'œil, légèrement étonné. D'un coup, le rire s'éteignit. Studer se retourna, et lança d'une voix dont le capitaine ne l'aurait jamais cru capable, une voix aussi onctueuse qu'une mousse au chocolat suisse :

« Vous ici, mon père ? Comment allez-vous ? Avez-vous déjà vu cette enfant qui vous donne tant de peine ?

— Ah, inspecteur, quelle joie ! » Le menton barbu tremblotait légèrement. « Que d'excuses je vous dois pour avoir filé à l'anglaise ! Mais j'ai payé mes dettes, et n'ai causé de tort à personne. Et puis, je savais qu'on avait besoin de moi au Maroc. Toutes mes brebis égarées, inspecteur ! Elles me suppliaient de revenir ! Pouvais-je fermer mes oreilles à leur appel ?

— Mon père ! Qui aurait pu l'exiger de vous ? Ne vous ai-je pas suffisamment fait comprendre que nous autres, Suisses, sommes animés d'un zèle... »

Studer ne put aller au bout de sa phrase. D'un geste, le père Matthias l'interrompit.

« Je suis si heureux de vous retrouver en ces lieux. Nous allons pouvoir ensemble mettre le capitaine au fait du rôle qu'a joué dans cette affaire un malheureux, qui a voulu par la fuite échapper au châtiment. Mais la Légion, n'est-ce pas, capitaine Lartigue, se fait elle-même un devoir de livrer les *meurtriers*... »

L'inspecteur éprouva une satisfaction intime à voir le jeune coq qui l'avait provoqué à la boxe en guise de bienvenue, à son tour mis dans l'embarras.

« Un meurtrier ? Dans ma compagnie ? » interrogea-t-il.

Des larmes brillaient dans les yeux du père Matthias.

« Hélas ! déclara-t-il. Il n'est que trop certain. Et je suis sûr que notre cher inspecteur n'a entrepris ce long voyage, pour le compte de son pays, qu'afin d'abréger autant que faire se peut la procédure d'extradition, et d'emmener le meurtrier dès que le ministère, à Paris, aura donné son accord. Me trompé-je ? »

L'affliction se lisait sur le visage de Studer. Il hocha la tête.

À ce moment, le capitaine Lartigue intervint :

« Mais inspecteur, je croyais que vous étiez venu chercher le... »

On n'entendit pas la suite. Un accès de toux d'une violence inouïe courba en deux l'inspecteur Studer. En vain lui tapait-on dans le dos, rien n'arrêtait ce tonnerre asthmatique. Il finit par haleter :

« Ca... pi... taine... Vous... devez a... voir... dans... votre... pharma... cie... un mé... un médi...

— Mais bien sûr, inspecteur ! Suivez-moi ! »

Légèrement interloqué, le père Matthias se retrouva seul dans la cour. Toujours toussant, Studer se retourna. Et il ressentit une pointe d'envie en constatant que le moine, lui, pouvait toujours compter sur sa barbe et sa moustache pour se donner une contenance...

À l'infirmerie, Studer avala d'un coup la pilule que lui avait donnée le capitaine. Puis il souffla en toute hâte à son compagnon :

« Ne parlez pas de la courbe de température au père Matthias !... Pas un mot sur le trésor... » Studer jeta un regard soupçonneux par la petite fenêtre grillagée. Il vit le père Matthias qui accourait — dans deux secondes, il les aurait rejoints dans la pièce...

« Vous avez dit hier que vous étiez en mesure de convoquer un tribunal. C'est une excellente idée ! Faites-le dès cet après-midi, en m'accusant d'espionnage... »

À l'extérieur, un soldat retenait le père blanc. Studer se sentit si reconnaissant pour cet inconnu qu'il lui promit mentalement une bonne bouteille en récompense... « Écoutez-moi, capitaine ! Plus près !... » Et l'inspecteur se mit à déverser un flot de paroles dans l'oreille de Lartigue. Lequel manifesta d'abord quelque surprise, puis se contenta de hocher la tête de temps en temps, en signe d'assentiment... Il était temps. La porte s'ouvrit sur le père Matthias.

L'inspecteur joua son rôle à la perfection. En retenant son souffle, il parvint à donner à son visage une impressionnante couleur rouge brique. Sa bouche entrouverte, haletante, cherchait l'air...

« Je connais un remède idéal, déclara le père Matthias, dans les cas de toux chronique. Je me souviens qu'à Berne, déjà, vous aviez eu une crise violente. Il faut absolument faire quelque chose. Qu'avez-vous prescrit à notre cher inspecteur, capitaine ?

— De la poudre de Dower, grommela le capitaine, jouant la mauvaise humeur. Mais j'ai à faire, maintenant. Un rapport à expédier... Le déjeuner des officiers est servi à onze heures et demie, au mess. Vous êtes tous deux invités... »

Lartigue porta deux doigts à son képi, et quitta la pièce. Et à peine avait-il tourné le dos, que l'inspecteur ressentit à son tour le besoin urgent d'aller prendre l'air.

« Au revoir, mon père », murmura-t-il. Il sentit le

regard du petit moine dans son dos. Et ce n'était pas une sensation plus agréable que lorsque le brigadier Beugnot, naguère, l'avait pris en filature...

L'arrestation

Le même spectacle que la veille. La compagnie au grand complet dans la cour carrée. Les baraques semblaient profiter avec délices de ce répit pour se reposer un peu du vacarme continuel de leurs occupants. Elles s'étiraient paresseusement dans le soleil, dont les rayons au zénith étaient aussi brûlants qu'un mois de juillet en Suisse. Il fallait bien malgré tout que l'Afrique se fît sentir...

Studer arpentait les baraques désertes. À droite et à gauche s'étendaient deux rangées de matelas plats, rembourrés d'alfa. Des relents de fumée froide et de linge sale imprégnaient l'air. Une baraque, deux baraques... Voilà la cuisine. Cette fois, ça sentait les lentilles et le ragoût de mouton.

La chance le ramena enfin devant cette baraque différente de toutes les autres, avec ses fenêtres au grillage épais. Comme la dernière fois, Studer se haussa sur la pointe des pieds...

Il faisait clair dans la cellule, et l'homme accroupi sur le bloc de ciment était aisément reconnaissable. C'était donc lui, le caporal extralucide, dont l'histoire avait mis en branle toute cette affaire démoniaque... Un homme voûté, aux cheveux gris, aux traits accusés.

Giovanni Collani ou Alois Victor Cleman ?

Bientôt, on en aurait le cœur net.

Et comme la dernière fois, l'inspecteur tressaillit. À deux pas de lui, un clairon déchirait plus qu'il ne charmait ses oreilles... Un nouveau coup d'œil dans la cellule, et Studer vit que l'homme avait repris son jeu de cartes. Il les battit, coupa — de la main gauche. Prenant trois cartes, il en choisit une, mit les deux autres de côté, recommença... Studer quitta son poste d'observation, et s'éclipsa. Il sortit du fort. Devant lui, la plaine à perte de vue. Sur la droite elle s'incurvait, et abritait des arbres, qui n'étaient pas des palmiers. Leurs feuillages luisaient d'un éclat argenté.

Une ombre se glissa près de Studer, qui de nouveau tressaillit... Mais ce n'était que la gazelle du capitaine, qui voulait jouer. Studer caressa la tête délicate, au museau humide et frais. Pourquoi suis-je si nerveux ? s'interrogea-t-il. Je n'ai pourtant jamais été d'un tempérament impressionnable. Qu'est-ce qui me prend ? Est-ce d'être seul, sans personne à qui je puisse me fier ?

Un instant, il fut tenté de quitter le fort sans autre forme de procès. Qu'ils se débrouillent entre eux... Lui avait fait tout ce qu'il pouvait. Après tout, rien ne l'obligeait à parcourir le monde avec de faux papiers, ni à s'affubler de noms impossibles, à seule fin de procurer à son canton natal quelques millions... Lui serait-on seulement reconnaissant ? Bernique ! Le « vieux » tirerait toute la couverture à lui ! C'est lui qu'on féliciterait d'avoir reconnu l'importance de l'affaire, et pris des mesures en conséquence...

Prendre des mesures ! Alors qu'évidemment, un inspecteur... Un inspecteur n'était qu'un « exécutant » desdites mesures. Et quand bien même il aurait mené seul toute l'affaire à bien, il était et resterait un « exécutant », qui avait accompli son devoir. Rien de plus. Pour six cents francs par mois — plus des frais, calculés au centime près. Gare à lui s'il ne comptait pas jusqu'au moindre sou !... Il était arrivé à Studer qu'on refuse de lui rembourser un trajet dans l'express Bâle-Berne. Motif : il aurait pu prendre l'omnibus... Évidemment. Les poètes pouvaient bien nous faire la leçon : « À vaincre sans combat on triomphe sans gloire. » Mais les victoires remportées à la pointe de la plume ne coûtent guère... En attendant, il était temps de se rendre au mess des officiers pour le déjeuner. Après quoi...

Le capitaine Lartigue fit les présentations : lieutenant Mauriot, lieutenant Verdier. Marie était assise entre le capitaine et le père Matthias. L'inspecteur Fouché — ainsi qu'on l'avait présenté — prit place entre les deux lieutenants.

Le mess était une pièce tout en longueur, située dans la baraque où Studer avait dormi. Le potage fut expédié en silence. Suivirent des olives, accompagnées d'eau-de-vie. L'ordonnance à la barbe patriarcale servit ensuite un grand plat où trônait un agneau entier, garni de poivrons et de tomates. Il remplit les verres. Le capitaine Lartigue se leva alors, et proposa de boire en l'honneur de l'infirmière, dont la présence suffisait à améliorer la santé de la garnison. Tous se levèrent, les verres s'entrechoquèrent... À ce moment, on entendit se rapprocher des pas. Un bref commandement. La porte s'ouvrit brutalement : un caporal, suivi de quatre soldats, fit irruption dans la pièce. Les cinq hommes s'approchèrent de la table — on n'entendait que le bruit des respirations. Soudain, deux coups de feu claquèrent. Une mêlée s'ensuivit, la table se renversa, trois corps luttèrent convulsivement sur le sol...

Le père Matthias s'était réfugié dans un coin. Il recouvrit son visage de ses mains. On entendit la voix de Marie se détacher : « Louis... Donne-moi une cigarette... »

Les trois combattants se relevèrent enfin. Et le capitaine Lartigue ordonna :

« Emmenez-le ! »

C'est ainsi que l'inspecteur Studer, les mains liées dans le dos, fut poussé hors de la pièce. Le lieutenant Mauriot se pencha, et ramassa deux brownings : « Un gaillard dangereux », dit-il.

« Et comment ! approuva le capitaine tout en offrant du feu à Marie. J'avais espéré que l'effet de surprise jouerait à la faveur du repas. Mais il se tenait sur ses gardes. Encore heureux que j'aie choisi mes meilleurs hommes... Personne n'est blessé ? Vous non plus, mon père ?

— Non, non ! » gémit une voix au fond de la pièce.

« Tu vois comme j'avais raison, oncle Matthias ! dit Marie quand le père blanc eut repris sa place à côté d'elle. Je t'ai toujours dit de te méfier de cet homme. C'est un espion, qui voyage avec de faux papiers.

— Je... je l'avais remarqué, au moment des présentations, répondit le petit moine. Mais j'ai préféré ne rien dire. Je n'aime pas me mêler de ce qui ne me regarde pas !

— Une chance que j'aie averti Louis. Mais maintenant, tu ne vas pas laisser traîner les choses, n'est-ce pas, Louis ? Une petite cour martiale — et le peloton d'exécution ! Je comparaîtrai comme témoin. L'oncle Matthias aussi.

— D'accord. Mauriot, vous pourriez être notre greffier. L'adjudant Cattaneo, le sergent Schützendorf et deux caporaux se joindront à nous... »

L'homme se taisait. Il était accroupi sur le bloc de ciment qui lui servait de lit. Il se recula contre le mur, et d'un geste de la main invita Studer à s'asseoir. Puis il l'examina de plus près, émit un sifflement, cracha, et s'exclama enfin :

« Un pékin ! Qu'est-ce que tu fais ici ? »

Studer haussa les épaules. L'homme parlait un bon français, mais son accent trahissait ses origines étrangères.

« D'où es-tu ? » lui demanda Studer en dialecte.

L'homme leva les sourcils en reconnaissant son parler natal.

« De Berne, répondit-il brièvement.

— Moi aussi...

— Tiens... Toi aussi... »

Ils restèrent silencieux. Une fente, entre les planches épaisses de la porte, laissait passer un rayon de soleil. La poussière y dansait...

La fenêtre grillagée, elle, restait dans l'ombre, car le toit de tôle ondulée faisait saillie. L'homme sortit un jeu de cartes d'une poche de son uniforme. Il commença à étaler les cartes sur le bloc de ciment, dans l'espace étroit entre son corps et la muraille.

L'inspecteur lui demanda ce qu'il fabriquait.

« Bah ! Je tire les cartes. Mais je tire toujours des mauvaises cartes. Toujours le valet de pique...

— Comme naguère, à Bâle et à Berne », glissa Studer.

L'homme ne manifesta aucun étonnement. Il se contenta de hocher la tête, rêveusement.

« Exactement », murmura-t-il.

C'est alors, à Bâle et à Berne, que tout avait commencé.

Et que signifiait le valet de pique ? La mort ?

L'homme secoua la tête, avec lassitude.

« La mort ? Tu parles ! C'est moi, le valet de pique. »

L'homme battit de nouveau les cartes. Elles bruissaient étrangement dans le silence. Puis il demanda si le pékin savait tenir sa langue.

Studer répondit que oui. Il était assis sur le bloc de ciment, dans sa position favorite : accoudé sur ses cuisses, les mains jointes, il gardait les yeux baissés...

On entendait les cartes bruire, puis un silence, puis quelques mots, puis de nouveau le bruit des cartes... Studer ne leva pas les yeux, quoiqu'il dût se faire violence pour garder l'immobilité. Un vieil homme était assis près de lui — un vieil homme qui souffrait. Et il devait à tout prix résister à l'envie de se lever, de poser la main sur l'épaule du malheureux, et de lui dire : « Tu es un pauvre bougre, ils t'ont fait du mal, ils t'ont fait sortir de seize ans de sommeil. Tu avais fini par oublier, ils t'ont forcé à revivre le passé. Tout ça pour pouvoir exploiter quelques puits de pétrole... Et maintenant ? Va-t-on te laisser en paix ? Non. On va te tourmenter, te tourmenter de plus belle... Il vaut mieux que tu t'en remettes à moi : ce sera toujours moins douloureux... »

« Tu veux bien me tirer les cartes ? demanda Studer.

— D'accord ! » dit le vieil homme.

Il se retourna pour faire face à l'inspecteur, révélant ainsi un visage sillonné de rides... Le père blanc ne l'avait pas mal décrit, en cette soirée lointaine, dans un bistrot des Halles... Il avait ce visage qu'on voit parfois aux enfants infirmes, qui paraissent vieux et tristes. Sur son menton et au-dessus de ses lèvres, surgissaient quelques poils rudes... Et surimposé à ces traits rongés, un autre visage se devinait, brouillé, comme sur ces clichés exposés par erreur à la lumière... Ce même visage qu'on pouvait contempler, agrandi, au-dessus du lit de Sophie Hornuss, dans l'appartement de la Gerechtigkeitsgasse...

Et l'homme battit les cartes. Les rumeurs du fort, à travers la fente de la lourde porte, semblaient étrangement ténues, comme effilochées. Des sabots de mulets résonnaient — Studer pensa à son ami Fridu, à qui il avait tenu des propos si mélancoliques sur la route, entre Bouk-Toub et Géryville. Des souliers cloutés martelaient le sol dur — Studer revit le père blanc étendu sur le lit de repos, dans l'appartement de Kirchenfeld, et ses sandales aux semelles usées... « Voilà des sandales qui ont dû voyager, regarde, Papa ! » disait Mme Studer. Des coups de feu claquaient dans le lointain, la compagnie devait être sortie pour faire des manœuvres... Studer se dit qu'il était parfois plus difficile de manquer sciemment une cible, que de toucher un homme vivant... Les coups de feu, au mess des officiers, n'étaient qu'une mise en scène, et pourtant il avait dû prendre sur lui pour tirer en l'air au moment convenu, alors qu'il aurait eu tant de plaisir à viser quelqu'un au cœur...

La voix du prisonnier tira soudain Studer de sa rêverie. Une voix si étrangement absente, lointaine, et aux accents si enfantins, que l'inspecteur aurait voulu dire au vieillard : « Ne dis rien ! Repose-toi ! Même si tu as commis une faute un jour, il y a trente ans, tu l'as payée maintenant, et au prix fort... »

« Le neuf de cœur, murmura le vieil homme en caressant sa barbe rare, dont les poils crissèrent désagréablement. Le neuf de cœur — de l'argent, beaucoup d'argent. Et l'as de cœur. Toujours de l'argent, encore plus. Et voilà le roi de carreau — c'est toi, et la dame de carreau — c'est ta femme. Une lettre est en route. La lettre est égarée. Mais tu vas bientôt revoir ta femme. Tu vois, elle vient juste après toi dans le jeu... Coupe ! La dame de pique, la dame de trèfle et le neuf de pique. Deux vieilles femmes sont mortes. Et ces deux morts t'interpellent... Mais regarde, voilà encore de l'argent, le huit de cœur. De la chance, beaucoup de chance. Tu as de bonnes cartes. Moi, j'ai toujours de mauvaises cartes. Je tire toujours le valet de pique, et tout de suite après le dix de pique. Ça signifie : la mort... » Les vieilles mains passèrent sur la plaque de ciment — les cartes n'étaient plus qu'un paquet. Le prisonnier tenait le paquet dans sa main gauche. Il se mit à caresser les cartes.

« Tu m'as l'air intelligent, dit-il d'une voix monocorde. Je vais te raconter quelque chose... Tu n'es pas le seul qui aime entendre ce que lui disent les cartes. J'ai été marié, tu sais, deux fois. Ma première femme n'arrêtait pas de répéter : "Vicki — elle m'a toujours appelé Vicki — Vicki, tire-moi les cartes !" Elle me harcelait, j'ai fini par me rendre... Je n'aurais pas dû. Car vois-tu, quand je tire les cartes, je ne peux pas faire autrement que de dire la vérité. Et j'ai raconté l'histoire à Sophie, l'histoire de Fribourg... Tu sais, la fille de Fribourg n'arrêtait pas d'apparaître dans les cartes — maintenant, je ne me rappelle plus très bien comment tout ça est arrivé... J'étais amoureux. Nous nous retrouvions à Berne, dans un hôtel. Nous voulions nous marier, et je lui disais toujours : "Tu dois attendre, ma petite, je ne suis encore qu'étudiant. — Je ne veux pas attendre", répondait-elle. Elle était toujours si nerveuse. J'étudiais la chimie, en ce temps-là. Et elle, elle voulait tout savoir sur les poisons. "Quels sont les poisons les plus foudroyants ? — Le cyanure, lui ai-je dit. — Tu ne peux pas t'en procurer un comprimé ?" Au début, j'ai dit non. Et puis j'ai fini par me laisser convaincre... »

Il prit trois cartes, en choisit une, mit les deux autres de côté... De nouveau trois cartes, deux de côté... Le bruit monotone des cartes dans cette étroite cellule !... « Regarde ! La voilà encore, la fille de Fribourg ! La dame de pique... Et à côté d'elle, le valet de pique... C'est moi... Nous sommes inséparables. À chaque fois, nos deux cartes se suivent. Inséparables... Et j'ai tout raconté à Sophie. À toi aussi, il faut que je le raconte. Quand je tire les cartes, je dis toujours la vérité... À propos, comment t'appelles-tu ?

— Jakob, répondit laconiquement Studer.

— Jakob ?... C'est vrai ? Étrange... Comme mon frère... Sais-tu où se trouve mon frère ?

— Oui », dit Studer.

Un étonnement indescriptible se peignit sur le visage du vieillard.

« Tu sais où se trouve Jakob ?

— Oui, répéta Studer.

— Comment peux-tu le savoir ?

— Je le sais. »

Une nouvelle fois, le vieil homme battit les cartes. Sur ses lèvres flottait un sourire incompréhensible... Mais Studer comprenait ce sourire.

Était-il si difficile de le comprendre, après avoir vu le télégramme que Marie avait envoyé au capitaine Lartigue ? Le télégramme était parti de Sidi Bel-Abbès. Quel besoin Marie avait-elle là-bas de cinq mille francs ?... C'est qu'avec les deux cent cinquante francs que Despine, alias Jakob Koller, avait empochés, on n'allait pas bien loin... Une femme de tête, la petite Marie. Elle avait su faire place nette...

« Écoute, dit Studer. Tu as raconté à Sophie toute l'histoire avec Ulrike, après quoi tu as dû acheter son silence... Et pourtant, tu n'avais pas...

— Tu dis vrai, Jakob, murmura le vieil homme. Elle s'appelait Ulrike... Ulrike Neumann. Ça me revient, maintenant... Et tu as raison, je ne l'ai pas assassinée. Elle n'avait pas toute sa tête, Ulrike. Dès qu'elle a eu le comprimé, elle a pris le premier train... Pour Fribourg. C'est alors que j'ai pris peur, et que je suis parti à sa recherche... Mais je suis arrivé trop tard. Personne ne m'a vu entrer dans l'immeuble. Elle était étendue sur son lit — il y avait un verre sur la table de nuit, je l'ai pris... Quand j'ai senti l'odeur, j'ai su que j'avais eu raison d'avoir peur.

— Fais-moi voir ton pouce ! »

Dommage que le vieux Rosenzweig n'ait pas été là... Il aurait été ravi de faire la connaissance du possesseur de ce précieux pouce, dont l'empreinte constituait une telle rareté... La porte s'ouvrit. Un caporal — sa manche s'ornait de deux minuscules galons rouges — cria :

« Chez le capitaine, tous les deux ! »

Le vieillard se leva. Il était petit, plus petit que le père Matthias. À côté de Studer, il avait l'air d'un nain.

Quatre hommes, la baïonnette au fusil, les encadraient, et le caporal ouvrait la marche. L'inspecteur était libre de tout lien.

En sortant de la cellule, le vieillard cligna des

yeux comme un hibou. L'impitoyable lumière de l'après-midi l'éblouissait...

... On avait fait place nette dans une baraque. Devant la porte, les maigres matelas gisaient, entassés pêle-mêle. Cinq hommes étaient assis au fond de la pièce où ils pénétrèrent.

Le capitaine Lartigue présidait, un adjudant à sa droite et un sergent à sa gauche. Près du sergent avaient pris place deux caporaux, et au bout à droite le petit lieutenant Mauriot, devant une table où des feuilles blanches attendaient le bon vouloir du greffier.

Il faisait si sombre dans la pièce, que Studer ne remarqua Marie qu'au bout d'un moment. Elle était assise dans un fauteuil, derrière le capitaine. Et tassé dans un coin, le père Matthias avait pris place sur un matelas, les jambes croisées et les mains enfouies dans les manches de son froc.

Studer et le vieillard durent rester debout. Le capitaine commença l'interrogatoire.

S'adressant à ses quatre assesseurs, il leur expliqua que le plus grand des accusés qui se tenaient devant eux voyageait avec de faux papiers. Il se faisait passer pour un inspecteur de la police française. Il demanda alors à Studer de lui donner les papiers en question. Studer s'exécuta de bonne grâce, et le passeport de l'inspecteur Joseph Fouché circula à la ronde. Les assesseurs secouèrent la tête.

Le capitaine demanda à l'accusé ce qu'il avait à dire pour sa défense.

« Bien des choses ! » lança l'inspecteur.

Il fut prié de s'expliquer.

De façon inattendue, Studer commença par une question. Se tournant vers le vieil homme qui se tenait à côté de lui, il lui désigna du doigt le père Matthias :

« Connais-tu cet homme ? »

Le vieillard se caressa les joues, puis demanda timidement s'il lui serait permis de regarder le moine de plus près. Le capitaine y consentit.

Le vieillard s'approcha donc, et fixa le père blanc, qui soutint son regard. Il dit enfin :

« Je l'ai connu à Géryville. Je me suis confessé à lui.

— Tu ne le connaissais pas auparavant ? » demanda Studer.

Le vieillard secoua la tête.

« Écoute, mon vieux, dit Studer d'une voix amicale. Maintenant tu peux dire la vérité. Comment t'appelles-tu en réalité ?

— J'ai porté bien des noms. Le premier fut Koller. Puis je fus un homme riche sous le nom de Cleman. Quand je me suis senti las d'être riche, j'ai acheté ses papiers à un inconnu et me suis engagé dans la Légion étrangère sous son nom : Giovanni Collani. Mais à l'origine, je m'appelais Koller. Victor Alois Koller. C'est là mon vrai nom.

— Eh bien, écoute-moi, Koller, dit Studer. Cet homme en froc blanc prétend qu'il est ton frère, qu'il s'appelle Max Koller... »

Le vieillard secoua la tête avec véhémence.

« C'est vrai que Max est passé chez les calotins — même que nos parents ne le lui ont jamais pardonné. Mais cet homme n'est pas Max... C'est l'homme à qui je me suis confessé. Enfin, confessé n'est pas le mot. Il m'a posé des questions, et je lui ai raconté que je tirais les cartes, et que quand je tirais les cartes je disais toujours la vérité — c'est comme je t'ai dit tout à l'heure, Jakob. Et il a fallu que je lui tire les cartes. C'était l'année dernière, dans les premiers jours de septembre. J'avais déjà envoyé ma lettre à Josepha. Quinze ans après ma mort. Après quinze ans, l'autre sorcière, à Berne, ne pouvait plus rien faire. Et je voulais enfin exprimer ma gratitude à Josepha. J'ai raconté tout ça à cet homme. Je ne sais pas ce qu'il a fabriqué, mais un soir mon frère Jakob a surgi comme un diable, et m'a forcé à partir avec lui. Il voulait que j'aille chercher la courbe de température chez Josepha... C'est la courbe de température qui indique l'emplacement du trésor...

— Un instant ! l'interrompit Studer. Je demande que les bagages de cet homme soient fouillés ! » Et l'inspecteur désigna du doigt le père Matthias.

Le petit moine bondit. Il protesta avec une voix que l'indignation rendait suraiguë, et qui semblait par moments étouffer des pleurs... Studer se fit brutal :

« Vous nous avez fait assez souvent le coup des larmes, gronda-t-il. Je demande instamment qu'on fouille vos bagages ! »

D'une voix tranquille, le capitaine ordonna qu'on procède à la perquisition.

Des soldats apportèrent deux valises. Le capitaine Lartigue demanda les clefs. À contrecœur, le père blanc les lui tendit. Des chasubles et divers objets du culte remplissaient la première valise. Dans la seconde on découvrit, dissimulée sous un froc et une pile de linge, une cassette toute rouillée. Le capitaine l'ouvrit, et répandit son contenu sur la table.

Des papiers, une masse de papiers... Beaucoup portaient des sceaux officiels. D'autres étaient recouverts d'une écriture exotique. Le capitaine en saisit une liasse :

« Des contrats d'achat en bonne et due forme,

constata-t-il en lisant. Portant sur des terrains... Authentifiés par le bureau arabe... Ils établissent sans contestation possible les droits de l'acheteur, un certain Alois Victor Cleman...

— C'est moi, intervint le vieillard. Et j'ai légué ces terres à ma fille Marie, qui porte mon deuxième nom, et au canton de Berne, où je suis né... C'est bien ça... Et cet homme a voulu les voler ! » Et il pointa un doigt accusateur vers le père Matthias.

Le père blanc s'avança.

« Ces terrains, clama-t-il, ont été achetés avec de l'argent volé. Notre ordre a été chargé par le ministre de la Guerre de récupérer les contrats. Cette mission m'a été confiée, car j'étais au fait d'une partie de l'affaire. J'étais lié d'amitié avec Max Koller, qui était rentré tout jeune dans notre ordre. Il m'a fait bien des confidences. C'est pourquoi on m'a permis de prendre son identité. Je devais dénicher la courbe de température, le document authentique. Car cet homme — ce fut le tour du père Matthias de pointer un doigt accusateur sur le vieillard — cet homme m'a raconté que l'original de la courbe de température comportait également son testament. Il ne m'a donné que la copie, sans le testament...

— Taisez-vous ! » tonna Studer. Il semblait soudain que ce fût lui, l'accusé, qui présidât les débats. « Il n'est pas question d'argent volé. Cet argent a été remis à Cleman par les frères Mannesmann... C'est toi qui les as trahis ? » demanda-t-il au vieillard.

L'homme qui avait porté tant de noms dans sa vie secoua la tête : « Ils se sont trahis eux-mêmes.

— Et les deux femmes, elles se sont tuées elles-mêmes ? siffla le père Matthias. Et tu n'es pas un assassin, Collani ? »

Tout se passa si vite que personne ne put intervenir. Seul, peut-être, Studer s'attendait à quelque chose de ce genre. Mais il ne fit pas un geste.

Le vieil homme, qui paraissait si fragile, s'était emparé du fusil d'un légionnaire qui se tenait près de lui. Un fusil à baïonnette — et il fallut constater que le vieillard n'avait rien oublié de l'art du combat à la baïonnette. Il brandit l'arme à bout de bras, elle s'abattit comme un éclair — quand il la redressa, du sang luisait sur la lame noirâtre, et le père Matthias gisait à terre. Sur le froc, on vit s'élargir lentement une tache rouge...

« Cette fois je suis un assassin, dit le vieillard. Vous pouvez faire de moi ce que vous voudrez. »

Mais le capitaine Lartigue se contenta de hausser les épaules.

« C'est sans doute la meilleure solution », déclara-t-il.

Et ses quatre assesseurs, qui pas plus que lui n'étaient intervenus, approuvèrent de la tête. Seule Marie, recroquevillée dans son fauteuil, avait enfoui son visage dans ses mains...

Le vieillard paraissait attendre quelque chose. Voyant que personne ne lui faisait rien, il se dirigea vers la jeune fille, d'un pas lent, hésitant, appesanti par l'âge... Tout doucement, sa main se posa sur les fines mains crispées...

« Tu sais, Marie, souffla-t-il. Je n'ai pas tué ta mère. »

Marie répondit doucement :

« Je le sais depuis longtemps, Père. C'est toi-même qui m'as tout raconté, dans la voiture, le jour où nous sommes partis pour Berne avec ton frère. Tu n'y pouvais rien, si Mère avait tellement peur du gaz... »

Studer était resté seul au centre de la pièce. À deux pas de lui gisait le corps du père blanc. Et l'inspecteur revoyait son appartement de Kirchenfeld : le Petit Tailleur en froc avait reposé si paisiblement déjà, sur le lit bas.. Près de lui, une tasse d'infusion fumait : un tilleul préparé par Hedy...

Ça n'avait pas été l'affaire dont il avait rêvé, songeait Studer. Encore un coup manqué... Tout était la faute des cartes. On ne devrait jamais tirer les cartes, se dit-il sombrement... Il y a tant de choses qu'on ne devrait pas faire, à vrai dire ! Comme s'activer, faire l'important, s'acharner à sauver l'héritage d'une jeune fille... Conquérir quelques millions pour son canton natal...

Le vieil homme qui avait tiré les cartes, assis sur l'accoudoir du fauteuil, s'appuyait sur l'épaule de Marie. Il se tenait tout courbé et chuchotait, comme perdu dans un rêve. Mais le silence dans la pièce était si profond qu'on comprenait chaque mot :

« Tu sais, Marie, j'ai voulu fêter l'année nouvelle avec ta mère. Elle m'a prié de rester à côté d'elle jusqu'à ce qu'elle soit endormie. Je tenais sa main. Elle m'a demandé de lui tirer les cartes... Et c'est le valet de pique qui est sorti en premier... Ensuite nous nous sommes fait un café, et elle a voulu prendre un somnifère. Je le lui ai donné. Elle a dit qu'elle n'avait pas envie d'aller au lit, qu'elle dormirait dans son fauteuil. Il fallait que je tienne sa main jusqu'à ce qu'elle s'endorme. Après quoi, je devrais fermer le gaz. Mais pour ça, il aurait fallu que je monte sur une chaise. Alors elle m'a dit de nouer une cordelette autour du robinet à gaz, et de la faire passer par le trou de la serrure. De cette façon, a-t-elle dit, je n'aurais qu'à tirer, et le robinet se fermerait tout seul. Et je ne la réveillerais pas. Ça n'a pas marché. J'ai pourtant fait l'essai sur le robinet — ai-je oublié de fermer quelque chose ? Quand je suis sorti de l'appartement, j'ai tiré sur la cordelette. Et toi, Josepha, tu es morte ! Je ne l'ai pas fait exprès... »

Tous se taisaient. Le vieillard s'était tassé sur lui-même.

« Elle t'attendait avec tant d'impatience, ta mère ! Pourquoi n'es-tu pas venue ? Et Jakob qui voulait à tout prix la courbe de température. Je l'ai cherchée, mais en vain. Ta mère ne m'attendait pas. Elle avait déjà mis ses chaussures pour aller chez une amie, avec qui elle voulait fêter la Saint-Sylvestre. Et c'est alors que je suis arrivé. Elle a ri, et m'a raconté qu'elle venait justement de perdre ses clefs... Elle voulait pourtant me montrer qu'elle avait gardé tous ses souvenirs de moi, et comme le tiroir était fermé à clef, j'ai dû le forcer... »

Studer hochait la tête... Et voilà ce qu'on avait pris pour un meurtre diabolique !... Le hasard était seul coupable... Mais le père blanc avait su tirer parti de ce hasard. S'il fallait chercher un coupable, c'était lui et lui seul ! D'un bout à l'autre, il n'avait fait que jouer la comédie. Et Studer n'était-il pas impardonnable de s'être laissé mystifier ? Car un double meurtre arrangeait bien les affaires du père Matthias. Si l'on croyait au double meurtre, on se mettrait en quête de l'assassin... Le moine avait été suffisamment retors pour se rendre lui-même suspect — quitte à produire au moment voulu son alibi, puisque effectivement il n'avait tué personne. Comme il avait dû rire des théories de son « cher inspecteur » !

« Voyez-vous, capitaine, dit Studer... La tante de Marie, celle qui habitait à Berne, a appris que son ex-époux n'était pas mort. Sa sœur lui a écrit l'histoire de la courbe de température... Je me trompe, mon vieux ? »

Le vieillard secoua la tête, et ajouta :

« Mon frère, Jakob, il a exigé que j'aille voir Sophie. Car il voulait la courbe de température... »

Il se leva, et s'avança au centre de la pièce, à côté de Studer.

« Messieurs les juges ! Il faut que je me justifie... Le vrai coupable, c'est l'homme que je viens de tuer. Il a ranimé ces vieilles cendres, il a été à Paris tout révéler à mon frère. Ils voulaient le trésor pour eux. Le prêtre a promis la moitié de la fortune à mon frère. Il y a beaucoup de pétrole, par ici... Et bientôt, très bientôt, ce sera de l'or en barre. Cet homme qui n'est plus qu'un cadavre, il est allé voir le ministre de la Guerre, il me l'a dit lui-même... Il voulait détruire le testament. Mon testament !... C'est pourquoi il m'a tiré de mon sommeil de quinze années... Avec les cartes !... Il ne m'a laissé aucun instant de répit, à Géryville, il m'a fait passer pour un voyant... Le caporal extralucide !... Pardonnez-moi, messieurs les juges, tout se brouille dans ma tête. Je ne suis qu'un vieil homme, et j'ai eu un destin difficile. Je désirais simplement que ma fille et mon pays natal héritent de ma fortune. Et je voulais me replonger dans mon sommeil. Il a tout réveillé. Il a été voir Sophie, et lui a appris que j'étais encore en vie... Et il a forcé Jakob, mon frère Jakob, à me conduire à Berne en voiture. Elle m'a menacé, Sophie, elle a dit qu'elle raconterait tout à la police, qu'elle me ferait arrêter... Elle a pleuré, aussi. J'ai voulu lui parler, la convaincre. Je me suis rappelé l'histoire de Bâle, avec la cordelette et le robinet à gaz. Sophie aussi avait peur du gaz. Alors j'ai traîné le fauteuil dans la cuisine, et j'ai fait du café. Dans ma poche, il y avait encore le flacon avec le somnifère de Josepha... J'en ai versé dans le café, encore et encore... Elle n'a rien remarqué, car j'avais versé aussi du kirsch... Ensuite, pour rire — j'ai dit que c'était pour rire — je suis monté sur le fauteuil, et j'ai noué la cordelette, exactement comme à Bâle. Je l'ai tuée, Sophie. C'était une mauvaise femme... Elle m'a saigné à blanc... Elle voulait que Josepha reste dans le dénuement... Et elle voulait me dénoncer... Messieurs les juges! Mon capitaine! Il ne me reste plus longtemps à vivre. Je sais que vous aimez Marie... Et toi aussi, Jakob... » Il se tourna vers Studer. « Tu vaux mieux que l'autre Jakob, mon frère... Unissez vos efforts pour que les droits de Marie soient respectés, et aussi ceux de mon pays natal... J'ai fini. »

Un long silence... Puis Marie se leva, se dirigea vers son père et le mena jusqu'au fauteuil où elle était restée jusqu'alors.

« Repose-toi, Père », dit-elle en allemand. Le vieillard se laissa tomber dans le fauteuil.

« Inspecteur Studère, demanda le capitaine. Pourquoi avez-vous voulu que je vous fasse arrêter? »

Studer s'éclaircit la voix, puis répondit :

« Pour deux raisons. D'abord pour éviter que le père Matthias ne s'enfuie, ou cache la cassette. En effet, il s'était aperçu que je soupçonnais la vérité. Et puis je voulais pouvoir parler avec le vieil homme dans la cellule sans être dérangé.

— C'est clair, dit le capitaine Lartigue. Mais vous avouerez que vous avez eu de la chance. Si je n'avais pas été fiancé avec Marie...

— Dans ce cas, admit Studer, j'aurais été dans de beaux draps. Mais il convient parfois de ne pas négliger les impondérables...

— Les impondérables ! s'écria le capitaine. Je ne savais pas que les policiers suisses avaient tant de vocabulaire ! »

Mais Marie se dirigeait vers l'inspecteur :

« Merci, cousin Jakob ! » dit-elle.

Le petit lieutenant, devant qui la liasse de papier blanc attendait toujours, demanda :

« Que dois-je écrire dans le procès-verbal ?

— Ce que bon vous semble, répondit le capitaine Lartigue. Je propose de déclarer que le père blanc est arrivé gravement blessé au fort, où il a succombé à ses blessures. Tout le monde est d'accord ? »

Les quatre assesseurs, ainsi que les quatre soldats présents dans la pièce et leur caporal, approuvèrent en silence.

« Où faut-il l'enterrer ? » demanda le caporal.

L'inspecteur Studer prit la parole :

« Il a lui-même creusé sa tombe. Au pied du chêne-liège, vous savez, près du rocher rouge qui ressemble à un homme... »

Le capitaine hocha la tête. Puis il demanda :

« Il reste encore une chose que je serais curieux de savoir. Où se trouve l'oncle de Marie ? L'agent de change pour qui elle travaillait, à Paris ? »

Ils faisaient les cent pas entre les baraques. Le soleil rasait l'horizon, et le vent froid descendant des montagnes rappelait aux hommes qu'on était encore en hiver.

« Je n'en sais rien, dit Studer. Je n'ai que des hypothèses. Vous devriez interroger votre future épouse. Vous m'avez bien raconté que Marie vous a télégraphié de Sidi Bel-Abbès pour que vous lui envoyiez de l'argent ? On n'a pas besoin de cinq mille francs pour se rendre de Sidi Bel-Abbès à Gourama, même en faisant un détour par Fez... »

Les deux hommes retournèrent à la baraque où s'était tenu l'étrange procès. Les membres du tribunal s'étaient dispersés. Le vieillard reposait dans le fauteuil, et assise sur l'accoudoir, Marie se penchait sur son père.

« Marie, demanda le capitaine, où se trouve ton oncle Jakob ?

— Mon cher Louis, commença-t-elle posément, ta question m'en rappelle une autre, plus grave encore. "Caïn, où se trouve ton frère Abel ?"... Tu ne devrais pas être si méfiant, Louis. Tu m'as fait parvenir de l'argent à Sidi Bel-Abbès. Un soir, j'y ai rencontré Jakob Koller, que je te prie instamment de ne plus jamais appeler mon oncle. Tu te souviens, cousin Jakob, que le père Matthias avait quitté Berne précipitamment. Nous n'avons plus jamais entendu parler de lui. Il avait la courbe de température — il n'en demandait pas davantage. Mais Jakob Koller était furieux, car il savait que tous ses rêves de fortune étaient partis en fumée. Il s'enrôla à Lyon, et moi je restai auprès de mon père. Je l'accompagnai alors à Colomb-Béchar, où je le conduisis chez le commandant de la garnison, afin que ce dernier l'envoie à Gourama. Et toi aussi, cousin Jakob, je t'ai donné rendez-vous là-bas. Je me disais qu'à trois, nous finirions par confondre le prêtre indigne...

— Le prêtre indigne ! Tu as de ces expressions, Marie ! reprocha le capitaine Lartigue.

— J'ai les expressions qui me chantent », répliqua Marie.

Et Studer se dit que les débuts de ce ménage risquaient d'être explosifs... Mais avec le temps, ils se feraient l'un à l'autre. Peut-être même trouveraient-ils ensemble le bonheur ?... Il garda ses pensées pour lui, et dit : « Laissez-la parler, Lartigue !

— Mais tout à fait, Studère ! Je vous ferai remarquer que je n'ai émis qu'un léger reproche. Je ne voudrais quand même pas que ma future épouse s'exprime comme une héroïne de roman à quatre sous... Prêtre indigne !... grommela-t-il.

— Et alors, s'emporta Marie. C'était un bon prêtre, peut-être ? Non, c'était très exactement un prêtre indigne !

— Non seulement un prêtre indigne, mais un homme indigne, approuva le vieux géologue d'une voix cassée.

— C'est vrai, Père. Tu as raison, et elle aussi. » La voix de Lartigue était apaisante.

Il tutoie le vieux bonhomme, et il l'appelle « Père » ! pensa Studer. Quel homme singulier ! Pas étonnant qu'il soit mal noté au ministère de la Guerre... Mais c'est un homme, un vrai...

Marie continua son récit :

« Je suis tombée sur lui dans la rue, à Sidi Bel-Abbès, à mon retour de Colomb-Béchar. Vous savez, je n'ai jamais eu froid aux yeux... Mais quand je l'ai vu, j'ai été envahie par un autre sentiment... Après tout, il avait été bon pour moi, m'avait emmenée avec lui à Paris quand je n'avais plus supporté d'habiter chez ma mère... J'ai senti qu'il était de mon devoir de l'aider. Je lui ai demandé ce que je pouvais faire pour lui. Nous sommes allés dans un petit café arabe. J'avais peine à le reconnaître avec ses cheveux rasés et son uniforme qui flottait sur son corps amaigri... Et ses yeux ! Des yeux d'animal traqué... Dans mon enfance, j'ai vu une fois un lièvre dans un champ. La chasse était ouverte, et il roulait des yeux affolés, exactement comme Jakob Koller dans ce café arabe...

« Il me dit : “Donne-moi de l’argent, Marie, que je puisse m’enfuir.” Peut-être me suis-je montrée cruelle, mais cet homme m’a dégoûtée. “Jakob Koller, lui répondis-je, vous voudrez bien d’abord cesser de me tutoyer. Je vais vous aider, quoique vous en ayez lourd sur la conscience. Combien vous faut-il ? — Dix mille francs.” Je lui ai ri au nez. Il aurait quatre mille francs, pas un centime de plus. Je lui donnai rendez-vous pour le lendemain, même heure, même endroit, afin de lui remettre l’argent. Après quoi, je t’ai envoyé un télégramme, Louis. Le lendemain soir, il s’est enfui. Je lui avais procuré des vêtements civils. Où s’est-il enfui, je n’en ai aucune idée. Mais nous n’avons rien à craindre de lui. Je lui ai dit que je te raconterais toute l’histoire, cousin Jakob. D’ailleurs, il a eu l’honnêteté de me mettre en garde contre les manœuvres du prêtre indigne. Du prêtre indigne ! répéta-t-elle, provocatrice, en fixant son fiancé...

— Oui, Marie, du prêtre indigne », dit doucement Lartigue. Il se mit à rassembler les documents épars sur la table du procès. « J’ai demandé aujourd’hui un congé, et je pense que d’ici huit jours nous pourrons nous rendre en Suisse. Une fois là-bas, nous essaierons de faire valoir ces paperasses... »

Un ange passa.

« Et mon père ? demanda enfin Marie.

— Nous l’emmènerons avec nous. Croyez-vous qu’en Suisse... Je veux dire... vous me comprenez... je ne voudrais pas que... »

Studer interrompit ces balbutiements embarrassés.

« Il sera bien traité, souffla-t-il à cet homme qui s’occupait de main de maître de toute une garnison, mais pouvait aussi être timide et maladroit. Il trouvera une place dans une institution... »

Lartigue hocha la tête. Et Studer poursuivit : « Et vous ne pourriez pas me dénicher un couple de chiens de berger kabyles ?

— Des chiens de berger... kabyles ? » Le capitaine regarda l'inspecteur avec des yeux ronds. Il semblait se demander si Studer avait toute sa tête.

« Ça n'existe pas ?

— N... non. Pas que je sache.

— Tant pis, nous pourrons toujours rapporter au "vieux" votre scottish-terrier...

— Au vieux ? Quel vieux ?

— Le directeur de la police de Berne, voyons ! » répondit Studer avec impatience.

Les deux hommes étaient assis sur la terrasse de la tour, après le dîner.

« Vous ne pensez pas, demanda Studer, que l'histoire va finir par se savoir ? Et aussi le rôle que vous y avez joué ? »

Lartigue rit en silence. Puis Studer n'en crut pas ses yeux : le capitaine tendit ses mains ouvertes, leva le bras, et laissa retomber ses mains sur ses genoux. Sa main droite se redressa, le poing fermé mais l'index dégagé. Et l'index solitaire effleura les lèvres du jeune homme, puis se pointa vers le ciel... Et Studer comprit le message silencieux :

« Frère, pourquoi te soucier de ce qui adviendra ? Si tu devais prendre en compte ce que l'avenir t'apportera, tu serais réduit au désespoir. Lui cependant, l'Éternellement Silencieux, s'inquiète-t-Il du passé, du présent, de l'avenir ? Lui, à Qui l'éternité appartient... »

Sur la plaine s'étendant entre le fort et le ksar,

une petite troupe avançait à pas lents. Les tambours voilés résonnaient sourdement. Le père Matthias, le « prêtre indigne », comme l'avait appelé Marie, s'en allait vers sa dernière demeure...

Dans la chambre, on entendait une voix murmurer :

« Tu ne dois pas croire, ma petite, que je vais être à ta charge. Tu ne dois pas penser ça de moi...

— Mais non, Père », dit Marie.

« Venez avec moi ! » La voix du capitaine était enrouée. « Nous allons l'accompagner là-bas — il désigna du doigt la plaine immense. Jusqu'au pied du chêne-liège. Après tout, ce n'est pas pour lui-même qu'il voulait cet argent. »

Et Studer approuva. Mais sous prétexte qu'il était gelé, il pria le capitaine de lui prêter un manteau. Il obtint une capote vert pâle, épaisse, doublée de toile blanche. Les revers du col portaient l'insigne de la Légion étrangère : l'obus d'où jaillissent des flammes. Ce ne fut pas sans satisfaction que Studer revêtit ce manteau : il ne mourrait donc pas sans avoir porté cet uniforme dont il avait si souvent rêvé, à Berne, en ces jours où tout lui était à charge...

Si vous désirez être régulièrement tenu au courant de nos publications, merci de bien vouloir remplir ce questionnaire et nous le retourner :

Éditions 10/18
c/o 10 Mailing
35, rue du Sergent Bauchat
75012 Paris

NOM : ....

PRENOM : ....

ADRESSE : ....

....

CODE POSTAL : ....

VILLE : ....

PAYS : ....

AGE : ....

PROFESSION : ....

TITRE de l'ouvrage dans lequel est insérée cette page :

Studer et le caporal extralucide, n° 3116

....

Cet ouvrage a été réalisé par la
SOCIÉTÉ NOUVELLE FIRMIN-DIDOT
Mesnil-sur-l'Estrée
pour le compte des Éditions 10/18
en novembre 1999

Imprimé en France
Dépôt légal : décembre 1999
N° d'édition : 3054 – N° d'impression : 49002